युवको!
उठो, जागो

युवको!
उठो, जागो

स्वामी विवेकानंद

प्रकाशक
प्रभात प्रकाशन प्रा. लि.
4/19 आसफ अली रोड, नई दिल्ली-110002
फोन : 011-23289777 • हेल्पलाइन नं. : 7827007777
इ-मेल : prabhatbooks@gmail.com ❖ वेब ठिकाना : www.prabhatbooks.com

संस्करण
2026

पेपरबैक मूल्य
तीन सौ रुपए

मुद्रक
आर-टेक ऑफसेट प्रिंटर्स, दिल्ली

———————— ★ ————————

YUVAKO! UTHO, JAGO
by Swami Vivekananda

Published by **PRABHAT PRAKASHAN PVT. LTD.**
4/19 Asaf Ali Road, New Delhi-110002

ISBN 978-93-5562-917-3

₹ 300.00 (PB)

पुस्तक परिचय

स्वामी विवेकानंद ने भारत में उस समय अवतार लिया, जब यहाँ हिंदू धर्म के अस्तित्व पर संकट के बादल मँडरा रहे थे। पंडितों-पुरोहितों ने हिंदू धर्म को घोर आडंबरी और अंधविश्वासपूर्ण बना दिया था। ऐसे में स्वामी विवेकानंद ने हिंदू धर्म को एक पूर्ण पहचान प्रदान की। इसके पहले हिंदू धर्म विभिन्न छोटे-छोटे संप्रदायों में बँटा हुआ था। तीस वर्ष की आयु में स्वामी विवेकानंद ने शिकागो (अमेरिका) में विश्व धर्म-संसद् में हिंदू धर्म का प्रतिनिधित्व किया और इसे सार्वभौमिक पहचान दिलवाई।

गुरुदेव रवींद्रनाथ टैगोर ने एक बार कहा था, "यदि आप भारत को जानना चाहते हैं, तो विवेकानंद को पढ़िए। उनमें आप सबकुछ सकारात्मक ही पाएँगे, नकारात्मक कुछ भी नहीं।"

रोम्याँ रोलाँ ने उनके बारे में कहा था, "उनके द्वितीय होने की कल्पना करना भी असंभव है। वे जहाँ भी गए, सर्वप्रथम हुए...हर कोई उनमें अपने नेता का दिग्दर्शन करता। वे ईश्वर के प्रतिनिधि थे तथा सब पर प्रभुत्व प्राप्त कर लेना ही उनकी विशिष्टता थी। हिमालय प्रदेश में एक बार एक अनजान यात्री उन्हें देख, ठिठककर रुक गया और आश्चर्य से चिल्ला उठा, 'शिव!' यह ऐसा हुआ, मानो उस व्यक्ति के आराध्य देव ने अपना नाम उनके माथे पर लिख दिया हो।"

39 वर्ष के संक्षिप्त जीवनकाल में स्वामी विवेकानंद जो काम कर

गए, वे आनेवाली अनेक शताब्दियों तक पीढ़ियों का मार्गदर्शन करते रहेंगे।

वे केवल संत ही नहीं थे, एक महान् देशभक्त, प्रखर वक्ता, ओजस्वी विचारक, रचनाधर्मी लेखक और करुण मावनप्रेमी भी थे। अमेरिका से लौटकर उन्होंने देशवासियों का आह्वान करते हुए कहा था, "नया भारत निकल पड़े मोची की दुकान से, भड़भूजे के भाड़ से, कारखाने से, हाट से, बाजार से; निकल पड़े झाड़ियों, जंगलों, पहाड़ों, पर्वतों से।"

और जनता ने स्वामीजी की पुकार का उत्तर दिया। वह गर्व के साथ निकल पड़ी। गांधीजी को आजादी की लड़ाई में जो जन-समर्थन मिला, वह विवेकानंद के आह्वान का ही फल था। इस प्रकार, वे भारतीय स्वतंत्रता-संग्राम के भी एक प्रमुख प्रेरणा-स्रोत बने।

उनका विश्वास था कि पवित्र भारतवर्ष धर्म एवं दर्शन की पुण्यभूमि है। यहीं बड़े-बड़े महात्माओं तथा ऋषियों का जन्म हुआ, यहीं संन्यास एवं त्याग की भूमि है तथा यहीं, केवल यहीं आदिकाल से लेकर आज तक मनुष्य के लिए जीवन के सर्वोच्च आदर्श एवं मुक्ति का द्वार खुला हुआ है।

उनके कथन—उठो, जागो, स्वयं जगकर औरों को जगाओ। अपने नर-जन्म को सफल करो और तब तक रुको नहीं, जब तक कि लक्ष्य प्राप्त न हो जाए। पर अमल करके व्यक्ति अपना ही नहीं, सार्वभौमिक कल्याण कर सकता है। यही उनके प्रति हमारी सच्ची श्रद्धांजलि होगी।

प्रस्तुत पुस्तक 'युवको! उठो, जागो' में स्वामीजी ने भारत सहित देश-विदेश में वेदांत धर्म और भारतीय संस्कृति के प्रचार-प्रसार हेतु देश भर के युवकों का आह्वान किया है। उन्होंने भारतीय समाज में गहरे पैठी असमानता की भावना के प्रति लोगों को आगाह किया है। यह अनेक सवालों और जिज्ञासाओं की प्रतिपूर्ति करनेवाली एक प्रेरक, ज्ञानवर्द्धक और संग्रहणीय पुस्तक है।

अनुक्रम

भारत का भविष्य

यह वही प्राचीन भूमि है, जहाँ दूसरे देशों में जाने से पहले तत्त्वज्ञान ने आकर अपनी वासभूमि बनाई थी। यह वही भारत है, जहाँ के आध्यात्मिक प्रवाह का स्थूल प्रतिरूप उसके बहनेवाले समुद्राकार नद हैं, जहाँ चिरंतन हिमालय श्रेणीबद्ध उठा हुआ, अपने हिमशिखरों द्वारा मानो स्वर्गराज्य के रहस्यों की ओर निहार रहा है। यह वही भारत है, जिसकी भूमि पर संसार के सर्वश्रेष्ठ ऋषियों की चरणरज पड़ चुकी है। यहीं सबसे पहले मनुष्य, प्रकृति तथा अंतर्जगत् के रहस्योद्‍घाटन की जिज्ञासाओं के अंकुर उगे थे। आत्मा का अमरत्व, अंतर्यामी ईश्वर एवं जगत्प्रपंच तथा मनुष्य के भीतर सर्वव्यापी परमात्मा-विषयक मतवादों का पहले-पहल यहीं उद्‍भव हुआ था और यहीं धर्म और दर्शन के आदर्शों ने अपनी चरम उन्नति प्राप्त की थी। यह वही भूमि है, जहाँ से उमड़ती हुई बाढ़ की तरह धर्म तथा दार्शनिक तत्त्वों ने समग्र संसार को बार-बार प्लावित कर दिया और यही भूमि है, जहाँ से पुन: ऐसी ही तरंगें उठकर निस्तेज जातियों में शक्ति और जीवन का संचार कर देंगी। यह वही भारत है, जो शताब्दियों के आघात, विदेशियों के शत-शत आक्रमण और सैकड़ों आचार-व्यवहारों के विपर्यय सहकर भी अक्षय बना हुआ है। यह वही भारत है, जो अपने अविनाशी वीर्य और जीवट के साथ अब तक पर्वत से भी दृढ़तर भाव से खड़ा है। आत्मा जैसे अनादि, अनंत और अमृतस्वरूप है, वैसे ही हमारी भारतभूमि का जीवन है और हम इसी देश की संतान हैं।

भारत की संतानो! तुमसे आज मैं यहाँ कुछ व्यावहारिक बातें कहूँगा

और तुम्हें तुम्हारे पूर्व गौरव की याद दिलाने का उद्द्देश्य केवल इतना ही है। कितनी ही बार मुझसे कहा गया है कि अतीत की ओर नजर डालने से सिर्फ मन की अवनति ही होती है और इससे कोई फल नहीं होता; अतः हमें भविष्य की ओर दृष्टि रखनी चाहिए। यह सच है, परंतु अतीत से ही भविष्य का निर्माण होता है। अत: जहाँ तक हो सके, अतीत की ओर देखो, पीछे जो चिरंतन निर्झर बह रहा है। आकंठ उसका जल पीओ और उसके बाद सामने देखो और भारत को उज्ज्वलतर, महत्तर और पहले से और भी ऊँचा उठाओ। हमारे पूर्वज महान् थे। पहले यह बात हमें ज्ञात करनी होगी। हमें समझना होगा कि हम किन उपादानों से बने हैं, कौन सा खून हमारी नसों में बह रहा है। उस खून पर हमें विश्वास करना होगा और अतीत के उसके कृतित्व पर भी, इस विश्वास और अतीत गौरव के ज्ञान से हम अवश्य एक ऐसे भारत की नींव डालेंगे, जो पहले से श्रेष्ठ होगा। अवश्य ही यहाँ बीच-बीच में दुर्दशा और अवनति के युग भी रहे हैं, पर उनको मैं अधिक महत्त्व नहीं देता। हम सभी उसके विषय में जानते हैं। ऐसे युगों का होना आवश्यक था। किसी विशाल वृक्ष से एक सुंदर पका हुआ, फल पैदा हुआ। फल जमीन पर गिरा, मुरझाया और सड़ा। इस विनाश से जो अंकुर उगा, संभव है वह पहले के वृक्ष से बड़ा हो जाए। अवनति के जिस युग के भीतर से हमें गुजरना पड़ा, वह आवश्यक था। इसी अवनति के भीतर से भविष्य का भारत आ रहा है, वह अंकुरित हो चुका है, उसके नए पल्लव निकल चुके हैं और उस शक्तिधर विशालकाय ऊर्ध्वमूल वृक्ष का निकलना शुरू हो चुका है और उसी के संबंध में मैं तुमसे कहने जा रहा हूँ।

किसी भी दूसरे देश की अपेक्षा भारत की समस्याएँ अधिक जटिल और गुरुतर हैं। जाति, धर्म, भाषा, शासन-प्रणाली—ये ही एक साथ मिलकर एक राष्ट्र की सृष्टि करते हैं। यदि एक-एक जाति को लेकर हमारे राष्ट्र से तुलना की जाए तो हम देखेंगे कि जिन उपादानों से संसार के दूसरे राष्ट्र संगठित हुए हैं, वे संख्या में यहाँ के उपादानों से कम हैं। यहाँ आर्य हैं, द्रविड़ हैं, तातार हैं, तुर्क हैं, मुगल हैं, यूरोपीय हैं; मानो संसार की सभी जातियाँ इस भूमि में अपना-अपना खून मिला रही हैं। भाषा का यहाँ एक

विचित्र ढंग का जमावड़ा है, आचार-व्यवहारों के संबंध में दो भारतीय जातियों में जितना अंतर है, उतना पूर्वी और यूरोपीय जातियों में नहीं।

हमारी एकमात्र सम्मिलन-भूमि है—हमारी पवित्र परंपरा, हमारा धर्म। एकमात्र सामान्य आधार वही है और उसी पर हमें संगठन करना होगा। यूरोप में राजनीतिक विचार ही राष्ट्रीय एकता का कारण है, किंतु एशिया में राष्ट्रीय ऐक्य का आधार धर्म ही है, अत: भारत के भविष्य-संगठन की पहली शर्त के तौर पर उसी धार्मिक एकता की ही आवश्यकता है। देश भर में एक ही धर्म सबको स्वीकार करना होगा। एक ही धर्म से मेरा क्या मतलब है? यह उस तरह का एक ही धर्म नहीं, जिसका ईसाइयों, मुसलमानों या बौद्धों में प्रचार है। हम जानते हैं, हमारे विभिन्न संप्रदायों के सिद्धांत ऐसे हैं, जो सभी संप्रदायों द्वारा मान्य हैं। इस तरह हमारे संप्रदायों के ऐसे कुछ सामान्य आधार अवश्य हैं। उनको स्वीकार करने पर हमारे धर्म में अद्भुत विविधिता के लिए गुंजाइश हो जाती है और साथ ही विचार और अपनी रुचि के अनुसार जीवन-निर्वाह के लिए हमें संपूर्ण स्वाधीनता प्राप्त हो जाती है। हम लोग, कम-से-कम वे, जिन्होंने इस पर विचार किया है, यह बात जानते हैं और अपने धर्म के ये जीवनप्रद सामान्य तत्त्व हम सबके सामने लाएँ और देश के सभी स्त्री-पुरुष, बाल-वृद्ध, उन्हें जाने-समझें तथा जीवन में उतारें; यही हमारे लिए आवश्यक है। सर्वप्रथम यही हमारा कार्य है।

अत: हम देखते हैं कि एशिया में और विशेषत: भारत में जाति, भाषा, समाज-संबंधी सभी बाधाएँ धर्म की इस एकीकरण-शक्ति के सामने उड़ जाती हैं। हम जानते हैं कि भारतीय मन के लिए धार्मिक आदर्श से बड़ा और कुछ भी नहीं है। धर्म ही भारतीय जीवन का मूलमंत्र है और हम केवल सबसे कम बाधावाले मार्ग का अनुकरण करके ही कार्य में अग्रसर हो सकते हैं। यह केवल सत्य ही नहीं कि धार्मिक यहाँ सबसे बड़ा आदर्श है, किंतु भारत के लिए कार्य करने का एकमात्र संभाव्य उपाय यही है। पहले उस पथ को सुदृढ़ किए बिना, दूसरे मार्ग से कार्य करने पर उसका फल घातक होगा। इसीलिए भविष्य के भारत-निर्माण का पहला कार्य, वह पहला सोपान, जिसे युगों के उस महाचल पर खोदकर बनाना होगा, भारत

की यह धार्मिक एकता ही है। यह शिक्षा हम सबको मिलनी चाहिए कि हम हिंदू—द्वैतवादी, विशिष्टाद्वैतवादी या अद्वैतवादी अथवा दूसरे संप्रदाय के लोग, जैसे शैव, वैष्णव, पाशुपत आदि भिन्न-भिन्न मतों के होते हुए भी आपस में कुछ समान भाव भी रखते हैं और अब वह समय आ गया है कि अपने हित के लिए, अपनी जाति के हित के लिए हम इन तुच्छ भेदों और विवादों को त्याग दें। सचमुच ये झगड़े बिल्कुल वाहियात हैं। हमारे शास्त्र इनकी निंदा करते हैं, हमारे पूर्व पुरुषों ने इनके बहिष्कार का उपदेश दिया है और वे महापुरुषगण, जिनके वंशज हम अपने को बताते हैं और जिनका खून हमारी नसों में बह रहा है, अपनी संतानों को छोटे-छोटे भेदों के लिए झगड़ते हुए देखकर उनको घोर घृणा की दृष्टि से देखते हैं।

लड़ाई-झगड़े छोड़ने के साथ ही अन्य विषयों की उन्नति अवश्य होगी। यदि जीवन का रक्त सशक्त एवं शुद्ध है तो शरीर में विषैले कीटाणु नहीं रह सकते। हमारी आध्यात्मिकता ही हमारा जीवन-रक्त है। यदि यह साफ बहता रहे, यदि यह शुद्ध एवं सशक्त बना रहे, तो सबकुछ ठीक है। राजनीतिक, सामाजिक, चाहे जिस किसी तरह की ऐहिक त्रुटियाँ हों, चाहे देश की निर्धनता ही क्यों न हो, यदि खून शुद्ध है तो सब सुधर जाएँगे, क्योंकि यदि रोगवाले कीटाणु शरीर से निकाल दिए जाएँ तो फिर दूसरी कोई बुराई खून में नहीं समा सकती, उदाहरणार्थ आधुनिक चिकित्साशास्त्र की एक उपमा लो। हम जानते हैं कि किसी बीमारी के फैलने के दो कारण होते हैं—एक तो बाहर से कुछ विषैले कीटाणुओं का प्रवेश, दूसरा शरीर की अवस्थाविशेष। यदि शरीर की अवस्था ऐसी न हो जाए कि वह कीटाणुओं को घुसने दे, यदि शरीर की जीवनशक्ति इतनी क्षीण न हो जाए कि कीटाणु शरीर में घुसकर बढ़ते रहें, तो संसार में किसी भी कीटाणु में इतनी शक्ति नहीं, जो शरीर में पैठकर बीमारी पैदा कर सके। वास्तव में प्रत्येक मनुष्य के शरीर के भीतर सदा करोड़ों कीटाणु प्रवेश करते रहते हैं, परंतु जब तक शरीर बलवान है, हमें उनकी कोई खबर नहीं रहती। जब शरीर कमजोर हो जाता है, तभी ये विषैले कीटाणु उस पर अधिकार कर लेते हैं और रोग पैदा करते हैं। राष्ट्रीय जीवन के बारे में भी यही बात है। जब राष्ट्रीय जीवन

कमजोर हो जाता है, तब हर तरह के रोग के कीटाणु उसके शरीर में इकट्ठे जमकर उसकी राजनीति, समाज, शिक्षा और बुद्धि को रुग्ण बना देते हैं। अतएव उसकी चिकित्सा के लिए हमें इस बीमारी की जड़ तक पहुँचकर रक्त से कुल दोषों को निकाल देना चाहिए। तब उद्‌देश्य यह होगा कि मनुष्य बलवान हो, खून शुद्ध और शरीर तेजस्वी हो, जिससे वह सब बाहरी विषों को दबा और हटा देने लायक हो सके।

हमने देखा है कि हमारा धर्म ही हमारे तेज, हमारे बल, यही नहीं, हमारे राष्ट्रीय जीवन का भी मूल आधार है। इस समय मैं यह तर्क-वितर्क करने नहीं जा रहा हूँ कि धर्म उचित है या नहीं, सही है या नहीं और अंत तक यह लाभदायक है या नहीं, किंतु अच्छा हो या बुरा, धर्म ही हमारे राष्ट्रीय जीवन का प्राण है; तुम उससे निकल नहीं सकते। अभी और चिरकाल के लिए भी तुम्हें उसी का अवलंब ग्रहण करना होगा और तुम्हें उसी के आधार पर खड़ा होना होगा, चाहे तुम्हें इस पर उतना विश्वास हो या न हो, जो मुझे है। तुम इसी धर्म में बँधे हुए हो और अगर तुम इसे छोड़ दो, तो चूर-चूर हो जाओगे। वही हमारी जाति का जीवन है और उसे अवश्य ही सशक्त बनाना होगा। तुम जो युगों के धक्के सहकर भी अक्षय हो, इसका कारण केवल यही है कि धर्म के लिए तुमने बहुत कुछ प्रयत्न किया था, उस पर सबकुछ निछावर किया था। तुम्हारे पूर्वजों ने धर्मरक्षा के लिए सबकुछ साहसपूर्वक सहन किया था, मृत्यु को भी उन्होंने हृदय से लगाया था। विदेशी विजेताओं द्वारा मंदिर के बाद मंदिर तोड़े गए, परंतु उस बाढ़ के बह जाने में देर नहीं हुई कि मंदिर के कलश फिर खड़े हो गए।

दक्षिण के ये ही कुछ पुराने मंदिर और गुजरात के सोमनाथ के जैसे मंदिर तुम्हें विपुल ज्ञान प्रदान करेंगे। वे जाति के इतिहास के भीतर वह गहरी अंतर्दृष्टि देंगे, जो ढेरों पुस्तकों से भी नहीं मिल सकती। देखो कि किस तरह ये मंदिर सैकड़ों आक्रमणों और सैकड़ों पुनरुत्थानों के चिह्न धारण किए हुए हैं। ये बार-बार नष्ट हुए और बार-बार ध्वंसावशेष से उठकर नया जीवन प्राप्त करते हुए अब पहले ही की तरह अटल रूप से खड़े हैं। इसलिए इस धर्म में ही हमारे राष्ट्र का मन है, हमारे राष्ट्र का जीवनप्रवाह है। इसका

अनुसरण करोगे तो यह तुम्हें गौरव की ओर ले जाएगा। इसे छोड़ोगे तो मृत्यु निश्‍चित है। अगर तुम उस जीवनप्रवाह से बाहर निकल आए तो मृत्यु ही एकमात्र परिणाम होगा और पूर्ण नाश ही एकमात्र परिणति। मेरे कहने का यह मतलब नहीं कि दूसरी चीज की आवश्यकता ही नहीं, मेरे कहने का यह अर्थ नहीं कि राजनीतिक या सामाजिक उन्नति अनावश्यक है, किंतु मेरा तात्पर्य यही है और मैं तुम्हें सदा इसकी याद दिलाना चाहता हूँ कि ये सब यहाँ गौण विषय हैं, मुख्य विषय धर्म है। भारतीय मन पहले धार्मिक है, फिर कुछ और। अत: धर्म को ही सशक्त बनाना होगा, पर यह किया किस तरह जाए? मैं तुम्हारे सामने अपने विचार रखता हूँ। बहुत दिनों से, यहाँ तक कि अमेरिका के लिए मद्रास का समुद्री तट छोड़ने के वर्षों पहले से ये मेरे मन में थे और उन्हीं को प्रचारित करने के लिए मैं अमेरिका एवं इंग्लैंड गया था। धर्म महासभा या किसी और वस्तु की मुझे बिल्कुल परवाह नहीं थी, वह तो एक सुयोग मात्र था। वस्तुत: मेरे ये संकल्प ही थे, जो सारे संसार में मुझे लिये फिरते रहे।

मेरा विचार है, पहले हमारे शास्त्र ग्रंथों में भरे पड़े आध्यात्मिकता के रत्नों को, जो कुछ ही मनुष्यों के अधिकार में मठों और अरण्यों में छिपे हुए हैं, बाहर लाना होगा। जिन लोगों के अधिकार में ये छिपे हुए हैं, केवल उन्हीं से इस ज्ञान का उद्धार करना पर्याप्त नहीं होगा, वरन् उससे भी दुर्भेद्य पेटिका, अर्थात् जिस भाषा में ये सुरक्षित हैं, उस संस्कृत भाषा के शताब्दियों के पर्त खाए हुए अभेद्य शब्दजाल से उन्हें निकालना होगा। तात्पर्य यह है कि मैं उन्हें सबके लिए सुलभ कर देना चाहता हूँ। मैं उन तत्त्वों को निकालकर सबकी, भारत के प्रत्येक मनुष्य की, सामान्य संपत्ति बनाना चाहता हूँ, चाहे वह संस्कृत जानता हो या नहीं। इस मार्ग की बहुत बड़ी कठिनाई हमारी गौरवशाली संस्कृत भाषा ही है और यह कठिनाई तब तक दूर नहीं हो सकती, जब तक हमारे राष्ट्र के सभी मनुष्य संस्कृत के अच्छे विद्वान् न हो जाएँ। यह कठिनाई तुम्हारी समझ में आ जाएगी, जब मैं कहूँगा कि आजीवन इस संस्कृत भाषा का अध्ययन करने पर भी जब मैं इसकी कोई नई पुस्तक उठाता हूँ, तब वह मुझे बिल्कुल नई जान पड़ती है। अब

सोचो कि जिन लोगों ने कभी विशेष रूप से इस भाषा का अध्ययन करने का समय नहीं पाया, उनके लिए यह भाषा कितनी अधिक क्लिष्ट होगी! अतः मनुष्यों की बोलचाल की भाषा में उन विचारों की शिक्षा देनी होगी, साथ ही संस्कृत की भी शिक्षा अवश्य होती रहनी चाहिए, क्योंकि संस्कृत शब्दों की ध्वनि मात्र से ही जाति को एक प्रकार का गौरव, शक्ति और बल प्राप्त हो जाता है।

महान् धर्माचार्य रामानुज, चैतन्य और कबीर ने भारत की नीची जातियों को उठाने का जो प्रयत्न किया था, उसमें उन्हें अपने ही जीवनकाल में अद्‌भुत सफलता मिली थी, किंतु फिर उनके बाद उस कार्य का जो शोचनीय परिणाम हुआ, उसकी कारण-मीमांसा होनी चाहिए और जिस कारण उन बड़े-बड़े धर्माचार्यों के तिरोभाव के प्रायः एक ही शताब्दी के भीतर वह उन्नति रुक गई, उसकी भी मीमांसा होनी चाहिए। इसका रहस्य यह है—उन्होंने नीची जातियों को उठाया; वे सब चाहते थे कि ये उन्नति के सर्वोच्च शिखर पर आरूढ़ हो जाएँ, परंतु उन्होंने जनता में संस्कृत का प्रचार करने में अपनी शक्ति नहीं लगाई, यहाँ तक कि भगवान् बुद्ध ने भी यह भूल की कि उन्होंने जनता में संस्कृत भाषा का अध्ययन बंद कर दिया। वे तुरंत फल पाने के इच्छुक थे, इसीलिए उस समय की भाषा पाली में संस्कृत से अनुवाद कर, उन्होंने उन विचारों का प्रचार किया। वह बहुत ही सुंदर हुआ था। जनता ने उनका अभिप्राय समझा, क्योंकि वे जनता की बोलचाल की भाषा में उपदेश देते थे। यह बहुत ही अच्छा हुआ था। इससे उनके भाव बहुत शीघ्र फैले और बहुत दूर-दूर तक पहुँचे, किंतु इसके साथ-साथ संस्कृत का भी प्रचार होना चाहिए था। ज्ञान का विस्तार हुआ सही, पर उसके साथ-साथ प्रतिष्ठा नहीं बनी, संस्कार नहीं बना।

संस्कृति ही युग के आघातों को सहन कर सकती है, मात्र ज्ञानराशि नहीं। तुम संसार के सामने प्रभूत ज्ञान रख सकते हो, परंतु इससे उसका विशेष उपकार नहीं होगा। संस्कार को रक्त में व्याप्त हो जाना चाहिए। वर्तमान समय में हम कितने ही राष्ट्रों के संबंध में जानते हैं, जिनके पास विशाल ज्ञान का आगार है, परंतु इससे क्या? वे बाघ की तरह नृशंस हैं,

वे बर्बरों के सदृश हैं, क्योंकि उनका ज्ञान संस्कार में परिणत नहीं हुआ है। सभ्यता की तरह ज्ञान भी चमड़े की ऊपरी सतह तक ही सीमित है, छिछला है और एक खरोंच लगते ही वह पुरानी नृशंसता जाग उठती है। ऐसी घटनाएँ हुआ करती हैं। यही भय है। जनता को उसकी बोलचाल की भाषा में शिक्षा दो, उसको भाव दो, वह बहुत कुछ जान जाएगी, परंतु साथ ही कुछ और भी जरूरी है—उसको संस्कृति का बोध दो। जब तक तुम यह नहीं कर सकते, तब तक उनकी उन्नत दशा कदापि स्थायी नहीं हो सकती। एक ऐसे नवीन वर्ण की सृष्टि होगी, जो संस्कृत भाषा सीखकर शीघ्र ही दूसरे वर्णों के ऊपर उठेगी और पहले की तरह उन पर अपना प्रभुत्व फैलाएगी। ऐ पिछड़ी जाति के लोगो! मैं तुम्हें बतलाता हूँ कि तुम्हारे बचाव का, तुम्हारी अपनी दशा को उन्नत करने का एकमात्र उपाय संस्कृत पढ़ना है और यह लड़ना-झगड़ना तथा उच्च वर्णों के विरोध में लेख लिखना व्यर्थ है। इससे कोई उपकार नहीं होगा, इससे लड़ाई-झगड़े और बढ़ेंगे और यह जाति, दुर्भाग्यवश पहले ही से जिसके टुकड़े-टुकड़े हो चुके हैं, और भी टुकड़ों में बँटती रहेगी। जातियों में समता लाने के लिए एकमात्र उपाय उस संस्कार और शिक्षा का अर्जन करना है, जो उच्च वर्णों का बल और गौरव है। यदि यह तुम कर सको तो जो कुछ तुम चाहते हो, वह तुम्हें मिल जाएगा।

इसके साथ मैं एक और प्रश्न पर विचार करना चाहता हूँ, जो खासकर मद्रास से संबंध रखता है। एक मत है कि दक्षिण भारत में द्रविड़ नाम की एक जाति के मनुष्य थे, जो उत्तर भारत की आर्य नामक जाति से बिल्कुल भिन्न थे और दक्षिण भारत के ब्राह्मण ही उत्तर भारत से आए हुए आर्य हैं; अन्य जातियाँ दक्षिणी ब्राह्मणों से बिल्कुल ही पृथक् जाति की हैं। भाषा-वैज्ञानिक महाशय, मुझे क्षमा कीजिएगा, यह मत बिल्कुल निराधार है। इसका एकमात्र प्रमाण यह है कि उत्तर और दक्षिण की भाषा में भेद है। दूसरा भेद मेरी नजर में नहीं आता। हम यहाँ उत्तर भारत के इतने लोग हैं, मैं अपने यूरोपीय मित्रों से कहता हूँ कि वे इस सभा के उत्तरी भारत और दक्षिणी भारत के लोगों को चुनकर अलग कर दें। भेद कहाँ है ? जरा सा भेद भाषा में है। पूर्वोक्त मतवादी कहते हैं कि दक्षिणी ब्राह्मण जब उत्तर से आए

थे, तब वे संस्कृत बोलते थे, अर्भ यहाँ आकर द्रविड़ भाषा बोलते-बोलते संस्कृत भूल गए। यदि ब्राह्मणों के संबंध में ऐसी बात है तो फिर दूसरी जातियों के संबंध में भी यही में बात क्यों नहीं होगी? क्यों न कहा जाए कि दूसरी जातियाँ भी एक-एक करके उत्तर भारत से आई हैं, उन्होंने द्रविड़ भाषा को अपनाया और संस्कृत भूल गईं? यह युक्ति तो दोनों और लग सकती है। ऐसी वाहियात बातों पर विश्वास नहीं करो। यहाँ ऐसी कोई द्रविड़ जाति रही होगी, जो यहाँ से लुप्त हो गई है और उनमें से जो कुछ थोड़े से रहे थे, वे जंगलों और दूसरे-दूसरे स्थानों में बस गए। यह बिल्कुल संभव है कि संस्कृत के बदले वह द्रविड़ भाषा ले ली गई हो, परंतु ये सब आर्य ही हैं, जो उत्तर से आए। सारे भारत के मनुष्य आर्यों के सिवा और कोई नहीं।

इसके बाद एक दूसरा विचार है कि शूद्र लोग निश्चय ही आदिम जाति के या अनार्य हैं। तब वे क्या हैं? वे गुलाम हैं। विद्वान् कहते हैं कि इतिहास अपने को दुहराता है। अमेरिकी, अंग्रेज, डच और पुर्तगाली बेचारे अफ्रीकियों को पकड़ लेते थे, जब तक वे जीवित रहते, उनसे घोर परिश्रम कराते थे और इनकी मिश्रित संतानें भी दासता में उत्पन्न होकर चिरकाल तक दासता में ही पड़ी रहती थीं। इस अद्‌भुत उदाहरण से मन हजारों वर्ष पीछे जाकर यहाँ भी उसी तरह की घटनाओं की कल्पना करता है और हमारे पुरातत्त्ववेत्ता भारत के संबंध में स्वप्न देखते हैं कि भारत काली आँखोंवाले आदिवासियों से भरा हुआ था और उज्ज्वल आर्य बाहर से आए—परमात्मा जाने कहाँ से आए! कुछ लोगों के मत से वे मध्य तिब्बत से आए। दूसरे कहते हैं, वे मध्य एशिया से आए। कुछ स्वदेश-प्रेमी अंग्रेज हैं, जो सोचते हैं कि आर्य लाल बालवाले थे। अपनी रुचि के अनुसार दूसरे सोचते हैं कि वे सब काले बालवाले थे। अगर लेखक खुद काले बालवाला मनुष्य हुआ तो सभी आर्य काले बालवाले थे। कुछ दिन हुए यह सिद्ध करने का प्रयत्न किया गया था कि आर्य स्विट्जरलैंड की झीलों के किनारे बसते थे। मुझे जरा भी दुःख नहीं होता, अगर वे सब-के-सब इन सब सिद्धांतों के साथ वहीं डूब मरते। आजकल कोई-कोई कहते हैं कि वे उत्तरी ध्रुव में रहते थे। ईश्वर आर्यों और उनके निवास-स्थानों पर कृपा-दृष्टि रखें।

इन सिद्धांतों की सत्यता के बारे में यही कहना है कि हमारे शास्त्रों में एक भी शब्द नहीं है, जो प्रमाण दे सके कि आर्य भारत के बाहर से किसी देश से आए। हाँ, प्राचीन भारत में अफगानिस्तान भी शामिल था, बस इतना ही और यह सिद्धांत भी कि शूद्र अनार्य और असंख्य थे, बिल्कुल अतार्किक और अयौक्तिक है। उन दिनों यह संभव ही नहीं था कि मुट्ठी भर आर्य यहाँ आकर लाखों अनार्यों पर अधिकार जमाकर बस गए हों। अजी, वे अनार्य उन्हें खा जाते, पाँच ही मिनट में उनकी चटनी बना डालते। इस समस्या की एकमात्र व्याख्या महाभारत में मिलती है। उसमें लिखा है कि सत्ययुग के आरंभ में एक ही जाति ब्राह्मण थी और फिर पेशे के भेद से वह भिन्न-भिन्न जातियों में बँटती गई। बस, यही एकमात्र व्याख्या सच और युक्तिपूर्ण है। भविष्य में, जो सत्ययुग आ रहा है, उसमें ब्राह्मणेतर सभी जातियाँ फिर ब्राह्मण रूप में परिणत होंगी।

इसलिए भारतीय जाति समस्या की मीमांसा इसी प्रकार होती है कि उच्च वर्णों को गिराना नहीं होगा, ब्राह्मणों का अस्तित्व लोप करना नहीं होगा। भारत में ब्राह्मणत्व ही मनुष्य का चरम आदर्श है। इसे शंकराचार्य ने गीता के भाष्यारंभ में बड़े ही सुंदर ढंग से पेश किया है, जहाँ कि उन्होंने ब्राह्मणत्व की रक्षा के लिए प्रचारक के रूप में श्रीकृष्ण के आने का कारण बतलाया है। यही उनके अवतरण का महान् उद्देश्य था। इस ब्राह्मण का, इस ब्रह्मज्ञ पुरुष का, इस आदर्श और सिद्ध पुरुष का रहना परमावश्यक है, इसका लोप कदापि नहीं होना चाहिए और इस समय इस जातिभेद की प्रथा में जितने दोष हैं, उनके रहते हुए भी हम जानते हैं कि हमें ब्राह्मणों को यह श्रेय देने के लिए तैयार रहना होगा कि दूसरी जातियों की अपेक्षा उन्हीं में से अधिक संख्यक मनुष्य यथार्थ ब्राह्मणत्व को लेकर आए हैं। यह सच है। दूसरी जातियों को उन्हें यह श्रेय देना ही होगा, यह उनका प्राप्य है। हमें बहुत स्पष्टवादी होकर साहस के साथ उनके दोषों की आलोचना करनी चाहिए, पर साथ ही उनका प्राप्य श्रेय भी उन्हें देना चाहिए। अंग्रेजी की पुरानी कहावत याद रखो—'हर एक मनुष्य को उसका प्राप्य दो।'

अतः मित्रो, जातियों का आपस में झगड़ना बेकार है। इससे क्या लाभ

होगा? इससे हम और भी बँट जाएँगे और भी कमजोर हो जाएँगे और भी गिर जाएँगे। एकाधिकार तथा उसके दावे के दिन चले गए, भारतभूमि से वे चिरकाल के लिए अंतर्हित हो गए और यह भारत में ब्रिटिश शासन का एक सुफल है, यहाँ तक कि मुसलमानों के शासन से भी हमारा उपकार हुआ था, उन्होंने भी इस एकाधिकार को तोड़ा था। सबकुछ होने पर भी वह शासन सर्वांशतः बुरा नहीं था। कोई भी वस्तु सर्वांशतः न बुरी होती है और न अच्छी ही। मुसलमानों की भारत-विजय पददलितों और गरीबों का, मानो उद्धार करने के लिए हुई थी। यही कारण है कि हमारी एक पंचमांश जनता मुसलमान हो गई। यह सारा काम तलवार से ही नहीं हुआ। यह सोचना कि यह सभी तलवार और आग का काम था, बेहद पागलपन होगा। अगर तुम सचेत नहीं होंगे तो मद्रास के तुम्हारे एक पंचमांश, नहीं अर्धांश लोग, ईसाई हो जाएँगे। जैसा मैंने मालाबार प्रदेश में देखा, क्या वैसी वाहियात बातें संसार में पहले भी कभी थीं? जिस रास्ते से उच्च वर्ग के लोग चलते हैं, गरीब लोग उससे नहीं चलने पाता, परंतु ज्यों ही उसने कोई बेढब अंग्रेजी नाम या कोई मुसलमानी नाम रख लिया कि बस, सारी बातें सुधर जाती हैं। यह सब देखकर इसके सिवा तुम और क्या निष्कर्ष निकाल सकते हो कि सब मालाबारी पागल हैं और उनके घर पागलखाने हैं? और जब तक वे होश सँभालकर अपनी प्रथाओं का संशोधन न कर लें, तब तक भारत की सभी जातियों को उनकी खिल्ली उड़ानी चाहिए। ऐसी बुरी और नृशंस प्रथाओं को आज भी जारी रखना क्या उनके लिए लज्जा का विषय नहीं है? उनके अपने बच्चे तो भूखों मरते हैं, परंतु ज्यों ही उन्होंने किसी दूसरे धर्म का आश्रय लिया कि फिर उन्हें अच्छा भोजन मिल जाता है। अब जातियों में आपसी लड़ाई बिल्कुल नहीं होनी चाहिए।

उच्च वर्णों को नीचे उतारकर इस समस्या की मीमांसा नहीं होगी, किंतु नीची जातियों को ऊँची जातियों के बराबर उठाना होगा और यद्यपि कुछ लोगों को, जिनकी अपने शास्त्रों का ज्ञान और अपने पूर्वजों के महान् उद्देश्यों को समझने की शक्ति शून्य से अधिक नहीं, तुम कुछ-का-कुछ कहते हुए सुनते हो। फिर भी मैंने जो कुछ कहा है, हमारे शास्त्रों में वर्णित

कार्य-प्रणाली वही है। वे इसे नहीं समझते; समझते वे हैं, जिनके मस्तिष्क है तथा जो पूर्वजों के कार्यों का समस्त प्रयोजन समझ लेने की क्षमता रखते हैं। वे तटस्थ होकर युग-युगांतरों से गुजरते हुए राष्ट्रीय जीवन की विचित्र गति को लक्ष्य करते हैं। वे नए और पुराने सभी शास्त्रों में क्रमशः इसकी परंपरा देख पाते हैं।

अच्छा, तो वह योजना, वह प्रणाली क्या है ? उस आदर्श का एक छोर ब्राह्मण है और दूसरा छोर चांडाल और संपूर्ण कार्य चांडाल को उठाकर ब्राह्मण बनाना है। शास्त्रों में धीरे-धीरे तुम देख पाते हो कि नीची जातियों को अधिकाधिक अधिकार दिए जाते हैं। कुछ ग्रंथ भी हैं, जिनमें तुम्हें ऐसे कठोर वाक्य पढ़ने को मिलते हैं—'अगर शूद्र वेद सुन लें तो उनके कानों में सीसा पिघलाकर भर दो और अगर वे वेद की एक भी पंक्ति याद कर लें तो उनकी जीभ काट डालो। यदि वे किसी ब्राह्मण को 'ऐ ब्राह्मण' कह दें तो भी उनकी जीभ काट लो!' यह पुराने जमाने की नृशंस बर्बरता है, इसमें जरा भी संदेह नहीं; परंतु स्मृतिकारों को दोष न दो, क्योंकि उन्होंने समाज के किसी अंश में प्रचलित प्रथाओं को ही सिर्फ लिपिबद्ध किया है। ऐसे आसुरी प्रकृति के लोग प्राचीन काल में कभी-कभी पैदा हो गए थे। ऐसे असुर लोग कमोबेश सभी युगों में होते आए हैं। इसलिए बाद के समय में तुम देखोगे कि इस स्वर में थोड़ी नरमी आ गई है, जैसे 'शूद्रों को तंग न करो, परंतु उन्हें उच्च शिक्षा भी न दो।' फिर धीरे-धीरे हम दूसरी स्मृतियों में, खासकर उन स्मृतियों में, जिनका आजकल पूरा प्रभाव है, यह लिखा पाते हैं कि अगर शूद्र ब्राह्मणों के आचार-व्यवहारों का अनुकरण करें तो वे अच्छा करते हैं, उन्हें प्रोत्साहित करना चाहिए। इस प्रकार, यह सब होता जा रहा है। तुम्हारे सामने इन सब कार्य-पद्धतियों का विस्तृत वर्णन करने का मेरे पास समय नहीं है और न ही इसका कि इनका विस्तृत विवरण कैसे प्राप्त किया जा सकता है, किंतु प्रत्यक्ष घटनाओं का विचार करने से हम देखते हैं, सभी जातियाँ धीरे-धीरे उठेंगी। आज जो हजारों जातियाँ हैं, उनमें से कुछ तो ब्राह्मणों में शामिल भी हो रही हैं। कोई जाति अगर अपने को ब्राह्मण कहने लगे तो इस पर कोई क्या कर सकता है ? जाति-भेद कितना भी कठोर क्यों न हो, वह इसी रूप में सृष्ट हुआ है।

कल्पना करो कि यहाँ कुछ जातियाँ हैं, जिनमें हर एक की जनसंख्या दस हजार है। अगर ये सब इकट्ठी होकर अपने को ब्राह्मण कहने लगें तो इन्हें कौन रोक सकता है? ऐसा मैंने अपने ही जीवन में देखा है। कुछ जातियाँ जोरदार हो गईं और ज्यों ही उन सबकी एक राय हुई, फिर उनसे 'नहीं' भला कौन कह सकता है? क्योंकि और कुछ भी हो, हर एक जाति दूसरी जाति से संपूर्ण पृथक् है। कोई जाति किसी दूसरी जाति के कार्यों में, यहाँ तक एक ही जाति की भिन्न-भिन्न शाखाएँ भी एक-दूसरे के कार्यों में हस्तक्षेप नहीं करतीं और शंकराचार्य आदि शक्तिशाली युग-प्रवर्तक ही बड़े-बड़े वर्ण निर्माता थे। उन लोगों ने जिन अद्भुत बातों का आविष्कार किया था, वे सब मैं तुमसे नहीं कह सकता और संभव है कि तुममें से कोई-कोई उससे अपना रोष प्रकट करे, किंतु अपने भ्रमण और अनुभव से मैंने उनके सिद्धांत ढूँढ़ निकाले और इससे मुझे अद्भुत परिणाम प्राप्त हुए। कभी उन्होंने दल के दल बलूचियों को लेकर क्षण भर में उन्हें क्षत्रिय बना डाला, दल के दल धीवरों को लेकर क्षण भर में ब्राह्मण बना दिया। वे सब ऋषि-मुनि थे और हमें उनकी स्मृति के सामने सिर झुकाना होगा। तुम्हें भी ऋषि-मुनि बनाना होगा। कृतकार्य होने का यही गूढ़ रहस्य है। न्यूनाधिक सभी को ऋषि होना होगा। ऋषि का अर्थ क्या है? ऋषि का अर्थ है—पवित्र आत्मा। पहले पवित्र बनो, तभी तुम शक्ति पाओगे। 'मैं ऋषि हूँ' कहने मात्र ही से न होगा, किंतु जब तुम यथार्थ ऋषित्व का लाभ करोगे तो देखोगे, दूसरे आप-ही-आप तुम्हारी आज्ञा मानते हैं। तुम्हारे भीतर से कुछ रहस्यमय वस्तु निःसृत होती है, जो दूसरों को तुम्हारा अनुसरण करने को बाध्य करती है, जिससे वे तुम्हारी आज्ञा का पालन करते हैं, यहाँ तक कि अपनी इच्छा के विरुद्ध अज्ञात भाव से वे तुम्हारी योजनाओं की कार्यसिद्धि में सहायक होते हैं। यही ऋषित्व है।

विस्तृत कार्य-प्रणाली के बारे में यही कहना है कि पीढ़ियों तक उसका अनुसरण करना होगा। मैंने तुमसे जो कुछ कहा है, वह एक सुझाव मात्र है। जिसका उद्देश्य यह दिखाना है कि ये लड़ाई-झगड़े बंद हो जाने चाहिए। मुझे विशेष दुःख इस बात पर होता है कि वर्तमान समय में भी जातियों के

बीच में इतना मतभेद चलता रहता है। इसका अंत हो जाना चाहिए। यह दोनों ही पक्षों के लिए व्यर्थ है, खासकर ब्राह्मणों के लिए, क्योंकि इस तरह के एकाधिकार और विशेष दावों के दिन अब चले गए। हर एक अभिजात वर्ग का कर्तव्य है कि अपने कुलीन-तंत्र की कब्र वह आप ही खोदे और वह जितना शीघ्र इसे कर सके, उतना ही अच्छा है। जितनी ही वह देर करेगा, उतनी ही वह सड़ेगी और उसकी मृत्यु भी उतनी ही भयंकर होगी। अतः यह ब्राह्मण जाति का कर्तव्य है कि भारत की दूसरी सब जातियों के उद्धार की चेष्टा करे। यदि वह ऐसा करती है, तभी वह ब्राह्मण है; अगर वह धन के चक्कर में पड़ी रहती है तो वह ब्राह्मण नहीं है।

इधर तुम्हारे लिए भी उचित है कि यथार्थ ब्राह्मणों की ही सहायता करो, इससे तुम्हें स्वर्ग मिलेगा, पर यदि तुम अपात्र को दान दोगे तो उसका फल स्वर्ग न होकर उसके विपरीत होगा—हमारे शास्त्रों का यही कथन है। इस विषय में तुम्हें सावधान हो जाना चाहिए। यथार्थ ब्राह्मण वे ही हैं, जो संसारिक कोई कर्म नहीं करते। सांसारिक कर्म दूसरी जातियों के लिए है, ब्राह्मणों के लिए नहीं। ब्राह्मणों से मेरा यह निवेदन है कि वे जो कुछ जानते हैं, उसकी शिक्षा देकर और सदियों से उन्होंने जिस ज्ञान एवं संस्कृति का संचय किया है, उसका प्रचार करके भारतीय जनता को उन्नत करने के लिए भरसक प्रयत्न करें। यथार्थ ब्राह्मणत्व क्या है, इसका स्मरण करना भारतीय ब्राह्मणों का स्पष्ट कर्तव्य है। मनु कहते हैं, "ब्राह्मणों को जो इतना सम्मान और विशेष अधिकार दिए जाते हैं, इसका कारण यह है कि उनके पास धर्म का भंडार है।" उन्हें वह भंडार खोलकर, उनके रत्न संसार में बाँट देने चाहिए। यह सच है कि ब्राह्मणों ने ही पहले भारत की सब जातियों में धर्म का प्रचार किया और उन्होंने ही सबसे पहले, उस समय, जबकि दूसरी जातियों में त्याग के भाव का उन्मेष ही नहीं हुआ था, जीवन के सर्वोच्च सत्य के लिए सबकुछ छोड़ा। यह ब्राह्मणों का दोष नहीं कि वे उन्नति के मार्ग पर अन्य जातियों के आगे बढ़े। दूसरी जातियों ने भी ब्राह्मणों की तरह समझने और कहने की चेष्टा क्यों नहीं की, क्यों उन्होंने सुस्त बैठे रहकर ब्राह्मणों को बाजी मार लेने दी?

परंतु दूसरों की अपेक्षा अधिक अग्रसर होना तथा सुविधाएँ प्राप्त करना एक बात है और दुरुपयोग के लिए उन्हें बनाए रखना दूसरी बात। शक्ति जब कभी बुरे उद्देश्य के हेतु लगाई जाती है तो वह आसुरी हो जाती है, उसका उपयोग सदुद्देश्य के लिए ही होना चाहिए। अतः युगों की यह संचित शिक्षा तथा संस्कार, जिनके ब्राह्मण संरक्षक होते आए हैं, अब साधारण जनता को देने पड़ेंगे और चूँकि उन्होंने साधारण जनता को वह समर्पित नहीं की, इसीलिए मुसलमानों का आक्रमण संभव हो सका था।

हम जो हजार वर्ष तक भारत पर धावा बोलनेवाले जिस किसी के पैरों तले कुचले जाते रहे, इसका कारण यही है कि ब्राह्मणों ने शुरू से ही साधारण जनता के लिए वह खजाना खोल नहीं दिया। हम इसीलिए अवनत हो गए और हमारा पहला कार्य यही है कि हम अपने पूर्वजों के बटोरे हुए धर्मरूपी अमोल रत्न जिन तहखानों में छिपे हुए हैं, उन्हें तोड़कर बाहर निकालें और उन्हें सबको दें। यह कार्य सबसे पहले ब्राह्मणों को ही करना होगा। बंगाल में एक पुराना अंधविश्वास है कि जिस गोखुरे साँप ने काटा हो, वह खुद यदि अपना विष खींच ले तो आदमी जरूर बच जाता है। अतएव ब्राह्मणों को ही अपना विष खींच लेना होगा। ब्राह्मणेतर जातियों से मैं कहता हूँ, ठहरो, जल्दी मत करो, ब्राह्मणों से लड़ने का मौका मिलते ही उसका उपयोग न करो, क्योंकि मैं पहले दिखा चुका हूँ कि तुम अपने ही दोष से कष्ट पा रहे हो। तुम्हें आध्यात्मिकता का उपार्जन करने और संस्कृत सीखने से किसने मना किया था, इतने दिनों तक तुम क्या करते रहे, क्यों तुम इतने दिनों तक उदासीन रहे और दूसरों ने तुमसे बढ़कर मस्तिष्क, वीर्य, साहस और क्रिया-शक्ति का परिचय दिया, इस पर अब चिढ़ क्यों रहे हो? समाचार-पत्रों में इन सब व्यर्थ वाद-विवादों और झगड़ों में शक्तिक्षय न करके, अपने ही घरों में इस तरह लड़ते-झगड़ते न रहकर, जोकि पाप है, ब्राह्मणों के समान ही संस्कार प्राप्त करने के लिए अपनी सारी शक्ति लगा दो। बस तभी तुम्हारा उद्देश्य सिद्ध होगा। तुम क्यों संस्कृत के पंडित नहीं होते, भारत की सभी जातियों में संस्कृत शिक्षा का प्रचार करने के लिए तुम क्यों नहीं करोड़ों रुपए खर्च करते? मेरा प्रश्न तो यही है। जिस समय तुम

यह कार्य करोगे, उसी क्षण तुम ब्राह्मणों के बराबर हो जाओगे। भारत में शक्तिलाभ का रहस्य यही है।

संस्कृत में पांडित्य होने से ही भारत में सम्मान प्राप्त होता है। संस्कृत भाषा का ज्ञान होने से ही कोई भी तुम्हारे विरुद्ध कुछ कहने का साहस नहीं करेगा। यही एकमात्र रहस्य है, अतः इसे जान लो और संस्कृत पढ़ो। अद्वैतवादी की प्राचीन उपमा दी जाए तो कहना होगा कि समस्त जगत् अपनी माया से आप ही सम्मोहित हो रहा है। इच्छाशक्ति ही जगत् में अमोघ शक्ति है। प्रबल इच्छाशक्ति का अधिकारी मनुष्य एक ऐसी ज्योतिर्मयी प्रभा अपने चारों ओर फैला देता है कि दूसरे लोग स्वतः उस प्रभा से प्रभावित होकर उसके भाव से भावित हो जाते हैं। ऐसे महापुरुष अवश्य ही प्रकट हुआ करते हैं और इसके पीछे भावना क्या है? जब वे आविर्भूत होते हैं, तब उनके विचार हम लोगों के मस्तिष्क में प्रवेश करते हैं और हममें से कितने ही आदमी उनके विचारों तथा भावों को अपना लेते हैं और शक्तिशाली बन जाते हैं। किसी संगठन या संघ में इतनी शक्ति क्यों होती है? संगठन को केवल भौतिक या जड़शक्ति मत मानो। इसका क्या कारण है, अथवा वह कौन सी वस्तु है, जिसके द्वारा कुल चार करोड़ अंग्रेज पूरे तीस करोड़ भारतवासियों पर शासन करते हैं, इसका मनोवैज्ञानिक स्पष्टीकरण क्या है? यही कि वे चार करोड़ मनुष्य अपनी इच्छाशक्ति को समवेत कर देते हैं, अर्थात् शक्ति का अनंत भंडार बना लेते हैं और तुम तीस करोड़ मनुष्य अपनी-अपनी इच्छाओं को एक-दूसरे से पृथक् किए रहते हो। बस यही इसका रहस्य है कि वे कम होकर भी तुम्हारे ऊपर शासन करते हैं। अतः यदि भारत को महान् बनाना है, उसका भविष्य उज्ज्वल बनाना है, तो इसके लिए आवश्यकता है संगठन की, शक्ति-संग्रह की और बिखरी हुई इच्छाशक्ति को एकत्र कर उसमें समन्वय लाने की।

'अथर्ववेद संहिता' की एक विलक्षण ऋचा याद आती है, जिसमें कहा गया है, "तुम सब लोग एक मन हो जाओ, सब लोग एक ही विचार के बन जाओ, क्योंकि प्राचीन काल में एक मन होने के कारण ही देवताओं ने बलि पाई है।" देवता मनुष्य द्वारा इसीलिए पूजे गए कि वे एकचित्त थे, एक मन

हो जाना ही समाज-गठन का रहस्य है और यदि तुम 'आर्य' और 'द्रविड़', 'ब्राह्मण' और 'अब्राह्मण' जैसे तुच्छ विषयों को लेकर 'तू-तू, मैं-मैं' करोगे—झगड़े और पारस्परिक विरोधभाव को बढ़ाओगे, तो समझ लो कि तुम उस शक्ति-संग्रह से दूर हटते जाओगे, जिसके द्वारा भारत का भविष्य बनने जा रहा है। इस बात को याद रखो कि भारत का भविष्य संपूर्णतः उसी पर निर्भर करता है। बस इच्छाशक्ति का संचय और उनका समन्वय कर उन्हें एकमुखी करना ही वह सारा रहस्य है।

प्रत्येक चीनी अपनी शक्तियों को भिन्न-भिन्न मार्गों से परिचालित करता है तथा मुट्ठी पर जापानी अपनी इच्छाशक्ति एक ही मार्ग से परिचालित करते हैं और उसका फल क्या हुआ है, यह तुम लोगों से छिपा नहीं है। इसी तरह की बात सारे संसार में देखने में आती है। यदि तुम संसार के इतिहास पर दृष्टि डालो, तो तुम देखोगे कि सर्वत्र छोटे-छोटे सुगठित राष्ट्र, बड़े-बड़े असंगठित राष्ट्रों पर शासन कर रहे हैं। ऐसा होना स्वाभाविक है, क्योंकि छोटे संगठित राष्ट्र अपने भावों को आसानी के साथ केंद्रीभूत कर सकते हैं और इस प्रकार वे अपनी शक्ति को विकसित करने में समर्थ होते हैं। दूसरी ओर जितना बड़ा राष्ट्र होगा, उतना ही संगठित करना कठिन होगा। वे मानो अनियंत्रित लोगों की भीड़ मात्र हैं, वे कभी परस्पर संबद्ध नहीं हो सकते। इसलिए मतभेद के ये सब झगड़े एकदम बंद हो जाने चाहिए।

इसके सिवा हमारे भीतर एक और बड़ा भारी दोष है। महिलाएँ मुझे क्षमा करेंगी, पर असल बात यह है कि सदियों से गुलामी करते-करते हमारा राष्ट्र औरतों के राष्ट्र के समान बन गया है। चाहे इस देश में हो या किसी अन्य देश में, कहीं भी तुम तीन स्त्रियों को शायद ही कभी एक साथ पाँच मिनट से अधिक देर तक झगड़ा किए बिना देख पाओगे। यूरोपीय देशों में स्त्रियाँ बहुत बड़ी-बड़ी सभा-समितियाँ स्थापित करती हैं तथा अपनी शक्ति और अधिकारों की बड़ी-बड़ी घोषणाएँ करती हैं। फिर वे आपस में झगड़ा करने लग जाती हैं। इसी बीच कोई पुरुष आता है और उन पर अपना प्रभुत्व जमा लेता है। सारे संसार में स्त्रियों पर शासन करने के लिए अब भी पुरुषों की आवश्यकता होती है। हमारी भी ठीक वही हालत है। हम भी

स्त्रियों के समान हो गए हैं। यदि कोई स्त्री स्त्रियों का नेतृत्व करने चलती है, तो सब मिलकर फौरन उसकी खरी आलोचना करना शुरू कर देती हैं, उसकी खिल्लियाँ उड़ाने लग जाती हैं और अंत में उसे नेतृत्व से हटाकर, उसे बैठाकर ही दम लेती हैं। यदि कोई पुरुष आता है और उनके साथ जरा सख्त बरताव करता है, बीच-बीच में डाँट-फटकार सुना देता है, तो बस वे ठीक हो जाती हैं। इस प्रकार के वशीकरण की वे अभ्यस्त हो गई हैं। सारा संसार ही इस प्रकार के वशीकरण एवं सम्मोहन करनेवालों से भरा है। ठीक इसी तरह यदि हम लोगों में से किसी ने आगे बढ़ना चाहा, हमें रास्ता दिखाने की कोशिश की, तो हम फौरन उसकी टाँगें पकड़कर पीछे खींचेंगे और उसे बिठा देंगे, परंतु यदि कोई विदेशी हमारे बीच में कूद पड़े और हमें पैरों से ठोकर मारे, तो हम बड़ी खुशी से उसके पैर सहलाने लगा जाएँगे। हम लोग इसके अभ्यस्त हो गए हैं। क्या ऐसी बात नहीं है? और कहीं गुलाम स्वामी बन सकता है। इसलिए यह गुलामी वृत्ति छोड़ दो।

आगामी पचास वर्ष के लिए यह जननी जन्मभूमि भारतमाता ही हमारी आराध्य देवी बन जाए। तब तक के लिए हमारे मस्तिष्क से व्यर्थ के देवी-देवताओं के हट जाने में कुछ भी हानि नहीं है। अपना सारा ध्यान इसी एक ईश्वर पर लगाओ, हमारा देश ही हमारा जाग्रत् देवता है। सर्वत्र उसके हाथ हैं, सर्वत्र उसके पैर हैं और सर्वत्र उसके कान हैं। समझ लो कि दूसरे देवी-देवता सो रहे हैं। जिन व्यर्थ के देवी-देवताओं को हम देख नहीं पाते, उनके पीछे तो हम बेकार दौड़ें और जिस विराट् देवता को हम अपने चारों ओर देख रहे हैं, उसकी पूजा ही न करें? जब हम इस प्रत्यक्ष देवता की पूजा कर लेंगे, तभी हम दूसरे देवी-देवियों की पूजा करने योग्य होंगे, अन्यथा नहीं।

आधा मील भी चलने की हममें शक्ति नहीं और हम हनुमानजी की तरह एक ही छलाँग में समुद्र पार करने की इच्छा करें, ऐसा नहीं हो सकता। जिसे देखो, वही योगी बनने की धुन में है, जिसे देखो, वही समाधि लगाने जा रहा है! ऐसा नहीं होने का। दिन भर तो दुनिया के सैकड़ों प्रपंचों में लिप्त रहोगे, कर्मकांड में व्यस्त रहोगे और शाम को आँख मूँदकर, नाक दबाकर साँस चढ़ाओ-उतारोगे। क्या योग की सिद्धि और समाधि को इतना सहज

समझ रखा है कि ऋषि लोग तुम्हारे तीन बार नाक फड़फड़ाने और साँस चढ़ाने से हवा में उड़ते हुए चले जाएँगे, क्या इसे तुमने कोई हँसी-मजाक मान लिया है? ये सब विचार वाहियात हैं। हमें जिसकी आवश्यकता है, वह है चित्तशुद्धि, हृदय का पावित्र्य और उसकी प्राप्ति कैसे होती है? इसके लिए सबसे पहले उस विराट् की पूजा करो, जिसे तुम अपने चारों ओर देख रहे हो। उसकी पूजा करो। 'पूजा' ही ठीक शब्द है, किसी अन्य शब्द से काम नहीं चलेगा। ये मनुष्य और पशु, जिन्हें हम आस-पास और आगे-पीछे देख रहे हैं, ये ही हमारे ईश्वर हैं। इनमें सबसे पहले पूज्य हैं, हमारे अपने देशवासी। परस्पर ईर्ष्या-द्वेष करने और झगड़ने की बजाय हमें उनकी पूजा करनी चाहिए। यह ईर्ष्या-द्वेष करने और झगड़ने की बजाय हमें उनकी पूजा करनी चाहिए। यह ईर्ष्या-द्रेष और कलह अत्यंत भयावह कर्म है। इसका फल हम भोग रहे हैं। फिर भी हमारी आँखें नहीं खुलतीं।

अस्तु, यह विषय इतना विस्तृत है कि मेरी समझ में ही नहीं आता कि मैं कहाँ पर अपना वक्तव्य समाप्त करूँ? इसलिए मद्रास में मैं किस प्रकार काम करना चाहता हूँ, इस विषय में संक्षेप में अपना मत व्यक्त करके व्याख्यान समाप्त करता हूँ। सब्रसे पहले हमें अपने देश की आध्यात्मिक और लौकिक शिक्षा का भार ग्रहण करना होगा। क्या तुम इस बात की सार्थकता को समझ रहे हो? तुम्हें इस विषय पर सोचना-विचारना होगा, इस पर तर्क-वितर्क और आपस में परामर्श करना होगा, दिमाग लगाना होगा और अंत में उसे कार्य रूप में परिणत करना होगा। जब तक तुम यह काम पूरा नहीं करते हो, तब तक तुम्हारे देश का उद्धार होना असंभव है। जो शिक्षा तुम अभी पा रहे हो, उसमें कुछ अच्छा अंश तो है, पर दोष बहुत अधिक हैं, इतने कि ये उस भले अंश को दबा देते हैं। सबसे पहली बात तो यह है कि यह शिक्षा मनुष्य बनानेवाली नहीं कही जा सकती। यह शिक्षा संपूर्णतः निषेधात्मक है। निषेधात्मक शिक्षा या निषेध की बुनियाद पर आधारित शिक्षा मृत्यु से भी भयानक होती है। कोमलमति बालक पाठशाला में भरती होता है और सबसे पहली बात, जो वह सीखता है, वह यह कि तुम्हारा बाप मूर्ख है। दूसरी बात जो वह सीखता है, वह यह कि तुम्हारा

दादा पागल है। तीसरी बात यह है कि तुम्हारे जितने आचार्य हैं, वे पाखंडी हैं और चौथी बात यह कि तुम्हारे जितने पवित्र धर्मग्रंथ हैं, उनमें झूठी और कपोलकल्पित बातें भरी हुई हैं! इस प्रकार की निषेधात्मक बातें सीखते-सीखते जब बालक सोलह वर्ष की अवस्था को पहुँचता है, तब वह निषेधों की खान बन जाता है—उसमें न जान रहती है और न रीढ़। अतः इसका जैसा परिणाम होना चाहिए था, वैसा ही हुआ है।

पिछले पचास वर्षों से दी जानेवाली इस शिक्षा ने तीनों प्रांतों में एक भी स्वतंत्र विचारों का मनुष्य पैदा नहीं किया और जो स्वतंत्र विचार के लोग हैं, उन्होंने यहाँ शिक्षा नहीं पाई है, विदेशों में पाई है, अथवा अपने भ्रममूलक कुसंस्कारों का निवारण करने के लिए पुनः अपने पुराने शिक्षालयों में जाकर अध्ययन किया है। शिक्षा का मतलब यह नहीं है कि तुम्हारे दिमाग में ऐसी बहुत सी बातें इस तरह ठूँस दी जाएँ कि अंतर्द्वंद्व होने लगे और तुम्हारा दिमाग उन्हें जीवन भर पचा न सके। जिस शिक्षा से हम अपना जीवन-निर्माण कर सकें, मनुष्य बन सकें, चरित्र-गठन कर सकें और विचारों का सामंजस्य कर सकें, वही वास्तव में शिक्षा कहलाने योग्य है। यदि तुम पाँच ही भावों को पचाकर तदनुसार जीवन और चरित्र गठित कर सके हो, तो तुम्हारी शिक्षा उस आदमी की अपेक्षा बहुत अधिक है, जिसने एक पूरे पुस्तकालय को कंठस्थ कर रखा है। कहा भी है—

"यथा खरश्चन्दनभारवाही भारस्य वेत्ता न तु चन्दनस्य।"

अर्थात् 'वह गधा, जिसके ऊपर चंदन की लकड़ियों का बोझ लाद दिया गया हो, बोझ ही जान सकता है, चंदन के मूल्य को वह नहीं समझ सकता।' यदि तरह-तरह की जानकारियों का संग्रह करना ही शिक्षा है, तब तो ये पुस्तकालय संसार में सर्वश्रेष्ठ मुनि हैं और विश्वकोश ही ऋषि। इसलिए हमारा आदर्श यह होना चाहिए कि अपने देश की समग्र आध्यात्मिक और लौकिक शिक्षा के प्रचार का भार अपने हाथों में ले लें और जहाँ तक संभव हो, राष्ट्रीय रीति से राष्ट्रीय सिद्धांतों के आधार पर शिक्षा का विस्तार करें।

यह ठीक है कि यह एक बहुत बड़ी योजना है। मैं नहीं कह सकता कि यह कभी कार्य रूप में परिणत होगी या नहीं, पर इसका विचार छोड़कर

हमें यह काम फौरन शुरू कर देना चाहिए, लेकिन कैसे, किस तरह से काम में हाथ लगाया जाए? उदाहरण के लिए मद्रास का ही काम ले लो। सबसे पहले हमें एक मंदिर की आवश्यकता है, क्योंकि सभी कार्यों में प्रथम स्थान हिंदू लोग धर्म को ही देते हैं। तुम कहोगे कि ऐसा होने से हिंदुओं के विभिन्न मतावलंबियों में परस्पर झगड़े होने लगेंगे, पर मैं तुमको किसी मतविशेष के अनुसार वह मंदिर बनाने को नहीं कहता। वह इन सांप्रदायिक भेदभावों के परे होगा। उसका एकमात्र प्रतीक होगा ॐ, जो कि हमारे किसी भी धर्म-संप्रदाय के लिए महानतम प्रतीक है। यदि हिंदुओं में कोई ऐसा संप्रदाय हो, जो इस ओंकार को नहीं माने, तो समझ लो कि वह हिंदू कहलाने योग्य नहीं है। वहाँ सब लोग अपने-अपने संप्रदाय के अनुसार ही हिंदुत्व की व्याख्या कर सकेंगे, पर मंदिर हम सबके लिए एक ही होना चाहिए। अपने संप्रदाय के अनुसार, जो देवी-देवताओं की प्रतिमा-पूजा करना चाहें, अन्यत्र जाकर करें, पर इस मंदिर में, वे औरों से झगड़ा न करें। इस मंदिर में वे ही धार्मिक तत्त्व समझाए जाएँगे, जो सब संप्रदायों में समान हैं, साथ ही हर एक संप्रदायवाले को अपने मत की शिक्षा देने का यहाँ पर अधिकार रहेगा, पर एक प्रतिबंध रहेगा कि वे अन्य संप्रदायों से झगड़ा नहीं करने पाएँगे। तुम्हें जो कहना है, कहो, संसार तुम्हारी राय जानना चाहता है, पर उसे यह सुनने का समय नहीं है कि तुम औरों के विषय में क्या विचार प्रकट कर रहे हो। उन्हें तुम अपने ही पास रखे रहो।

इस मंदिर के संबंध में एक दूसरी बात यह है कि इसके साथ ही एक और संस्था हो, जिससे धार्मिक शिक्षक और प्रचारक तैयार किए जाएँ और वे भी घूम-फिरकर धर्मप्रचार करने को भेजे जाएँ, परंतु ये केवल धर्म का ही प्रचार न करें, वरन् उनके साथ-साथ लौकिक शिक्षा का भी प्रचार करें। जैसे हम धर्म का प्रचार द्वार-द्वार जाकर करते हैं, वैसे ही हमें लौकिक शिक्षा का भी प्रचार करना पड़ेगा। यह काम आसानी से हो सकता है। शिक्षकों तथा धर्म-प्रचारकों द्वारा हमारे कार्य का विस्तार होता जाएगा और क्रमशः अन्य स्थानों में ऐसे मंदिर प्रतिष्ठित होंगे और इस प्रकार, समस्त भारत में यह कार्य फैल जाएगा। यही मेरी योजना है। तुमको यह बड़ी भारी

मालूम होगी, पर इसकी इस समय बहुत आवश्यकता है। तुम पूछ सकते हो कि इस काम के लिए धन कहाँ से आएगा? धन की जरूरत नहीं। धन कुछ नहीं है। पिछले बारह वर्षों से मैं ऐसा जीवन व्यतीत कर रहा हूँ कि मैं यह नहीं जानता कि आज यहाँ खा रहा हूँ तो कल कहाँ खाऊँगा और न मैंने कभी इसकी परवाह ही की। धन या किसी भी वस्तु की जब मुझे इच्छा होगी, तभी वह प्राप्त हो जाएगी, क्योंकि वे सब मेरे गुलाम हैं, न कि मैं उनका गुलाम हूँ। जो मेरा गुलाम है, उसे मेरी इच्छा होते ही मेरे पास आना पड़ेगा। अत: उसकी कोई चिंता न करो। अब प्रश्न यह है कि काम करनेवाले लोग कहाँ है? मद्रास के नवयुवको! तुम्हारे ऊपर ही मेरी आशा है। क्या तुम अपनी जाति और राष्ट्र की पुकार सुनोगे? यदि तुम्हें मुझ पर विश्वास है तो मैं कहूँगा कि तुममें प्रत्येक का भविष्य उज्ज्वल है। अपने आप पर अगाध, अटूट विश्वास रखो; वैसा ही विश्वास, जैसा मैं बाल्यकाल में अपने ऊपर रखता था और जिसे मैं अब कार्यान्वित कर रहा हूँ। तुम सभी अपने आप पर विश्वास रखो। यह विश्वास रखो कि प्रत्येक की आत्मा में अनंत शक्ति विद्यमान है। तभी तुम सारे भारतवर्ष को पुनरुज्जीवित कर सकोगे। फिर तो हम दुनिया के सभी देशों में खुले आम जाएँगे और आगामी दस वर्षों में हमारे भाव उन सब विभिन्न शक्तियों के एक अंशस्वरूप हो जाएँगे, जिनके द्वारा संसार का प्रत्येक राष्ट्र संगठित हो रहा है।

हमें भारत में बसनेवाली और भारत के बाहर बसनेवाली सभी जातियों के अंदर प्रवेश करना होगा। इसके लिए हमें कर्म करना होगा और इस काम के लिए मुझे युवक चाहिए। वेदों में कहा है—"युवक, बलशाली, स्वस्थ, तीव्र मेधावाले और उत्साहयुक्त मनुष्य ही ईश्वर के पास पहुँच सकते हैं।" तुम्हारे भविष्य को निश्चित करने का यही समय है। इसीलिए मैं कहता हूँ कि अभी इस भरी जवानी में, इस नए जोश के जमाने में ही काम करो, जीर्ण-शीर्ण हो जाने पर काम नहीं होगा। काम करो, क्योंकि काम करने का यही समय है। सबसे अधिक ताजे, बिना स्पर्श किए हुए और बिना सूँघे फूल ही भगवान् के चरणों पर चढ़ाए जाते हैं और वे उसे ही ग्रहण करते हैं। अपने पैरों आप खड़े हो जाओ, देर न करो, क्योंकि जीवन क्षणस्थायी

है। वकील बनकर मुकदमे लड़ने की अभिलाषा रखने से कहीं अधिक महत्त्वपूर्ण कार्य करने हैं। अपनी जाति, देश, राष्ट्र और समग्र मानव समाज के कल्याण के लिए आत्मोत्सर्ग करना इससे बहुत ऊँचा है।

इस जीवन में क्या है? तुम हिंदू हो और इसलिए तुम्हारा यह सहज विश्वास है कि तुम अनंत काल तक रहनेवाले हो। कभी-कभी मेरे पास नास्तिकता के विषय पर वार्त्तालाप करने के लिए कुछ युवक आया करते हैं, पर मेरा विश्वास है कि कोई हिंदू नास्तिक नहीं हो सकता। संभव है कि किसी ने पाश्चात्य ग्रंथ पढ़े हों और अपने को जड़वादी समझने लग गया हो, पर ऐसा केवल कुछ समय के लिए होता है। यह बात तुम्हारे खून के भीतर नहीं है। जो बात तुम्हारी रग-रग में रमी हुई है, उसे तुम निकाल नहीं सकते और न उसकी जगह और किसी धारणा पर तुम्हारा विश्वास ही हो सकता है। इसीलिए वैसी चेष्टा करना व्यर्थ होगा। मैंने भी बाल्यावस्था में ऐसी चेष्टा की थी, पर वैसा नहीं हो सकता। जीवन की अवधि अल्प है, पर आत्मा अमर और अनंत है और मृत्यु अनिवार्य है। इसलिए आओ, हम अपने आगे एक महान् आदर्श खड़ा करें और उसके लिए अपने जीवन का उत्सर्ग कर दें। यही हमारा निश्चय हो और वे भगवान्, जो हमारे शास्त्रों के अनुसार साधुओं के परित्राण के लिए संसार में बार-बार आविर्भूत होते हैं, वे भगवान् श्रीकृष्ण हमें आशीर्वाद दें एवं हमारे उद्देश्य की सिद्धि में सहायक हों।

(मद्रास में दिया गया व्याख्यान)

□

भारत अब भी जीवित है

सुदीर्घ रजनी अब समाप्त होती हुई जान पड़ती है। महादुःख का प्रायः अंत ही प्रतीत होता है। महानिद्रा में निमग्न शव, मानो जाग्रत् हो रहा है। इतिहास की बात तो दूर रही, जिस सुदूर अतीत के घनांधकार का भेद करने में किंवदंतियाँ भी असमर्थ हैं, वहीं से एक आवाज हमारे पास आ रही है। ज्ञान, भक्ति और कर्म के अनंत हिमालयस्वरूप हमारी मातृभूमि भारत की हर एक चोटी पर प्रतिध्वनित होकर यह आवाज मृदु, दृढ़, परंतु अभ्रांत स्वर में हमारे पास तक आ रही है। जितना समय बीतता है, उतनी ही वह और भी स्पष्ट तथा गंभीर होती जाती है और देखो, वह निद्रित भारत अब जागने लगा है। मानो हिमालय के प्राणप्रद वायु-स्पर्श से मृतदेह के शिथिलप्राय अस्थि-मांस तक में प्राणसंचार हो रहा है। जड़ता धीरे-धीरे दूर हो रही है। जो अंधे हैं, वे ही देख नहीं सकते और जो विकृत बुद्धि हैं, वे ही समझ नहीं सकते कि हमारी मातृभूमि अपनी गंभीर निद्रा से अब जाग रही है। अब कोई उसे रोक नहीं सकता। अब यह फिर सो भी नहीं सकती। कोई बाह्य शक्ति इस समय इसे दबा नहीं सकती, क्योंकि यह असाधारण शक्ति का देश अब जागकर खड़ा हो रहा है।

महाराज एवं रामनाद-निवासी सज्जनो! आपने जिस हार्दिकता तथा कृपा के साथ मेरा अभिनंदन किया है, इसके लिए आप मेरा आंतरिक धन्यवाद स्वीकार कीजिए। मैं अनुभव करता हूँ कि आप लोग मेरे प्रति सौहार्द्र तथा कृपा-भाव रखते हैं; क्योंकि जबानी बातों की अपेक्षा एक हृदय दूसरे हृदय के सामने अपने भाव ज्यादा अच्छी तरह प्रकट करता है। आत्मा मौन, परंतु

अभ्रांत भाषा में दूसरी आत्मा के साथ बात करती है, इसीलिए मैं आप लोगों के भाव को अपने अंतस्तल में अनुभव करता हूँ। रामनाद के महाराज! अपने धर्म और मातृभूमि के लिए पाश्चात्य देशों में इस नगण्य व्यक्ति द्वारा यदि कोई कार्य हुआ है, अपने घर में ही अज्ञात और गुप्तभाव से रक्षित अमूल्य रत्नसमूह के प्रति स्वदेशवासियों के हृदय आकृष्ट करने के लिए यदि कुछ प्रयत्न हुआ है, अज्ञानरूपी अंधेपन के कारण प्यासे मरने अथवा दूसरी जगह के गंदे गड्ढे का पानी पीने की अपेक्षा यदि अपने घर के पास निरंतर बहनेवाले झरने के निर्मल जल को पीने के लिए वे बुलाए जा रहे हैं, हमारे स्वदेशवासियों को यह समझाने के लिए कि भारतवर्ष का प्राण धर्म ही है, उसके जाने पर यह राजनीतिक उन्नति, समाज-सुधार या कुबेर का ऐश्वर्य भी कुछ नहीं कर सकता। यदि उनको कर्मण्य बनाने का कुछ उद्योग हुआ है, मेरे द्वारा इस दिशा में जो कुछ भी कार्य हुआ है, उसके लिए भारत अथवा अन्य हर देश, जिसमें कुछ भी कार्य संपन्न हुआ है, आपके प्रति ऋणी हैं; क्योंकि आपने ही पहले मेरे हृदय में ये भाव भरे और आप ही मुझे कार्य करने के लिए बार-बार उत्साहित करते रहे हैं। आपने ही मानो अंतर्दृष्टि के बल से भविष्यत् जानकर निरंतर मेरी सहायता की है, कभी भी मुझे उत्साहित करने से आप विमुख नहीं हुए। इसलिए यह बहुत ही ठीक हुआ कि आप मेरी सफलता पर आनंदित होनेवाले प्रथन व्यक्ति हैं एवं भारत लौटकर मैं पहले आपके ही राज्य में उतरा।

उपस्थित सज्जनो! आपके महाराज ने पहले ही कहा है कि हमें बड़े कार्य करने होंगे, अद्भुत शक्ति का विकास दिखाना होगा, दूसरे राष्ट्रों को अनेक बातें सिखानी होंगी। यह देश दर्शन, धर्म, आचार-शास्त्र, मधुरता, कोमलता और प्रेम की मातृभूमि है। ये सब चीजें अब भी भारत में विद्यमान हैं। मुझे दुनिया के संबंध में जो जानकारी है, उसके बल पर मैं दृढ़तापूर्वक कह सकता हूँ कि इन बातों में पृथ्वी के अन्य प्रदेशों की अपेक्षा भारत अब भी श्रेष्ठ है। इस साधारण घटना को ही लीजिए; गत चार-पाँच वर्षों में संसार में अनेक बड़े-बड़े राजनीतिक परिवर्तन हुए हैं। पाश्चात्य देशों में सभी जगह बड़े-बड़े संगठनों से विभिन्न देशों में प्रचलित रीति-रिवाजों को एकदम दबा

देने की चेष्टा की और वे बहुत कुछ सफल भी हुए हैं। हमारे देशवासियों से पूछिए, क्या उन लोगों ने इन बातों के संबंध में कुछ सुना है? उन्होंने एक शब्द भी नहीं सुना, किंतु शिकागो में एक धर्म महासभा हुई थी, भारतवर्ष से उस महासभा में एक संन्यासी भेजा गया था, उसका आदर के साथ स्वागत हुआ, उसी समय से वह पाश्चात्य देशों में कार्य कर रहा है, यह बात यहाँ का एक अत्यंत निर्धन भिखारी भी जानता है।

लोग कहते हैं कि हमारे देश का जन-समुदाय बड़ी स्थूलबुद्धि का है, वह किसी प्रकार की शिक्षा नहीं चाहता और संसार का किसी प्रकार का समाचार नहीं जानना चाहता। पहले मूर्खतावश मेरा भी झुकाव ऐसी ही धारणा की ओर था। अब मेरी धारणा है कि काल्पनिक गवेषणाओं एवं द्रुतगति से सारे भूमंडल की परिक्रमा कर डालनेवालों तथा जल्दबाजी में पर्यवेक्षण करनेवालों की लेखनी द्वारा लिखित पुस्तकों के पाठ की अपेक्षा स्वयं अनुभव प्राप्त करने से कहीं अधिक शिक्षा मिलती है। अनुभव द्वारा यह शिक्षा मुझे मिली है कि हमारे देश का जन-समुदाय निर्बोध और मंद नहीं है, वह संसार का समाचार जानने के लिए पृथ्वी के अन्य किसी स्थान के निवासी से कम उत्सुक और व्याकुल भी नहीं है, तथापि प्रत्येक जाति के जीवन का कोई-न-कोई उद्देश्य है। प्रत्येक जाति अपनी निजी विशेषताएँ और व्यक्तित्व लेकर जन्म ग्रहण करती है। सब जातियाँ मिलकर एक सुमधुर एकतान-संगीत की सृष्टि करती हैं, किंतु प्रत्येक जाति मानो राष्ट्रों के स्वर-सामंजस्य में एक-एक पृथक् स्वर का प्रतिनिधित्व करती है। वही उसकी जीवनशक्ति है, वही उसके जातीय जीवन का मेरुदंड या मूल है।

हमारी इस पवित्र मातृभूमि का मेरुदंड, मूल या जीवनकेंद्र एकमात्र धर्म ही है। दूसरे लोग राजनीति को, व्यापार के बल पर अगाध धनराशि का उपार्जन करने के गौरव को, वाणिज्य-नीति की शक्ति और उसके प्रचार को, बाह्य स्वाधीनता-प्राप्ति के अपूर्व सुख को भले ही महत्त्व दें, किंतु हिंदू अपने मन में न तो इसके महत्त्व को समझते हैं और न समझना चाहते ही हैं। हिंदुओं के साथ धर्म ईश्वर, आत्मा, अनंत और मुक्ति के संबंध में बातें कीजिए; मैं आप लोगों को विश्वास दिलाता हूँ, अन्यान्य देशों के दार्शनिक कहे जानेवाले

व्यक्तियों की अपेक्षा यहाँ का एक साधारण कृषक भी इन विषयों में अधिक जानकारी रखता है। सज्जनो! मैंने आप लोगों से कहा है कि हमारे पास अभी संसार को सिखाने के लिए कुछ है, इसीलिए सैकड़ों वर्षों के अत्याचार और लगभग हजारों वर्षों के वैदेशिक शासन एवं अत्याचारों के बावजूद यह जाति जीवित है। इस जाति के इस समय भी जीवित रहने का मुख्य प्रयोजन यह है कि इसने अब भी ईश्वर और धर्म तथा अध्यात्म-रूप रत्नकोश का परित्याग नहीं किया है।

हमारी इस मातृभूमि में इस समय का धर्म और अध्यात्म विद्या का जो स्रोत बहता है, उसकी बाढ़ समस्त जगत् को आप्लावित कर, राजनीतिक उच्चाभिलाषाओं एवं नवीन सामाजिक संगठनों की चेष्टाओं में प्राय: समाप्तप्राय, अर्द्धमृत तथा पतनोन्मुखी पाश्चात्य और दूसरी जातियों में नवजीवन का संचार करेगी। नाना प्रकार के मत-मतांतरों के विभिन्न सुरों से भारत-गगन गूँज रहा है। यह बात सच है कि इन सुरों में कुछ ताल में है और कुछ बे-ताल; किंतु यह स्पष्ट पहचान में आ रहा है कि उन सब में एक प्रधान सुर, मानो भैरव-राग के सप्तम स्वर में उठकर अन्य दूसरे सुरों को कर्णगोचर नहीं होने दे रहा है और वह प्रधान सुर है—त्याग।

"विषयान् विषवत् त्यज"—भारतीय सभी शास्त्रों की यही एक बात है, यही सभी शास्त्रों का मूलमंत्र है। दुनिया दो दिन का तमाशा है। जीवन तो और भी क्षणिक है। इसके परे, इस मिथ्या संसार के परे उस अनंत अपार का राज्य है; आइए, उसी का पता लगाएँ। यह देश महावीर और प्रकांड मेधा तथा बुद्धिवाले मनीषियों से उद्भासित है, जो इस तथाकथित अनंत जगत् को भी एक गड़हिया मात्र समझते हैं और वे क्रमश: अनंत जगत् को भी छोड़कर दूर, अति दूर चले जाते हैं। काल, अनंत काल भी उनके लिए कोई चीज नहीं है, वे उसके भी पार चले जाते हैं। उनके लिए देश की भी कोई सत्ता नहीं है, वे उसके भी पार जाना चाहते हैं और दृश्य जगत् के अतीत जाना ही धर्म का गूढ़तम रहस्य है। भौतिक प्रकृति का इस प्रकार अतिक्रमण करने की चेष्टा, जिस प्रकार और चाहे जितना नुकसान सहकर क्यों न हो, किसी प्रकार प्रकृति के मुँह का घूँघट हटाकर एक बार उस देशकालातीत सत्ता के दर्शन का यत्न

करना; यही हमारी जाति का स्वाभाविक गुण है। यही हमारा आदर्श है, परंतु निश्चय ही किसी देश के सभी लोग पूर्ण त्यागी तो नहीं हो सकते। यदि आप लोग उसको उत्साहित करना चाहते हैं, तो उसके लिए यह एक निश्चित उपाय है। आपकी राजनीति, समाज सुधार, धन-संचय के उपाय, वाणिज्य-नीति आदि की बातें बतख की पीठ से जल के समान उनके कानों से बाहर निकल जाएँगी। इसलिए आप लोगों को जगत् को यह धार्मिक शिक्षा देनी ही होगी। दूसरी जातियों से हमें भौतिक-विज्ञान सीखना पड़े। किस प्रकार दल-संगठन और उसका परिचालन हो, विभिन्न शक्तियों को नियमानुसार काम में लगाकर किस प्रकार थोड़े यत्न से अधिक लाभ हो, इत्यादि बातें अवश्य ही हमें दूसरों से सीखनी होंगी। पाश्चात्यों से हमें शायद ये सब बातें कुछ-कुछ सीखनी ही होंगी, किंतु स्मरण रखना चाहिए कि हमारा उद्देश्य त्याग ही है। यदि कोई भोग और ऐहिक सुख को ही परम पुरुषार्थ मानकर भारतवर्ष में उनका प्रचार करना चाहे, यदि कोई जड़ जगत् को ही भारतवासियों का ईश्वर कहने की धृष्टता करे, तो वह मिथ्यावादी है। इस पवित्र भारतभूमि में उसके लिए कोई स्थान नहीं है, भारतवासी उसकी बात भी नहीं सुनेंगे। पाश्चात्य सभ्यता में चाहे कितनी ही चमक-दमक क्यों न हो, उसमें कितनी ही शोभा और शक्ति की चाहे कितनी ही अद्भुत अभिव्यक्ति क्यों न हो, मैं इस सभा के बीच खड़ा होकर उनसे साफ-साफ कह देता हूँ कि यह सब मिथ्या है, भ्रांति-भ्रांति मात्र। एकमात्र ईश्वर ही सत्य है, एकमात्र आत्मा ही सत्य है और एकमात्र धर्म ही सत्य है। इसी सत्य को पकड़े रखिए।

तो भी हमारे जो भाई उच्चतम सत्य के अधिकारी अभी नहीं हुए हैं, उनके लिए इस प्रकार का भौतिक विज्ञान शायद कल्याणकारी हो सकता है; उसे अपने लिए कार्योपयोगी बनाकर लेना होगा। सभी देशों और समाजों में एक भ्रम फैला हुआ है। विशेष दुःख की बात तो यह है कि भारतवर्ष में, जहाँ पहले कभी नहीं था, थोड़े दिन हुए इस भ्रम ने प्रवेश किया है। वह भ्रम यह है कि अधिकारी का विचार न कर, सभी के लिए समान व्यवस्था देना। सच बात तो यह है कि सभी के लिए एक मार्ग नहीं हो सकता। मेरी पद्धति आवश्यक

नहीं है कि वह आपकी भी हो। आप सभी लोग जानते हैं कि संन्यास ही हिंदू जीवन का आदर्श है। जो जीवन की परवर्ती (वानप्रस्थ) अवस्था में त्याग नहीं करता, वह हिंदू नहीं है और न उसे अपने को हिंदू कहने का कोई अधिकार ही है। संसार के सभी भोगों का आनंद लेकर प्रत्येक हिंदू को अंत में उनका त्याग करना ही होगा। यही हिंदुओं का आदर्श है। हम जानते हैं कि भोग द्वारा अंतस्तल में जिस समय यह धारणा जम जाएगी कि संसार असार है, उसी समय उसका त्याग करना होगा। जब आप भलीभाँति परीक्षा करके जानेंगे कि जड़ जगत् सारविहीन केवल राख है, तो फिर आप उसे त्याग देने की ही चेष्टा करेंगे। मन इंद्रियों की ओर मानो चक्रवत् अग्रसर हो रहा है, उसे फिर पीछे लौटाना होगा। प्रवृत्ति-मार्ग का त्याग कर उसे फिर निवृत्तिमार्ग का आश्रय ग्रहण करना होगा, यही हिंदुओं का आदर्श है, किंतु कुछ भोग भोगे बिना इस आदर्श तक मनुष्य नहीं पहुँच सकता। बच्चों को त्याग की शिक्षा नहीं दी जा सकती। वह पैदा होते ही सुखस्वप्न देखने लगता है। उनका जीवन इंद्रियसुखों के भोग में है, उसका जीवन कुछ इंद्रियसुखों की समष्टि मात्र है।

प्रत्येक समाज में बालकवत् अज्ञानी लोग हैं। संसार की असारता समझने के लिए उन्हें कुछ भोग भोगना पड़ेगा, तभी वे वैराग्य धारण करने में समर्थ होंगे। हमारे शास्त्रों में इन लोगों के लिए यथेष्ट व्यवस्था है। दु:ख का विषय है कि परवर्ती काल में समाज के प्रत्येक मनुष्य को संन्यासी के नियमों में आबद्ध करने की चेष्टा की गई—यह एक भारी भूल हुई। भारत में जो दु:ख और दरिद्रता दिखाई पड़ती है, उनमें से बहुतों का कारण यही भूल है। गरीब लोगों के जीवन को इतने कड़े धार्मिक एवं नैतिक बंधनों में जकड़ दिया गया है, जिनसे उनका कोई लाभ नहीं है। उनके कामों में हस्तक्षेप नहीं कीजिए। उन्हें भी संसार का थोड़ा आनंद लेने दीजिए। आप देखेंगे कि वे क्रमश: उन्नत होते जाते हैं और बिना किसी विशेष प्रयत्न के उनके हृदय में आप-ही-आप त्याग का उद्रेक होगा।

सज्जनो! पाश्चात्य जातियों से इस दिशा में हम थोड़ा बहुत यह सीख सकते हैं, किंतु यह शिक्षा ग्रहण करते समय हमें बहुत सावधान रहना होगा।

मुझे बड़े दुःख से कहना पड़ता है कि आजकल हम पाश्चात्य भावनाओं से अनुप्राणित जितने लोगों के उदाहरण पाते हैं, वे अधिकतर असफलता के हैं। इस समय भारत में, हमारे मार्ग में दो बड़ी रुकावटें हैं—एक ओर हमारा प्राचीन हिंदू समाज और दूसरी ओर अर्वाचीन यूरोपीय सभ्यता। इन दोनों में यदि कोई मुझसे एक को पसंद करने के लिए कहे, तो मैं प्राचीन हिंदू समाज को ही पसंद करूँगा, क्योंकि अज्ञ होने पर भी, अपक्व होने पर भी, कट्टर हिंदुओं के हृदय में एक विश्वास है, एक बल है, जिससे वह अपने पैरों पर खड़ा हो सकता है, किंतु विलायती रंग में रँगा व्यक्ति सर्वथा मेरुदंडविहीन होता है, वह इधर-उधर के विभिन्न स्रोतों से वैसे ही एकत्र किए हुए अपरिपक्व, विशृंखल, बेमेल भावों की असंतुलित राशिमात्र है। वह अपने पैरों पर खड़ा नहीं हो सकता, उसका सिर हमेशा चक्कर खाया करता है। वह जो कुछ करता है, क्या आप उसका कारण जानना चाहते हैं? अंग्रेजों से थोड़ी शाबाशी पा जाना ही उसके सब कार्यों का मूल प्रेरक है। वह जो समाज-सुधार करने के लिए अग्रसर होता है, हमारी कितनी ही सामाजिक प्रथाओं के विरुद्ध तीव्र आक्रमण करता है, इसका मुख्य कारण यह है कि इसके लिए उन्हें साहबों से वाहवाही मिलती है।

हमारी कितनी ही प्रथाएँ इसीलिए दोषपूर्ण हैं कि साहब लोग उन्हें दोषपूर्ण कहते हैं! मुझे ऐसे विचार पसंद नहीं हैं। अपने बल पर खड़े रहिए, चाहे जीवित रहिए या मरिए। यदि जगत् में कोई पाप है, तो वह है—दुर्बलता। दुर्बलता ही मृत्यु है, दुर्बलता ही पाप है, इसलिए सब प्रकार से दुर्बलता का त्याग कीजिए। ये असंतुलित प्राणी अभी तक निश्चित व्यक्तित्व नहीं ग्रहण कर सके हैं और हम उनको क्या कहें—स्त्री, पुरुष या पशु! प्राचीन पंथावलंबी सभी लोग कट्टर होने पर भी मनुष्य थे, उन सभी लोगों में एक दृढ़ता थी। अब भी इन लोगों में कुछ आदर्श पुरुषों के उदाहरण हैं और मैं आपके महाराज को इस कथन के उदाहरण रूप में प्रस्तुत करना चाहता हूँ। समग्र भारतवर्ष में आपके जैसा निष्ठावान हिंदू नहीं दिखाई पड़ सकता। आप प्राच्य और पाश्चात्य, सभी विषयों में अच्छी जानकारी रखते हैं। इनकी जोड़ का कोई

दूसरा राजा भारतवर्ष में नहीं मिल सकता। प्राच्य और पाश्चात्य, सभी विषयों को छानकर जो उपादेय है, उसे ही आप ग्रहण करते हैं। 'नीच व्यक्ति से भी श्रद्धापूर्वक उत्तम विद्या ग्रहण करनी चाहिए, अंत्यज से भी मुक्तिमार्ग सीखना चाहिए, निम्नतम जाति के नीच कुल की भी उत्तम कन्यारत्न को विवाह में ग्रहण करना चाहिए।'

हमारे महान् अप्रतिम स्मृतिकार 'मनु' ने ऐसा ही नियम निर्धारित किया है। पहले अपने पैरों पर खड़े हो जाइए, फिर सब राष्ट्रों से, जो कुछ अपना बनाकर ले सकें, ले लीजिए। जो कुछ आपके काम का है, उसे प्रत्येक राष्ट्र से लीजिए, किंतु स्मरण रखिएगा कि हिंदू होने के नाते हमको दूसरी सारी बातों को अपने जातीय जीवन की मूल भावनाओं के अधीन रखना होगा। प्रत्येक व्यक्ति ने किसी-न-किसी कार्य-साधना के विशेष उद्देश्य से जन्म लिया है; उसके जीवन की वर्तमान गति अनेक पूर्व जन्मों के फलस्वरूप उसे प्राप्त हुई है। आप लोगों में से प्रत्येक व्यक्ति महान् उत्तराधिकार लेकर जनमा है, जो आपके महिमामय राष्ट्र के अनंत अतीत जीवन का सर्वस्व है। सावधान, आपके लाखों पुरखे आपके प्रत्येक कार्य को बड़े ध्यान से देख रहे हैं। वह उद्देश्य क्या है, जिसके लिए प्रत्येक हिंदू बालक ने जन्म लिया है, क्या आपने महर्षि मनु द्वारा ब्राह्मणों के जन्मोद्देश्य के विषय में की गई गौरवपूर्ण घोषणा नहीं पढ़ी है?

"ब्राह्मणो जायमानो हि पृथिव्यामधिजायते।
ईश्वरः सर्वभूतानां धर्मकोषस्य गुप्तये।।"

'धर्मकोषस्य गुप्तये'—धर्मरूपी खजाने की रक्षा के लिए ब्राह्मणों का जन्म होता है। मुझे कहना यह है कि इस पवित्र मातृभूमि पर ब्राह्मण का ही नहीं, प्रत्युत जिस किसी स्त्री या पुरुष का जन्म होता है, उसके जन्म लेने का कारण यही 'धर्मकोषस्य गुप्तये' है। दूसरे सभी विषयों को हमारे जीवन के इस मूल उद्देश्य के अधीन करना होगा। संगीत में भी स्वर-सामंजस्य का यही नियम है। उसी के अनुगत होने से संगीत में ठीक लय आती है। इस स्थान पर भी वही करना होगा। ऐसा भी राष्ट्र हो सकता है, जिसका मूलमंत्र

राजनीतिक प्रधानता हो, धर्म और दूसरे सभी विषय उसके जीवन के प्रमुख मूलमंत्र के नीचे निश्चय ही दब जाएँगे; किंतु यहाँ एक दूसरा राष्ट्र है, जिसका प्रधान जीवनोपदेश धर्म और वैराग्य है। हिंदुओं का एकमात्र मूलमंत्र यह है कि जगत् क्षणस्थायी, भ्रममात्र और मिथ्या है; धर्म के अतिरिक्त ज्ञान, विज्ञान, भोग, ऐश्वर्य, नाम, यश, धन, दौलत जो कुछ भी हो, सभी को उसी एक सिद्धांत के अंतर्गत करना होगा। एक सच्चे हिंदू के चरित्र का रहस्य इस बात में निहित है कि पाश्चात्य ज्ञान-विज्ञान, पद-अधिकार तथा यश को केवल एक सिद्धांत के, जो प्रत्येक हिंदू बालक में जन्मजात है—आध्यात्मिकता तथा जाति की पवित्रता-अधीन रखता है। इसलिए पूर्वाक्त दो प्रकार के आदमियों में एक तो ऐसे हैं, जिनमें हिंदू जाति के जीवन की मूल शक्ति 'आध्यात्मिकता' मौजूद है, दूसरे पाश्चात्य सभ्यता के कितने ही नकली हीरे-जवाहरात लेकर बैठे हैं, पर उनके भीतर जीवनप्रद शक्तिसंचार करनेवाली वह आध्यात्मिकता नहीं है। दोनों की तुलना में मुझे विश्वास है कि उपस्थित सभी सज्जन एकमत होकर प्रथम के पक्षपाती होंगे; क्योंकि उसी से उन्नति की कुछ आशा की जा सकती है। जातीय मूलमंत्र उसके हृदय में जाग रहा है, वही उसका आधार है। अस्तु, उसके बचने की आशा है और शेष की मृत्यु अवश्यंभावी है। जिस प्रकार यदि किसी आदमी के मर्मस्थान में कोई आघात न लगे, अर्थात् यदि उसका मर्मस्थान दुरुस्त रहे, तो दूसरे अंगों में कितनी ही चोट लगने पर भी उसे घातक नहीं कहेंगे, उससे वह मरेगा नहीं; इसी प्रकार जब तक हमारी जाति का मर्मस्थान सुरक्षित है, उससे वह मरेगा नहीं। इसी प्रकार जब तक हमारी जाति का मर्मस्थान सुरक्षित है, उसके विनाश की कोई आशंका नहीं हो सकती। अत: भलीभाँति स्मरण रखिए, यदि आप धर्म को छोड़कर पाश्चात्य भौतिकवादी सभ्यता के पीछे दौड़िएगा, तो आपका तीन ही पीढ़ियों में अस्तित्व-लोप निश्चित है, क्योंकि इस प्रकार जाति का मेरुदंड ही टूट जाएगा—जिस नींव के ऊपर यह जातीय विशाल भवन खड़ा है, वही नष्ट हो जाएगी; फिर तो परिणाम सर्वनाश होगा ही।

अतएव, हे भाइयो, हमारी जातीय उन्नति का यही मार्ग है कि हम लोगों ने

अपने पुरखों से उत्तराधिकार-स्वरूप जो अमूल्य संपत्ति पाई है, उसे प्राणपण से सुरक्षित रखना ही अपना प्रथम और प्रधान कर्तव्य समझें। आपने क्या ऐसे देश का नाम सुना है, जिसके बड़े-बड़े राजा अपने को प्राचीन राजाओं अथवा पुरातन दुर्गनिवासी 'पथिकों का सर्वस्व लूट लेनेवाले डाकुओं' के वंशधर न बताकर अरण्यवासी अर्धनग्न तपस्वियों की संतान कहने में ही अधिक गौरव समझते हैं ? यदि आपने नहीं सुना हो तो सुनिए—हमारी मातृभूमि ही वह देश है। दूसरे देशों में बड़े-बड़े धर्माचार्य अपने को किसी राजा का वंशधर कहने की बड़ी चेष्टा करते हैं और भारतवर्ष में बड़े-बड़े राजा अपने को किसी प्राचीन ऋषि की संतान प्रमाणित करने की चेष्टा करते हैं। इसी से मैं कहता हूँ कि आप लोग अध्यात्म में विश्वास कीजिए या न कीजिए, यदि आप राष्ट्रीय जीवन को दुरुस्त रखना चाहते हैं तो आपको आध्यात्मिकता की रक्षा के लिए सचेष्ट होना होगा। एक हाथ में धर्म को मजबूती से पकड़कर दूसरे हाथ को बढ़ा, अन्य जातियों से जो कुछ सीखना हो, सीख लीजिए, किंतु स्मरण रखिएगा कि जो कुछ आप सीखें, उसको मूल आदर्श का अनुगामी ही रखना होगा। तभी अपूर्व महिमा से मंडित भावी भारत का निर्माण होगा। मेरा दृढ़ विश्वास है कि शीघ्र ही वह शुभ दिन आ रहा है और भारतवर्ष किसी भी काल में जिस श्रेष्ठता का अधिकारी नहीं था, शीघ्र ही उस श्रेष्ठता का अधिकारी होगा। प्राचीन ऋषियों की अपेक्षा श्रेष्ठतर ऋषियों का आविर्भाव होगा और आपके पूर्वज अपने वंशधरों की इस अभूतपूर्व उन्नति से बड़े संतुष्ट होंगे। इतना ही नहीं, मैं निश्चित रूप से कहता हूँ, वे परलोक में अपने-अपने स्थानों से अपने वंशजों को इस प्रकार महिमान्वित और महत्त्वशाली देखकर अपने को महान् गौरवान्वित समझेंगे।

हे भाइयो! हम सभी लोगों को इस समय कठिन परिश्रम करना होगा। अब सोने का समय नहीं है। हमारे कार्यों पर भारत का भविष्य निर्भर है। भारतमाता तत्परता से प्रतीक्षा कर रही है। वह केवल सो रही थी। उसे जगाइए और पहले की अपेक्षा और भी गौरवमंडित और शक्तिशाली बनाकर भक्तिभाव से उसे उसके चिरंतन सिंहासन पर प्रतिष्ठित कर दीजिए। ईश्वरीय

तत्त्व का ऐसा पूर्ण विकास हमारी मातृभूमि के अतिरिक्त किसी अन्य देश में नहीं हुआ था, क्योंकि ईश्वर-विषयक इस भाव का अन्यत्र कभी अस्तित्व नहीं था। शायद आप लोगों को मेरी इस बात पर आश्चर्य होता हो; किंतु किसी दूसरे शास्त्र से हमारे ईश्वरत्व के समान भाव जरा दिखाएँ तो सही! अन्यान्य जातियों के एक-एक जातीय ईश्वर या देवता थे, जैसे यहूदियों के ईश्वर, अरबवालों के ईश्वर इत्यादि और ये ईश्वर दूसरी जातियों के ईश्वर के साथ लड़ाई-झगड़ा किया करते थे, किंतु यह तत्त्व कि ईश्वर कल्याणकारी और परम दयालु हैं, हमारा पिता, माता, मित्र, प्राणों का प्राण और आत्मा की अंतरात्मा है, केवल भारत ही जानता रहा है। अंत में, जो शैवों के लिए शिव, वैष्णवों के लिए विष्णु, कर्मियों के लिए कर्म, बौद्धों के लिए बुद्ध, जैनों के लिए जिन, ईसाइयों और यहूदियों के लिए जिहोवा, मुसलमानों के लिए अल्लाह और वेदांतियों के लिए ब्रह्म है, जो सब धर्मों, सब संप्रदायों के प्रभु हैं; जिनकी संपूर्ण महिमा केवल भारत ही जानता था, वे सर्वव्यापी, दयामय प्रभु हम लोगों को आशीर्वाद दें, हमारी सहायता करें, हमें शक्ति दें, जिससे हम अपने उद्देश्य को कार्यरूप में परिणत कर सकें।

हम लोगों ने जिसका श्रवण किया, वह खाए हुए अन्न के समान हमारी पुष्टि करे, उसके द्वारा हम लोगों में इस प्रकार का वीर्य उत्पन्न हो कि हम दूसरों की सहायता कर सकें, हम-आचार्य और शिष्य कभी भी आपस में विद्वेष न करें।

ॐ सह नाववतु। सह नौ भुनक्तु। सह वीर्यं करवावहै।
तेजस्विनावधीतमस्तु मा विद्विषावहै।।
ॐ शान्तिः शान्तिः शान्तिः। हरिः ॐ।।

(25 जनवरी, 1897 को रामनाद के राजा द्वारा
समर्पित मानपत्र के उत्तर में दिया गया सार्वजनिक भाषण।)

□

वेदांत का उद्देश्य

"स्वल्पमप्यस्य धर्मस्य त्रायते महतो भयात्।"

अर्थात् धर्म का थोड़ा भी कार्य करने पर परिणाम बहुत बड़ा होता है। 'श्रीमद्भगवद्गीता' की उपर्युक्त उक्ति के प्रमाण में यदि उदाहरण की आवश्यकता हो, तो अपने इस सामान्य जीवन में मैं इसकी सत्यता का नित्यप्रति अनुभव करता हूँ। मैंने जो कुछ किया है, वह बहुत ही तुच्छ और सामान्य है, तथापि कोलंबो से लेकर इस नगर तक आने में अपने प्रति मैंने लोगों में, जो ममता तथा आत्मीयतापूर्ण स्वागत की भावना देखी है, वह अप्रत्याशित है, पर साथ-ही-साथ मैं यह भी कहूँगा कि यह संवर्धना हमारी जाति के अतीत संस्कार और भावों के अनुरूप ही है; क्योंकि हम वही हिंदू हैं, जिनकी जीवन-शक्ति, जिनके जीवन का मूलमंत्र, अर्थात् जिनकी आत्मा ही धर्मस्य है। प्राच्य और पाश्चात्य राष्ट्रों में घूमकर मुझे दुनिया की कुछ अभिज्ञता प्राप्त हुई और मैंने सर्वत्र सब जातियों का कोई-न-कोई ऐसा आदर्श देखा है, जिसे उस जाति का मेरुदंड कह सकते हैं, कहीं राजनीति, कहीं समाज-संस्कृति, कहीं बौद्धिक उन्नति और उसी प्रकार कुछ-न-कुछ प्रत्येक के मेरुदंड का काम करता है, पर हमारी मातृभूमि भारतवर्ष का मेरुदंड धर्म केवल धर्म ही है। धर्म ही के आधार पर, उसी की नींव पर हमारी जाति के जीवन का प्रासाद खड़ा है।

तुममें से कुछ लोगों को शायद मेरी वह बात याद होगी, जो मैंने मद्रासवासियों द्वारा अमेरिका भेजे गए स्नेहपूर्ण मानपत्र के उत्तर में कहीं थी।

मैंने इस तथ्य का निर्देश किया था कि भारतवर्ष के एक किसान को जितनी धार्मिक शिक्षा प्राप्त है, उतनी पाश्चात्य देशों के पढ़े-लिखे सभ्य कहलाने वाले नागरिकों को भी प्राप्त नहीं है और आज मैं अपनी उस बात की सत्यता का प्रत्यक्ष अनुभव कर रहा हूँ। एक समय था, जबकि भारत की जनता की संसार के समाचारों से अनभिज्ञता और दुनिया की जानकारी हासिल करने की चाह के अभाव से मुझे कष्ट होता था, परंतु आज मैं इसका कारण समझ रहा हूँ। भारतवासियों की अभिरुचि जिस ओर है, उस विषय की अभिज्ञता प्राप्त करने के लिए वे संसार के अन्यान्य देशों के (जहाँ मैं गया हूँ) साधारण लोगों की अपेक्षा बहुत अधिक उत्सुक रहते हैं। अपने यहाँ के किसानों से यूरोप के गुरुतर राजनीतिक परिवर्तनों के विषय में, सामाजिक उथल-पुथल के बारे में पूछो तो वे उस विषय में कुछ भी नहीं बता सकेंगे और न उन बातों को जानने की उनमें उत्कंठा ही है, परंतु भारतवासियों की कौन कहे, सीलोन के किसान भी, भारत से जिसका संबंध बहुत कुछ विच्छिन्न है और भारत के जिनका बहुत कम लगाव है, इस बात को जानते हैं कि अमेरिका में एक धर्म महासभा हुई थी, जिसमें भारतवर्ष से कोई संन्यासी गया था और उसने वहाँ कुछ सफलता भी पाई थी।

इसी से जाना जाता है कि जिस विषय की ओर उनकी अभिरुचि है, उस विषय की जानकारी रखने के लिए वे संसार की अन्यान्य जातियों के समान ही उत्सुक रहते हैं और वह विषय है—धर्म, जो भारतवासियों की मूल अभिरुचि का एकमात्र विषय है। मैं अभी इस विषय पर विचार नहीं कर रहा हूँ कि किसी जाति की जीवन-शक्ति का राजनीतिक आदर्श पर प्रतिष्ठित होना अच्छा है अथवा धार्मिक आदर्श पर; परंतु, अच्छा हो या बुरा, हमारी जाति की जीवन-शक्ति धर्म में ही केंद्रीभूत है। तुम इसे बदल नहीं सकते, न तो इसे विनष्ट कर सकते हो और न इसे हटाकर इसकी जगह दूसरी किसी चीज को ही रख सकते हो। तुम किसी विशाल उगते हुए वृक्ष को एक भूमि से दूसरी पर स्थानांतरित नहीं कर सकते और न वह शीघ्र ही वहाँ जड़ें पकड़ सकता है। भला हो या बुरा, भारत में हजारों वर्षों से धार्मिक

आदर्श की धारा प्रवाहित हो रही है भला हो या बुरा, भारत का वायुमंडल इसी धार्मिक आदर्श से बीसियों सदियों तक पूर्ण रहकर जगमगाता रहा है। भला हो या बुरा, हम इसी धार्मिक आदर्श के भीतर पैदा हुए और पले हैं; यहाँ तक कि अब वह हमारे रक्त में ही मिल गया है; हमारे रोम-रोम में वही धार्मिक आदर्श रम रहा है, वह हमारे शरीर का अंश और हमारी जीवन-शक्ति बन गया है। क्या तुम उस शक्ति की प्रतिक्रिया जाग्रत् कराए बिना, उस वेगवती नदी के तल को (जिसे उसने हजारों वर्ष में अपने लिए तैयार किया है) भरे बिना ही धर्म का त्याग कर सकते हो, क्या तुम चाहते हो कि गंगा की धारा फिर बर्फ से ढके हुए हिमालय को लौट जाए और फिर वहाँ से नवीन धारा बनकर प्रवाहित हो? यदि ऐसा होना संभव भी हो, तो भी यह कदापि संभव नहीं हो सकता कि यह देश अपने धर्ममय जीवन के विशिष्ट मार्ग को छोड़ सके और अपने लिए राजनीति अथवा अन्य किसी नवीन मार्ग का आरंभ कर सके। जिस रास्ते में बाधाएँ कम हैं, उसी रास्ते में तुम काम कर सकते हो और भारत के लिए धर्म का मार्ग ही स्वल्पतम बाधावाला मार्ग है। धर्म के पथ का अनुसरण करना हमारे जीवन का मार्ग है, हमारी उन्नति का मार्ग है और हमारे कल्याण का मार्ग भी यही है।

परंतु अन्यान्य देशों में धर्म अनेक आवश्यक वस्तुओं में से केवल एक है। यहाँ पर मैं एक सामान्य उदाहरण देता हूँ, जो मैं अकसर दिया करता हूँ। एक गृहस्वामिनी के अपने वार्त्ता-कक्ष में अनेक वस्तुएँ सज्जित रहती हैं और आजकल के फैशन के अनुसार एक जापानी कलश रहना आवश्यक है, अत: वह उसे जरूर प्राप्त करेगी, क्योंकि उसके बिना कमरे की सजावट पूरी नहीं होती। इसी तरह हमारे गृहस्वामी या स्वामिनी की अनेक प्रकार की सांसारिक व्यस्तताएँ हैं, इनके साथ कुछ धर्म भी चाहिए, नहीं तो जीवन अधूरा रह जाता है। इसीलिए वे थोड़ी-बहुत धर्मचर्चा करते हैं। राजनीतिक, सामाजिक उन्नति अथवा एक शब्द में, यह संसार ही पाश्चात्य देशवासियों के जीवन का एकमात्र ध्येय और उद्देश्य है। ईश्वर और धर्म तो केवल उनके सांसारिक सुख के ही साधन-स्वरूप हैं। उनका ईश्वर एक ऐसा जीव

है, जो उनके लिए दुनिया को साफ-सुथरा रखता है और साधन-संपन्न बनाता है। प्रत्यक्षत: उनकी दृष्टि में ईश्वर का इतना ही मूल्य है। क्या तुम नहीं जानते कि इधर सौ-दो सौ वर्षों से तुम बारंबार उन लोगों के मुख से कैसी-कैसी बातें सुनते रहे हो, जो अज्ञ होकर भी ज्ञान का प्रदर्शन करते हैं? वे भारतीय धर्म के विरुद्ध जो युक्तियाँ पेश करते हैं, वे यही हैं कि हमारा धर्म सांसारिक उन्नति करने की शिक्षा नहीं देता, हमारे धर्म से धन की प्राप्ति नहीं होती, हमारा धर्म हमें देशों का लुटेरा नहीं बनाता, हमारा धर्म बलवानों को दुर्बलों की छाती पर मूँग दलने की शिक्षा नहीं देता और न हमें बलवान बनाकर दुर्बलों का खून चूसने की शक्ति प्रदान करता है। सचमुच हमारा धर्म यह सब काम नहीं करता। हमारा धर्म ऐसी सेना नहीं भेजता, जिसके पैरों के नीचे धरती काँपती है और जो संसार में रक्तपात, लूटमार और अन्य जातियों का सर्वनाश करने में ही अपना गौरव मानती हैं। इसीलिए वे कहते हैं, "तो फिर तुम्हारे धर्म में है क्या, जब इससे उदर-पूर्ति नहीं हो सकती, शक्ति-सामर्थ्य की वृद्धि नहीं होती, तब फिर ऐसे धर्म में रखा ही क्या है?"

वे स्वप्न में भी इस बात की कल्पना नहीं करते कि यही वह युक्ति है, जिसके द्वारा हमारे धर्म की श्रेष्ठता प्रमाणित होती है, क्योंकि हमारा धर्म पार्थिवता पर आश्रित नहीं है। हमारा धर्म तो इसलिए सच्चा धर्म है, क्योंकि यह सभी को इस तीन दिन के क्षुद्र इंद्रियाश्रित सीमित संसार को ही अपना अभीष्ट और उद्दिष्ट मानने से मना करता है और इसी को हमारा सर्वोच्च ध्येय नहीं बताता। इस पृथ्वी का यह क्षुद्र क्षितिज, जो केवल कुछ एक हाथ ही विस्तृत है, हमारे धर्म की दृष्टि को सीमित नहीं कर सकता। हमारा धर्म दूर तक, बहुत दूर तक फैला हुआ है; वह इंद्रियों की सीमा से भी आगे तक फैला है; वह देश और काल के भी परे है। वह दूर और दूर विस्तृत होता हुआ, उस सीमातीत स्थिति में पहुँचता है, जहाँ इस भौतिक जगत् का कुछ भी शेष नहीं रहता और सारा विश्व-ब्रह्मांड ही आत्मा के दिगंतव्यापी महामहिम अनंत सागर की एक बूँद के समान दिखाई देता है। वह हमें यह सिखाता है कि एकमात्र ईश्वर ही सत्य हैं; संसार असत्य और क्षणभंगुर है;

तुम्हारा सोने का ढेर खाक के ढेर जैसा है, तुम्हारी सारी शक्तियाँ परिमित और सीमाबद्ध हैं, बल्कि तुम्हारा यह जीवन भी निस्सार है। यही कारण है कि हमारा धर्म ही सच्चा है। हमारा धर्म इसलिए भी सत्य है, क्योंकि उसकी सर्वोच्च शिक्षा है—त्याग और युगों के अनुभव से प्राप्त अपने अगाध विज्ञान और प्रज्ञा को लेकर यह सिर ऊँचा करके खड़ा होता और उन जातियों के सामने, जो हम हिंदुओं की तुलना में अभी दुधमुँहे बच्चे के बराबर हैं, ललकारकर घोषणा करता हुआ कहता है, "बच्चो! तुम इंद्रिय-जनित सुखों के गुलाम हो। ये सुख सीमाबद्ध हैं, बरबादी के कारण हैं। भोग-विलास के ये तीन दिन अंत में बरबादी ही लाते हैं। इस सबको छोड़ दो, भोग-विलास की लालसा को त्याग दो, संसार की माया में न लिपटो। यही धर्म का मार्ग है।" त्याग द्वारा ही तुम अपने अभीष्ट तक पहुँच सकते हो, भोग-विलास द्वारा नहीं। इसीलिए हमारा धर्म ही सच्चा धर्म है।

हाँ, यह बड़े ही मार्के की बात है कि एक के बाद दूसरा और दूसरे के बाद तीसरा, इस तरह कितने ही राष्ट्र दुनिया के रंगमंच पर आए और कुछ दिनों तक बड़े जोशोखरोश के साथ अपना नाट्य दिखाकर बिना एक भी चिह्न अथवा एक भी लहर छोड़े, काल के अनंत सागर में विलीन हो गए और हम यहाँ इस तरह से जीवित हैं, मानो हमारा जीवन अनंत है। पाश्चात्य देशवाले 'बलिष्ठ की अतिजीविता' के नए सिद्धांतों के विषय में बड़ी लंबी-चौड़ी बातें कहते हैं और वे सोचते हैं कि जिसकी भुजाओं में सबसे अधिक बल है, वही सबसे अधिक काल तक जीवित रहेगा। यदि यह बात सच होती, तो पुरानी दुनिया की कोई वैसी ही जाति, जिसने अपने भुजा बल से कितने ही देशों पर विजय पाई थी, आज अपने अप्रतिहत गौरव से संसार में जगमगाती हुई दिखाई देती और हमारी कमजोर हिंदू जाति, जिसने कभी किसी जाति या राष्ट्र को पराजित नहीं किया है, आज पृथ्वी से विलुप्त हो गई होती, पर अब भी हम तीस करोड़ हिंदू जीवित हैं। (एक दिन एक अंग्रेज युवती ने मुझसे कहा कि हिंदुओं ने किया क्या है? उन्होंने तो एक भी देश पर विजय नहीं पाई है!) फिर इस बात में तनिक भी सत्यता नहीं है

कि हमारी सारी शक्तियाँ खर्च हो गई हैं, हमारा शरीर बिल्कुल अकर्मण्य हो गया है, यह बिल्कुल गलत बात है। हमारे अंदर अभी भी यथेष्ट जीवन-शक्ति विद्यमान है, जो कभी उचित समय पर आवश्यकतानुसार प्रवेग से निकलकर सारे संसार को आप्लावित कर देती है।

हमने मानो बहुत ही पुराने जमाने से सारे संसार को एक समस्यापूर्ति के लिए ललकारा है। पाश्चात्य देशवाले वहाँ इस बात की चेष्टा कर रहे हैं कि मनुष्य अधिक-से-अधिक कितना विभव संग्रह कर सकता है और यहाँ हम लोग इस बात की चेष्टा करते हैं कि कम-से-कम कितने में हमारा काम चल सकता है। यह द्वंद्वयुद्ध और यह पार्थक्य अभी सदियों तक जारी रहेगा, परंतु यदि इतिहास में कुछ भी सत्यता है और वर्तमान लक्षणों से भविष्य का कुछ आभास दिखाई देता है, तो अंत में उन्हीं की विजय होगी, जो बहुत ही कम द्रव्यों पर निर्भर रहते हुए जीवन व्यतीत करने और अच्छी तरह से आत्मसंयम का अभ्यास करने की चेष्टा करते हैं और जो भोग-विलास तथा ऐश्वर्य के उपासक हैं, वे वर्तमान में कितने ही बलशाली क्यों न हों, अंत में अवश्य ही विनष्ट होंगे तथा संसार से विलुप्त हो जाएँगे।

मनुष्य मात्र के जीवन में एक ऐसा समय आता है, नहीं, प्रत्येक राष्ट्र के इतिहास में एक ऐसा समय आता है, जब संसार के प्रति एक प्रकार की वितृष्णा आ जाती है, जो अत्यंत प्रबल तथा पीड़ाजनक प्रतीत होती है। ऐसा जान पड़ता है कि पाश्चात्य देशों में एक संसार-विरक्ति का भाव फैलना आरंभ हो गया है। वहाँ भी विचारशील, विवेकशील महान् व्यक्ति हैं, जो धन और बाहुबल की इस घुड़दौड़ को बिल्कुल मिथ्या समझने लगे हैं। बहुतेरे प्रायः वहाँ के अधिकतर शिक्षित स्त्री-पुरुष, अब इस होड़ से, इस प्रतिद्वंद्विता से ऊब गए हैं; वे अपनी इस व्यापार-वाणिज्य-प्रधान सभ्यता की पाशविकता से तंग आ गए हैं और इससे अच्छी परिस्थिति में पहुँचना चाहते हैं। वहाँ ऐसे मनुष्यों की भी एक श्रेणी है, जो अब भी राजनीतिक और सामाजिक उन्नति को पाश्चात्य देशों की सारी बुराइयों के लिए रामबाण समझकर उससे सटे रहना चाहती है, परंतु वहाँ जो महान् विचारशील व्यक्ति

हैं, उनकी धारणा बदल रही है, उनका आदर्श परिवर्तित हो रहा है। वे अच्छी तरह समझ गए हैं कि चाहे जैसी भी राजनीतिक या सामाजिक उन्नति क्यों न हो जाए, उससे मनुष्य-जीवन की बुराइयाँ दूर नहीं हो सकतीं।

उन्नत जीवन के लिए आमूल हृदय-परिवर्तन की आवश्यकता है; केवल इसी से मानव-जीवन का सुधार संभव है। चाहे जैसी बड़ी-से-बड़ी शक्ति का प्रयोग किया जाए और चाहे कड़े-से-कड़े कायदे-कानून का आविष्कार ही क्यों न किया जाए, पर इससे किसी जाति की दशा बदली नहीं जा सकती। समाज या जाति की असद्वृत्तियों को सद्वृत्तियों की ओर फेरने की शक्ति तो केवल आध्यात्मिक और नैतिक उन्नति में ही है। इस प्रकार, पश्चिम की जातियाँ किसी नए विचार के लिए, किसी नवीन दर्शन के लिए उत्कंठित और व्यग्र सी हो रही हैं। उनका ईसाई धर्म यद्यपि कई अंशों में बहुत अच्छा है, पर वहाँ वालों ने सम्यक् रूप से उसे समझा नहीं है और अब तक जितना समझा है, वह उन्हें पर्याप्त नहीं दिखाई देता। वहाँ के विचारशील मनुष्यों को हमारे यहाँ के प्राचीन दर्शनों में, विशेषतः वेदांत में वह नई विचार-प्रणाली मिली है, जिसकी वे खोज में रहे हैं और वह आध्यात्मिक खाद्य मिला है, जिसकी भूख से वे व्याकुल से रहे हैं और ऐसा होने में कुछ अनोखापन या आश्चर्य नहीं है।

संसार में जितने भी धर्म हैं, उनमें से प्रत्येक की श्रेष्ठता स्थापित करने के अनोखे दावे सुनने का मुझे अभ्यास हो गया है। तुमने भी शायद हाल में मेरे एक बड़े मित्र डॉक्टर बैरोज द्वारा पेश किए गए दावे के विषय में सुना होगा कि ईसाई धर्म ही एक ऐसा धर्म है, जिसे सार्वजनीन कह सकते हैं। मैं अब इस प्रश्न की मीमांसा करूँगा और तुम्हारे सम्मुख उन तर्कों को प्रस्तुत करूँगा, जिनके कारण मैं वेदांत—सिर्फ वेदांत को ही सार्वजनीन मानता हूँ। वेदांत के सिवा कोई अन्य धर्म सार्वजनीन नहीं कहला सकता। हमारे वेदांत धर्म के सिवा दुनिया के रंगमंच पर जितने भी अन्यान्य धर्म हैं, वे उनके संस्थापकों के जीवन के साथ संपूर्णतः संश्लिष्ट और संबद्ध हैं। उनके सिद्धांत, उनकी शिक्षाएँ, उनके मत और उनका आचार-शास्त्र जो

कुछ हैं, सब किसी-न-किसी व्यक्तिविशेष या धर्म-संस्थापक के जीवन के आधार पर ही खड़े हैं, उसी से वे अपने आदेश, प्रमाण और शक्ति ग्रहण करते हैं और आश्चर्य तो यह है कि उसी अधिष्ठाताविशेष के जीवन की ऐतिहासिकता पर ही उन धर्मों को सारी नींव प्रतिष्ठित है। यदि किसी तरह उसके जीवन की ऐतिहासिकता पर आघात लगे और उसकी नींव हिल जाए या ध्वस्त हो जाए तो उस पर खड़ा धर्म का संपूर्ण भवन भरभराकर गिर पड़ता है, सदा के लिए अपना अस्तित्व खो देता है और वर्तमान युग में प्रायः ऐसा ही देखने में आता है कि बहुधा सभी धर्म-संस्थापकों और अधिष्ठाताओं की जीवनी के आधे भाग पर तो विश्वास किया ही नहीं जाता; बाकी बचे आधे हिस्से पर भी संदिग्ध दृष्टि से देखा जाता है।

हमारे धर्म के सिवा संसार में अन्य जितने बड़े धर्म हैं, सभी ऐसे ही ऐतिहासिक जीवनियों के आधार पर खड़े हैं, परंतु हमारा धर्म कुछ तत्त्वों की नींव पर खड़ा है। पृथ्वी में कोई भी व्यक्ति (स्त्री हो अथवा पुरुष) वेदों के निर्माण करने का दम नहीं भर सकता। अनंतकाल-स्थायी सिद्धांतों द्वारा इनका निर्माण हुआ है। ऋषियों ने इन सिद्धांतों का पता लगाया है और कहीं-कहीं प्रसंगानुसार उन ऋषियों के नाममात्र आए हैं। हम यह भी नहीं जानते कि वे ऋषि कौन थे और क्या थे? कितने ही ऋषियों के पिता का नाम तक नहीं मालूम होता और इसका तो कहीं जिक्र भी नहीं आया है कि कौन ऋषि कब और कहाँ पैदा हुए है, पर इन ऋषियों को अपने नाम-धाम की परवाह क्या थी? वे सनातन तत्त्वों के प्रचारक थे, उन्होंने अपने जीवन को ठीक वैसे ही साँचे में ढाल रखा था, जैसे मत या सिद्धांत का वे प्रचार किया करते थे। फिर जिस प्रकार हमारे ईश्वर सगुण और निर्गुण दोनों हैं, ठीक उसी प्रकार धर्म भी पूर्णतः निर्गुण है, अर्थात् किसी व्यक्तिविशेष के ऊपर हमारा धर्म निर्भर नहीं करता, तो भी इसमें असंख्य अवतार और महापुरुष स्थान पा सकते हैं। हमारे धर्म में जितने अवतार, महापुरुष और ऋषि हैं, उतने और किस धर्म में हैं? इतना ही नहीं, हमारा धर्म यहाँ तक कहता है कि वर्तमान समय तथा भविष्य में और भी बहुतरे महापुरुष, अवतारादि

आविर्भूत होंगे। श्रीमद्भागवत में कहा है, "अवतारा: ह्यसंख्येया:।" अतएव हमारे धर्म में नए-नए धर्म-प्रवर्तकों के आने के मार्ग में कोई रुकावट नहीं। इसीलिए भारतवर्ष के धार्मिक इतिहास में यदि कोई एक व्यक्ति या अधिक व्यक्तियों, एक या अधिक अवतारी महापुरुषों अथवा हमारे एक या अधिक पैगंबरों की ऐतिहासिकता अप्रमाणित हो जाए, तो भी हमारे धर्म पर किसी प्रकार का आघात नहीं लग सकता। वह पहले की ही तरह अटल और दृढ़ रहेगा; क्योंकि यह धर्म किसी व्यक्ति विशेष के ऊपर अधिष्ठित न होकर, केवल चिरंतन तत्त्वों के ऊपर ही अधिष्ठित है। संसार भर के लोगों से किसी व्यक्तिविशेष की महत्ता बलपूर्वक स्वीकार कराने की चेष्टा वृथा है, यहाँ तक कि सनातन और सार्वभौम तत्त्वसमूह के विषय में भी बहुसंख्यक मनुष्यों को एक मतावलंबी बनाना भी बड़ा कठिन काम है।

अगर कभी संसार के अधिकांश मनुष्यों को धर्म के विषय में एकमतावलंबी बनाना संभव है, तो वह किसी व्यक्तिविशेष की महत्ता स्वीकार कराने से नहीं हो सकता, वरन् सनातन सत्य सिद्धांतों के ऊपर विश्वास कराने से ही हो सकता है। फिर भी हमारा धर्म विशेष व्यक्तियों की प्रामाणिकता या प्रभाव को पूर्णतया स्वीकार कर लेता है; जैसा कि मैं पहले ही कह चुका हूँ। हमारे दश में 'इष्टनिष्ठा' रूपी जो अपूर्व सिद्धांत प्रचलित है, उसके अनुसार इन महान् धार्मिक व्यक्तियों में से किसी को भी अपना इष्ट देवता मानने की पूरी स्वाधीनता दी जाती है। तुम चाहे जिस अवतार या आचार्य को अपने जीवन का आदर्श बनाकर विशेष रूप से उपासना करना चाहो, कर सकते हो। यहाँ तक कि तुमको यह सोचने की भी स्वाधीनता है कि जिसका तुमने स्वीकार किया है, वह सब पैगंबरों में महान् है और सब अवतारों में श्रेष्ठ है, इसमें कोई आपत्ति नहीं है; परंतु सनातन तत्त्वसमूह पर ही तुम्हारे धर्मसाधन की नींव होनी चाहिए। यहाँ अद्भुत तथ्य यह है कि जहाँ तक वे वैदिक सनातन सत्य सिद्धांतों के ज्वलंत उदाहरण हैं, वहीं तक हमारे अवतार मान्य हैं। भगवान् श्रीकृष्ण का माहात्म्य यही है कि वे भारत में इसी तत्त्ववादी सनातन धर्म के सर्वश्रेष्ठ प्रचारक और वेदांत के सर्वोत्कृष्ट व्याख्याता हुए हैं।

संसार भर के लोगों का वेदांत के विषय में ध्यान देने का दूसरा कारण यह है कि संसार के समस्त धर्मग्रंथों में एकमात्र वेदांत ही ऐसा एक धर्मग्रंथ है, जिसकी शिक्षाओं के साथ बाह्य प्रकृति के वैज्ञानिक अनुसंधान से प्राप्त परिणामों का संपूर्ण सामंजस्य है। अत्यंत प्राचीन समय में समान आकार-प्रचार, समान वंश और सदृश भावों से पूर्ण दो विभिन्न मेधाएँ भिन्न-भिन्न मार्गों से संसार के तत्त्वों का अनुसंधान करने को प्रवृत्त हुईं। एक प्राचीन हिंदू मेधा है और दूसरी प्राचीन यूनानी मेधा। यूनानी जाति के लोग बाह्य जगत् का विश्लेषण करते हुए ही अंतिम लक्ष्य की ओर अग्रसर हुए थे, जिस ओर हिंदू भी अंतर्जगत् का विश्लेषण करते हुए आगे बढ़े। इन दोनों जातियों की इस विश्लेषण क्रिया के इतिहास की विभिन्न अवस्थाओं की आलोचना करने पर मालूम होता है कि दोनों ने उस सुदूर चरम लक्ष्य पर पहुँचकर, एक ही प्रकार की प्रतिध्वनि की है। इससे यह स्पष्ट प्रतीत होता है कि आधुनिक भौतिक विज्ञान के सिद्धांत-समूह को केवल वेदांती ही, जो हिंदू कहे जाते हैं, अपने धर्म के साथ सामंजस्यपूर्वक ग्रहण कर सकते हैं। इससे यह बात स्पष्ट हो जाती है कि वर्तमान भौतिकवाद अपने सिद्धांतों को बिना छोड़े, केवल वेदांत के सिद्धांत को ग्रहण कर ले तो वह आप ही आध्यात्मिकता की ओर अग्रसर हो सकता है।

हमें और उन सबको, जो जानने की चेष्टा करते हैं, यह स्पष्ट दिखाई देता है कि आधुनिक भौतिक विज्ञान उन्हीं निष्कर्षों तक पहुँचा है, जिन तक वेदांत युगों पहले पहुँच चुका था। अंतर केवल इतना ही है कि आधुनिक विज्ञान में ये सिद्धांत जड़ शक्ति की भाषा में लिखे गए हैं। वर्तमान पाश्चात्य जातियों के लिए वेदांत की चर्चा करने का और एक कारण है—वेदांत की युक्तिसिद्धता, अर्थात् आश्चर्यजनक युक्तिवाद। पाश्चात्य देशों के कई बड़े-बड़े वैज्ञानिकों ने मुझसे स्वयं वेदांत के सिद्धांतों की युक्तिपूर्णता की मुक्तकंठ से प्रशंसा की है। इनमें से एक वैज्ञानिक महाशय के साथ मेरा विशेष परिचय है। वे अपनी वैज्ञानिक गवेषणाओं में इतने व्यस्त रहते हैं कि उन्हें स्थिरता के साथ खाने-पीने या कहीं घूमने-फिरने की भी फुरसत

नहीं रहती, परंतु जब कभी मैं वेदांत संबंधी विषयों पर व्याख्यान देता, तब वे घंटों मुग्ध रहकर सुना करते थे क्योंकि उनके कथनानुसार—"वेदांत की सब बातें अत्यंत विज्ञानसम्मत हैं, वर्तमान वैज्ञानिक युग की आकांक्षाओं को वे बड़ी सुंदरता के साथ पूर्ग करती हैं और आधुनिक विज्ञान बड़े-बड़े अनुसंधानों के बाद जिन सिद्धांतों पर पहुँचता है, उनसे इनका बहुत सामंजस्य है।"

विभिन्न धर्मों की तुलनात्मक समालोचना करने पर हमें उसमें से जो दो वैज्ञानिक सिद्धांत प्राप्त होते हैं, मैं उनकी ओर तुम लोगों का ध्यान आकृष्ट करना चाहता हूँ। पहला धर्मों की सार्वभौम भावना और दूसरा संसार की वस्तुओं की अभिन्नता पर अधारित है। बेबिलोनियनों और यहूदियों के धार्मिक इतिहास में हमें एक बड़ी दिलचस्प विशेषता दिखाई देती है। बेबिलोनियनों और यहूदियों में बहुत सी छोटी-छोटी शाखाओं के पृथक्-पृथक् देवता थे। इन सारे अलग-अलग देवताओं का एक साधारण नाम भी था। बेबिलोनियनों में इन देवताओं का साधारण नाम था—'बाल'। उनमें 'बाल मेरोडक' सबसे प्रधान देवता माने जाते थे। समय-समय पर एक उपजाति वाले उसी जाति के अन्यान्य उपजाति वालों को जीतकर अपने में मिला लेते थे। जो उपजाति वाले जितने समय तक औरों पर अधिकार किए रहते थे, उनके देवता भी उतने समय तक औरों के देवताओं से श्रेष्ठ माने जाते थे। वहाँ की 'मेमाईट' जाति के लोग तथाकथित एकेश्वरवाद के जिस सिद्धांत के कारण अपना गौरव समझते हैं, वह इसी प्रकार बना है। यहूदियों के सारे देवताओं का साधारण नाम 'मोलोक' था। इनमें से इजरायल जातिवालों के देवता का नाम था—'मोलोक याहे' या 'मोलोक याव'। इसी इजरायल उपजाति ने अपनी समकक्षी कई अन्यान्य उपजातियों को जीतकर अपने देवता 'मोलोक याहे' को औरों के देवताओं से श्रेष्ठ होने की घोषणा की। इस प्रकार के धर्मयुद्धों में कितनी खून-खराबी, अत्याचार तथा बर्बरता हुई है, यह बात शायद तुम लोगों में बहुतों को मालूम होगी। कुछ काल बाद बेबिलोनियनों ने यहूदियों के इस 'मोलोक याहे' की प्रधानता का लोप करने

की चेष्टा की थी, पर इस चेष्टा में वे कृतकार्य नहीं हुए।

मैं समझता हूँ कि भारत की सीमाओं में भी पृथक्-पृथक् उपजातियों में धर्मसंबंधी प्रधानता पाने की चेष्टा हुई थी और संभवतः भारतवर्ष में भी प्राचीन आर्य जाति की विभिन्न शाखाओं ने परस्पर अपने-अपने देवता की प्रधानता स्थापित करने की चेष्टा की थी, परंतु भारत का इतिहास दूसरे प्रकार होना था, उसे यहूदियों के इतिहास की तरह नहीं होना था। समस्त देशों में भारत को ही सहिष्णुता और आध्यात्मिकता का देश होना था और इसीलिए यहाँ की विभिन्न उपजातियों या संप्रदायों में अपने देवता की प्रधानता का झगड़ा दीर्घकाल तक नहीं चल सका। जिस समय का हाल बताने में इतिहास असमर्थ है, यहाँ तक कि परंपरा भी जिसका कुछ आभास नहीं दे सकती है, उस अति प्राचीन युग में भारत में एक महापुरुष प्रकट हुए और उन्होंने घोषित किया, "एकं सद्विप्रा बहुधा वदन्ति", अर्थात् वास्तव में संसार में एक ही वस्तु (ईश्वर) है, ज्ञानी लोग उसी एक वस्तु का नाना रूपों में वर्णन करते हैं।

ऐसी चिरस्मरणीय पवित्र वाणी संसार में कभी और कहीं उच्चारित नहीं हुई थी; ऐसा महान् सत्य इसके पहले कभी आविष्कृत नहीं हुआ था और यही महान् सत्य हमारे हिंदू राष्ट्र के राष्ट्रीय जीवन का मेरुदंड-स्वरूप हो गया है। सैकड़ों सदियों तक "एकं सद्विप्रा बहुधा वदन्ति", इस तत्त्व का हमारे यहाँ प्रचार होते-होते, हमारा राष्ट्रीय जीवन उससे ओत-प्रोत हो गया है। यह सत्य सिद्धांत हमारे खून के साथ मिल गया है और वह जीवन के साथ एक हो गया है। हम लोग इस महान् सत्य को बहुत पसंद करते हैं, इसी से हमारा देश धर्मसहिष्णुता का एक उज्ज्वल दृष्टांत बन गया है! यहाँ और केवल यहीं, लोग अपने धर्म के विद्वेषियों के लिए, परधर्मावलंबी लोगों के लिए उपासना-गृह और गिरजे आदि बनवा देते हैं। समग्र संसार हमसे इन धर्मसहिष्णुता की शिक्षा ग्रहण करने के इंतजार में बैठा हुआ है। हाँ, तुम लोग शायद नहीं जानते कि विदेशों में कितना परधर्म-विद्वेष है। विदेशों में कई जगह तो मैंने लोगों में दूसरों के धर्म के प्रति ऐसा घोर विद्वेष देखा कि

उनके आचरण से मुझे जान पड़ा कि यदि ये मुझे मार डालते तो भी आश्चर्य नहीं। धर्म के लिए किसी मनुष्य की हत्या कर डालना पाश्चात्य देशवासियों के लिए इतनी मामूली बात है कि आज नहीं तो कल गर्वित पाश्चात्य सभ्यता के केंद्रस्थल में ऐसी घटना हो सकती है। अगर कोई पाश्चात्य देशवासी हिम्मत बाँधकर अपने देश के प्रचलित धर्ममत के विरुद्ध कुछ कहे तो उसे समाज-बहिष्कार का भयानकतम रूप स्वीकार करना पड़ेगा। यहाँ वे हमारे जातिभेद के संबंध में सहज भाव से बकवादी आलोचना करते दिखाई देते हैं, परंतु मेरी तरह यदि तुम लोग भी कुछ दिनों के लिए पाश्चात्य देशों में जाकर रहो, तो तुम देखोगे कि वहाँ के कुछ बड़े-बड़े आचार्य भी, जिनका नाम तुम सुना करते हो, निरे कापुरुष हैं और धर्म के संबंध में जिन बातों को सत्य समझकर विश्वास करते हैं, जनमत के भय से वे उनका शतांश भी कह नहीं सकते।

इसीलिए संसार धर्मसहिष्णुता के महान् सार्वभौम सिद्धांत को सीखने की प्रतीक्षा कर रहा है। आधुनिक सभ्यता के अंदर यह भाव-प्रवेश करने पर उसका विशेष कल्याण होगा। वास्तव में, उस भाव का समावेश हुए बिना कोई भी सभ्यता स्थायी नहीं हो सकती। जब तक धर्मोन्माद, खून-खराबी और पाशविक अत्याचारों का अंत नहीं होता, तब तक किसी सभ्यता का विकास ही नहीं हो सका। जब तक हम लोग एक-दूसरे के साथ सद्भाव रखना नहीं सीखते, तब तक कोई भी सभ्यता सिर नहीं उठा सकती और इस पारस्परिक सद्भाव-वृद्धि की पहली सीढ़ी है—एक-दूसरे के धार्मिक विश्वास के प्रति सहानुभूति प्रकट करना। केवल यही नहीं, वास्तव में हृदय के अंदर यह भाव जमाने के लिए केवल मित्रता या सद्भाव से ही काम नहीं चलेगा, वरन् हमारे धार्मिक भावों तथा विश्वासों में चाहे जितना ही अंतर क्यों न हो, हमें परस्पर एक-दूसरे की सहायता करनी होगी। हम लोग भारतवर्ष में यही किया करते हैं, यही मैंने तुम लोगों से अभी कहा है।

इसी भारतवर्ष में हिंदुओं ने ईसाइयों के लिए गिरजे और मुसलमानों के लिए मसजिदें बनवाई हैं और अब भी बनवा रहे हैं। ऐसा ही करना पड़ेगा।

वे हमें चाहे जितनी घृणा की दृष्टि से देखें, चाहे जितनी पशुता दिखाएँ, चाहे जितनी निष्ठुरता दिखाएँ अथवा अत्याचार करें और हमारे प्रति चाहे जैसी कुत्सित भाषा का प्रयोग करें, पर हम ईसाइयों के लिए गिरजे और मुसलमानों के लिए मसजिदें बनवाना नहीं छोड़ेंगे। हम तब तक यह काम न बंद करें, जब तक हम अपने प्रेमबल से उन पर विजय न प्राप्त कर लें, जब तक हम संसार के सम्मुख यह प्रमाणित न कर दें कि घृणा और विद्वेष की अपेक्षा प्रेम द्वारा ही राष्ट्रीय जीवन स्थायी हो सकता है। केवल पशुत्व और शारीरिक शक्ति विजय नहीं प्राप्त कर सकती, क्षमा और नम्रता ही संसार संग्राम में विजय दिला सकती है।

हमें संसार को—यूरोप के ही नहीं, वरन् सारे संसार के विचारशील मनुष्यों को—एक और महान् तत्त्व की शिक्षा देनी होगी। समग्र संसार का आध्यात्मिक एकत्वरूपी यह महान् सनातन तत्त्व संभवत: ऊँची जातियों की अपेक्षा छोटी जातियों के लिए, शिक्षकों की अपेक्षा अशिक्षित मूक जनता के लिए और बलवानों की अपेक्षा दुर्बलों के लिए ही अधिक आवश्यक है। मद्रास विश्वविद्यालय के शिक्षित सज्जनों को विस्तारपूर्वक यह बताना नहीं पड़ेगा कि यूरोप की वर्तमान वैज्ञानिक अनुसंधान-प्रणाली किस तरह भौतिक दृष्टि से सारे जगत् का एकत्व सिद्ध कर रही है। भौतिक दृष्टि से भी हम, तुम, सूर्य, चंद्र और सितारे इत्यादि सब अनंत जड़-समुद्र की छोटी-छोटी तरंगों के समान हैं। इधर, सैकड़ों सदियों पहले भारतीय मनोविज्ञान ने जड़विज्ञान की तरह यह प्रमाणित कर दिया है कि शरीर और मन दोनों ही समष्टि रूप में जड़समुद्र की क्षुद्र तरंगें हैं, फिर एक कदम आगे बढ़कर वेदांत में दिखाया गया है कि जगत् के इस एकत्व भाव के पीछे जो आत्मा है, वह भी एक ही है। समस्त ब्रह्मांड में केवल एक आत्मा ही विद्यमान है—सबकुछ एक उसी की सत्ता है। विश्व-ब्रह्मांड की जड़ में वास्तव में एकत्व है, इस महान् सत्य को सुनकर बहुतेरे लोग डर जाते हैं। दूसरे देशों की बात दूर रही, इस देश में भी इस सिद्धांत के माननेवालों की अपेक्षा इसके विरोधियों की संख्या ही अधिक है, तो भी तुम लोगों से मेरा

कहना है कि यदि संसार इससे कोई तत्त्व ग्रहण करना चाहता है और भारत की मूक जनता अपनी उन्नति के लिए चाहती है तो वह यही जीवनदायी तत्त्व है, क्योंकि कोई भी हमारी इस मातृभूमि का पुनरुत्थान अद्वैतवाद को व्यावहारिक और कारगर तरीके से कार्यरूप में परिणत किए बिना नहीं कर सकता।

युक्तिवादी पाश्चात्य जाति अपने यहाँ के सारे दर्शनों और आचारशास्त्रों का मुख्य प्रयोजन खोजने की प्राणपण से चेष्टा कर रही है, पर तुम सब भलीभाँति जानते हो कि कोई व्यक्तिविशेष, चाहे वह कितना महान् देवोपम क्यों न हो; जब वह जन्म-मरण के अधीन है, तो उसके द्वारा अनुमोदित होने से ही किसी धर्म या आचारशास्त्र की प्रामाणिकता नहीं मानी जा सकती। दर्शन या नीति के विषय में यदि केवल यही एकमात्र प्रमाण पेश किया जाए, तो संसार के उच्च कोटि के चिंतनशील लोगों को वह प्रमाण स्वीकृत नहीं हो सकता। वे किसी व्यक्तिविशेष द्वारा अनुमोदित होने को प्रामाणिकता नहीं मान सकते, पर वे उसी दार्शनिक या नैतिक सिद्धांत को मानने के लिए तैयार हैं, जो सनातन तत्त्वों के आधार पर खड़ा हो। आचार शास्त्र की नींव, जो सनातन आत्मतत्त्व के सिवा और क्या हो सकती है ? यही एक ऐसा सत्य और अनंत तत्त्व है जो तुम में, हममें और हम सबकी आत्माओं में विद्यमान है। आत्मा का अनंत एकत्व ही सब तरह के आचरण की नींव है। हम में और तुम में केवल 'भाई-भाई' का ही संबंध नहीं है। मनुष्यजाति को दासता के बंधन से मुक्त करने की चेष्टा से जितने भी ग्रंथ लिखे गए हैं, उन सबमें मनुष्य के इस परस्पर 'भाई-भाई' के संबंध का उल्लेख है; परंतु वास्तविक बात तो यह है कि तुम और हम बिल्कुल एक हैं। भारतीय दर्शन का यही आदेश है। सब तरह के आचारशास्त्र और धर्मविज्ञान का एकमात्र तार्किक आधार यही है।

जिस प्रकार पैरों तले कुचले हमारे जनसमूह को उसी प्रकार यूरोप के लोगों को भी इस सिद्धांत की चाहना है। सच तो यह है कि इंग्लैंड, जर्मनी, फ्रांस और अमेरिका में जिस तरीके से राजनीतिक और सामाजिक

उन्नति की चेष्टा की जा रही है, उससे स्पष्ट प्रतीत होता है कि उसकी जड़ में—यद्यपि वे इसे नहीं जानते—यही महान् तत्त्व मौजूद है और भाइयो! तुम यह भी देख पाओगे कि साहित्य में, जहाँ मनुष्य की मुक्ति-विश्व की मुक्ति प्राप्त करने की चेष्टा की चर्चा की गई है, वहीं भारतीय वेदांती सिद्धांत भी प्रस्फुटित होते हैं। कहीं-कहीं लेखकों को अपने भावों के मूल प्रेरणा-स्रोत का पता नहीं है। फिर कहीं-कहीं प्रतीत होता है कि कुछ लेखकों ने अपनी मौलिकता प्रकट करने की चेष्टा की है और कुछ ऐसे साहसी और कृतज्ञहृदय लेखक भी हैं, जिन्होंने स्पष्ट शब्दों में अपने प्रेरणा-स्रोत का उल्लेख किया है और उनके प्रति अपनी हार्दिक कृतज्ञता व्यक्त की है।

जब मैं अमेरिका में था, तब कई बार लोगों ने मेरे ऊपर यह अभियोग लगाया था कि मैं द्वैतवाद पर विशेष जोर नहीं देता, बल्कि केवल अद्वैतवाद का ही प्रचार किया करता हूँ। द्वैतवाद के प्रेम, भक्ति और उपासना में कैसा अपूर्व आनंद प्राप्त होता है, यह मैं जानता हूँ। उसकी अपूर्व महिमा को मैं भलीभाँति समझता हूँ, परंतु भाइयो! हमारे आनंद पुलकित होकर आँखों से प्रेमाश्रु बरसाने का अब समय नहीं है। हमने बहुत बहुत आँसू बहाए हैं। अब हमारे कोमल भाव धारण करने का समय नहीं है। कोमलता की साधना करते-करते, हम लोग रुई के ढेर की तरह कोमल और मृतप्राय हो गए हैं। हमारे देश के लिए इस समय आवश्यकता है, लोहे की तरह ठोस मांसपेशियों और मजबूत स्नायुवाले शरीरों की। आवश्यकता है इस तरह की दृढ़ इच्छाशक्ति-संपन्न होने की कि कोई उसका प्रतिरोध करने में समर्थ न हो। आवश्यकता है ऐसी अदम्य इच्छाशक्ति की, जो ब्रह्मांड के सारे रहस्यों को भेद सकती हो। यदि यह कार्य करने के लिए अथाह समुद्र के मार्ग में जाना पड़े, सदा सब तरह से मौत का सामना करना पड़े, तो भी हमें यह काम करना ही पड़ेगा। यही हमारे लिए परम आवश्यक है और इसका आरंभ, स्थापना और दृढ़ीकरण अद्वैतवाद, अर्थात् सर्वात्मभाव के महान् आदर्श को समझने तथा उसके साक्षात्कार से ही संभव है। श्रद्धा, श्रद्धा! अपने आप पर श्रद्धा, परमात्मा में श्रद्धा, यही महानता का एकमात्र रहस्य है।

यदि पुराणों में कहे गए तैंतीस करोड़ देवताओं के ऊपर और विदेशियों ने बीच-बीच में जिन देवताओं को तुम्हारे बीच घुसा दिया है, उन सब पर भी, तुम्हारी श्रद्धा हो और अपने आप पर श्रद्धा न हो, तो तुम कदापि मोक्ष के अधिकारी नहीं हो सकते। अपने आप पर श्रद्धा करना सीखो! इसी आत्मश्रद्धा के बल से अपने पैरों आप खड़े होओ और शक्तिशाली बनो। इस समय हमें इसी की आवश्यकता है। हम तैंतीस करोड़ भारतवासी हजारों वर्ष से मुट्ठी भर विदेशियों द्वारा शासित और पददलित क्यों है? इसका यही कारण है कि हमारे ऊपर शासन करनेवालों में अपने आप पर श्रद्धा थी, पर हममें वह बात नहीं थी। मैंने पाश्चात्य देशों में जाकर क्या सीखा, ईसाई धर्म-संप्रदायों के इन निरर्थक कथनों के पीछे कि मनुष्य पापी था और सदा से निरुपाय पापी था, मैंने उनकी राष्ट्रीय उन्नति का कारण क्या देखा? देखा कि अमेरिका और यूरोप, दोनों के राष्ट्रीय हृदय के अंतरतम प्रदेश में महान् आत्मश्रद्धा भरी हुई है। एक अंग्रेज बालक तुमसे कह सकता है, "मैं अंग्रेज हूँ, मैं सबकुछ कर सकता हूँ।" एक अमेरिकन या यूरोपियन बालक इसी तरह की बात बड़े दावे के साथ कह सकता है। हमारे भारतवर्ष के बच्चे क्या इस तरह की बात कह सकते हैं? कदापि नहीं। लड़कों की कौन कहे, लड़कों के बाप भी इस तरह की बात नहीं कह सकते। हमने अपनी आत्मश्रद्धा खो दी है। इसीलिए वेदांत के अद्वैतवाद के भावों का प्रसार करने की आवश्यकता है, ताकि लोगों के हृदय जाग जाएँ और वे अपनी आत्मा की महत्ता समझ सकें। इसीलिए मैं अद्वैतवाद का प्रचार करता हूँ और इसका प्रचार किसी सांप्रदायिक भाव से प्रेरित होकर नहीं करता, बल्कि मैं सार्वभौम, युक्तिपूर्ण और अकाट्य सिद्धांतों के आधार पर इसका प्रचार करता हूँ।

यह अद्वैतवाद इस प्रकार प्रचारित किया जा सकता है कि द्वैतवादी और विशिष्टाद्वैतवादी किसी को कोई आपत्ति करने का मौका नहीं मिल सकता और इन सब मतवादों का सामंजस्य दिखाना भी कोई कठिन काम नहीं है। भारत का कोई भी धर्म-संप्रदाय ऐसा नहीं है, जो एक सिद्धांत न

मानता हो कि भगवान् हमारे अंदर हैं और देवत्व सबके भीतर विद्यमान है। हमारे वेदांत-मतावलंबियों में जो भिन्न-भिन्न मतवादी हैं, वे सभी यह स्वीकार करते हैं कि जीवात्मा में पहले से ही पूर्ण पवित्रता, शक्ति और पूर्णत्व अंतर्निहित है, पर किसी-किसी के अनुसार यह पूर्णत्व, मानो कभी संकुचित और कभी विकसित हो जाता है। जो हो, पर वह पूर्णत्व है तो हमारे भीतर ही; इसमें कोई संदेह नहीं। अद्वैतवाद के अनुसार, वह न संकुचित होता और न विकसित ही होता है। हाँ, कभी वह प्रकट होता और कभी अप्रकट रहता है। फलतः द्वैतवाद और अद्वैतवाद में बहुत ही कम अंतर रहा। इतना कहा जा सकता है कि एक मत दूसरे की अपेक्षा अधिक युक्तिसम्मत है, परंतु परिणाम में दोनों प्रायः एक ही हैं। इस मूल तत्त्व का प्रचार संसार के लिए आवश्यक हो गया है और हमारी इस मातृभूमि में, इस भारतवर्ष में, इसके प्रचार का जितना अभाव है, उतना और कहीं नहीं।

भाइयो! मैं तुम लोगों को दो-चार कठोर सत्यों से अवगत कराना चाहता हूँ। समाचार-पत्रों में पढ़ने में आया कि हमारे यहाँ के एक व्यक्ति को किसी अंग्रेज ने मार डाला है अथवा उसके साथ बहुत बुरा बरताव किया है। बस, यह खबर पढ़ते ही सारे देश में हो-हल्ला मच गया। इस समाचार को पढ़कर मैंने भी आँसू बहाए; पर थोड़ी ही देर बाद मेरे मन में यह सवाल पैदा हुआ कि इस प्रकार की घटना के लिए उत्तरदायी कौन है? चूँकि मैं वेदांतवादी हूँ, मैं स्वयं अपने से यह प्रश्न किए बिना नहीं रह सकता। हिंदू सदा से अंतर्दृष्टिपरायण रहा है। वह अपने अंदर ही उसी के द्वारा सब विषयों का कारण ढूँढ़ा करता है। जब कभी मैं अपने मन से यह प्रश्न करता हूँ कि इसके लिए कौन उत्तरदायी है, तभी मेरा मन बार-बार यह जवाब देता है कि इसके लिए अंग्रेज उत्तरदायी नहीं हैं, बल्कि अपनी इस दुरवस्था के लिए, अपनी इस अवनति और इन सारे दुःख-कष्टों के लिए, एकमात्र हमीं उत्तरदायी हैं। हमारे सिवा इन बातों के लिए और कोई जिम्मेदार नहीं हो सकता।

हमारे अभिजात पूर्वज साधारण जन-समुदाय को जमाने से पैरों तले कुचलते रहे। इसके फलस्वरूप वे बेचारे एकदम असहाय हो गए, यहाँ तक कि वे अपने आपको मनुष्य मानना भी भूल गए। सदियों तक वे धनी-मानियों की आज्ञा सिर-आँखों पर रखकर, केवल लकड़ी काटते और पानी भरते रहे हैं। उनकी यह धारणा बन गई कि मानो उन्होंने गुलाम के रूप में ही जन्म लिया है और यदि कोई व्यक्ति इन पददलित निर्धन लोगों के प्रति सहानुभूति का शब्द कहता है, तो मैं प्रायः देखता हूँ कि आधुनिक शिक्षा की डींग हाँकने के बावजूद हमारे देश के लोग इनके उन्नयन के दायित्व से तुरंत पीछे हट जाते हैं, यही नहीं, मैं यह भी देखता हूँ कि यहाँ के धनी-मानी और नवशिक्षित लोग पाश्चात्य देशों के आनुवंशिक संक्रमणवाद आदि अंड-बंड कमजोर मतों को लेकर ऐसी दानवीय और निर्दयतापूर्ण युक्तियाँ पेश करते हैं कि वे पददलित लोग किसी तरह उन्नति न कर सकें और उन पर उत्पीड़न एवं अत्याचार करने का उन्हें काफी सुभीता मिले।

अमेरिका में जो धर्म महासभा हुई थी, उसमें अन्यान्य जाति तथा संप्रदायों के लोगों के साथ ही एक अफ्रीकी युवक भी आया था। वह अफ्रीका की नीग्रो जाति का था उसने बड़ा सुंदर व्याख्यान भी दिया था। मुझे उस युवक को देखकर बड़ा कौतूहल हुआ। मैं उससे बीच-बीच में बातचीत करने लगा, पर उसके बारे में विशेष कुछ मालूम न हो सका। कुछ दिन बाद इंग्लैंड में मेरे साथ कुछ अमरीकियों की मुलाकात हुई। उन लोगों ने मुझे उस नीग्रो युवक का परिचय इस प्रकार दिया, 'यह युवक मध्य अफ्रीका के किसी नीग्रो सरदार का लड़का है। किसी कारण से वहीं के किसी दूसरे नीग्रो सरदार के साथ इसके पिता का झगड़ा हो गया और उसने इस युवक के पिता और माता को मार डाला तथा दोनों का मांस पकाकर खा गया। उसने इस युवक को भी मारकर इसका मांस खा जाने का हुक्म दे दिया था, पर यह बड़ी कठिनाई से वहाँ से भाग निकला और सैकड़ों कोसों का रास्ता तय कर समुद्र के किनारे पहुँचा। वहाँ से यह एक अमेरिकन जहाज पर सवार होकर यहाँ आया।' उस नीग्रो नवयुवक ने ऐसा

सुंदर व्याख्यान दिया! इसके बाद मैं तुम्हारे वंशानुक्रम के सिद्धांत पर क्या विश्वास करूँ?

हे ब्राह्मणो! यदि वंशानुक्रम के आधार पर चांडालों की अपेक्षा ब्राह्मण आसानी से विद्याभ्यास कर सकते हैं, तो उनकी शिक्षा पर धन व्यय मत करो, वरन् चंडालों को शिक्षित बनाने पर वह सब धन व्यय करो। दुर्बलों की सहायता पहले करो, क्योंकि उनको हर प्रकार के प्रतिदान की आवश्यकता है। यदि ब्राह्मण जन्म से ही बुद्धिमान होते हैं, तो वे किसी की सहायता बिना ही शिक्षा प्राप्त कर सकते हैं। यदि दूसरे लोग जन्म से कुशल नहीं हैं तो उन्हें आवश्यक शिक्षा तथा शिक्षक प्राप्त करने दो। हमें तो ऐसा करना ही न्याय और युक्तिसंगत जान पड़ता है। भारत के इन दीन-हीन लोगों को, इन पददलित जाति के लोगों को, उनका अपना वास्तविक रूप समझा देना परमावश्यक है। जात-पाँत का भेद छोड़कर, कमजोर और मजबूत का विचार छोड़कर, हर एक स्त्री-पुरुष को, प्रत्येक बालक-बालिका को, यह संदेश सुनाओ और सिखाओ कि ऊँच-नीच, अमीर-गरीब और बड़े-छोटे सभी में उसी एक अनंत आत्मा का निवास है, जो सर्वव्यापी है; इसलिए सभी लोग महान् तथा सभी लोग साधु हो सकते हैं। आओ, हम प्रत्येक व्यक्ति में घोषित करें, "उत्ष्ठित जाग्रत् प्राप्य वरान्निबोद्यत', 'उठो, जागो और जब तक तुम अपने अंतिम ध्येय तक नहीं पहुँच जाते, तब तक चैन न लो'।

उठो, जागो। निर्बलता की इस मोहनिद्रा से जग जाओ। वास्तव में, कोई भी दुर्बल नहीं है। आत्मा अनंत, सर्वशक्तिसंपन्न और सर्वज्ञ है। इसलिए उठो, अपने वास्तविक रूप को प्रकट करो। तुम्हारे अंदर जो भगवान् है, उसकी सत्ता को ऊँचे स्वर में घोषित करो, उसे अस्वीकार मत करो। हमारी जाति के ऊपर घोर आलस्य, दुर्बलता और व्यामोह छाया हुआ है। इसलिए ऐ आधुनिक हिंदुओ! अपने को इस व्यामोह से मुक्त करो। इसका उपाय तुमको अपने धर्मशास्त्रों में ही मिल जाएगा। तुम अपने को और प्रत्येक व्यक्ति को अपने सच्चे स्वरूप की शिक्षा दो और घोरतम मोहनिद्रा में पड़ी

हुई जीवात्मा को इस नींद से जगा दो। जब तुम्हारी जीवात्मा प्रबुद्ध होकर सक्रिय हो उठेगी, तब तुम आप ही शक्ति का अनुभव करोगे, महिमा और महत्ता पाओगे, साधुता आएगी, पवित्रता भी आप ही चली आएगी। मतलब यह कि जो कुछ अच्छे गुण हैं, वे सभी तुम्हारे पास आ पहुँचेंगे। 'गीता' में यदि कोई ऐसी बात है, जिसे मैं अत्यधिक पसंद करता हूँ, तो ये दो श्लोक हैं। कृष्ण के उपदेश के सारस्वरूप इन श्लोकों से बड़ा भारी बल प्राप्त होता है—

समं सर्वेषु भूतेषु तिष्ठन्तं परमेश्वरम्।
विनश्यत्स्वविनश्यन्तं यः पश्यति स पश्यति।।
समं पश्यन् हि सर्वत्र समवस्थितमीश्वरम्।
न हिनस्त्यात्मनात्मानं ततो याति परां गतिम्।।

'विनाश होनेवाले सब भूतों में, जो लोग अविनाशनी परमात्मा को स्थित देखते हैं, यथार्थ में उन्हीं का देखना सार्थक है; क्योंकि ईश्वर को सर्वत्र समान भाव से देखकर वे आत्मा द्वारा आत्मा की हिंसा नहीं करते, इसलिए वे परमगति को प्राप्त होते हैं।'

इस प्रकार इस देश और अन्यान्य देशों में कल्याणकार्य की दृष्टि से वेदांत के प्रचार और प्रसार के लिए विस्तृत क्षेत्र है। इस देश में और विदेशों में भी मनुष्यजाति के दुःख दूर करने के लिए तथा मानव-समाज की उन्नति के लिए हमें परमात्मा की सर्वव्यापकता और सर्वत्र समान रूप से उसकी विद्यमानता का प्रचार करना होगा। जहाँ भी बुराई दिखाई देती है, वहीं अज्ञान भी मौजूद रहता है। मैंने अपने ज्ञान और अनुभव द्वारा मालूम किया है और यही शास्त्रों में भी कहा गया है कि भेद-बुद्धि से ही संसार में सारे अशुभ और अभेद-बुद्धि से ही सारे शुभ फलते हैं। यदि सारी विभिन्नताओं के अंदर ईश्वर के एकत्व पर विश्वास किया जाए, तो सब प्रकार से संसार का कल्याण किया जा सकता है। यही वेदांत का सर्वोच्च आदर्श है। प्रत्येक विषय में आदर्श पर विश्वास करना एक बात है और प्रतिदिन के छोटे-छोटे कामों में उसी आदर्श के अनुसार काम करना बिल्कुल दूसरी बात है। एक

ऊँचा आदर्श दिखा देना अच्छी बात है, इसमें संदेह नहीं, पर उस आदर्श तक पहुँचने का उपाय कौन सा है?

स्वभावतः यहाँ वही कठिन और उद्विग्न करनेवाला जातिभेद तथा समाज-सुधार का सवाल आ उपस्थित होता है, जो कई सदियों से सर्वसाधारण के मन में उठता रहा है। मैं तुमसे यह बात स्पष्ट शब्दों में कह देना चाहता हूँ कि मैं केवल जाति-पाँति का भेद मिटानेवाला अथवा समाज-सुधारक मात्र नहीं हूँ। सीधे अर्थ में जातिभेद या समाज-सुधार से मेरा कुछ मतलब नहीं। तुम चाहे जिस जाति या समाज के क्यों न हो, उससे कुछ बनता-बिगड़ता नहीं, पर तुम किसी और जातिवाले को घृणा की दृष्टि से क्यों देखो? मैं केवल प्रेम और मात्र प्रेम की शिक्षा देता हूँ और मेरा यह कहना विश्वात्मा की सर्वव्यापकता और समतारूपी वेदांत के सिद्धांत पर आधारित है। प्रायः पिछले एक सौ वर्ष से हमारे देश में समाज-सुधारकों और उनके तरह-तरह के समाज-सुधार संबंधी प्रस्तावों की बाढ़ आ गई है। व्यक्तिगत रूप से इन समाज-सुधारकों में मुझे कोई दोष नहीं मिलता। अधिकांश अच्छे व्यक्ति और सदुद्देश्यवाले हैं और किसी-किसी विषय में उनके उद्देश्य बहुत ही प्रशंसनीय हैं, परंतु इसके साथ ही साथ यह भी बहुत ही निश्चित और प्रामाणिक बात है कि सामाजिक सुधारों के इन सौ वर्षों में सारे देश का कोई स्थायी और बहुमूल्य हित नहीं हुआ है। व्याख्यान-मंचों से हजारों व्याख्यान दिए जा चुके हैं, हिंदू जाति और हिंदू सभ्यता के माथे पर कलंक और निंदा की न जाने कितने बौछारें हो चुकी हैं, परंतु इतने पर भी समाज का कोई वास्तविक उपकार नहीं हुआ है। इसका क्या कारण है? कारण ढूँढ़ निकालना बहुत मुश्किल काम नहीं है। यह भर्त्सना ही इसका कारण है। मैंने पहले ही तुमसे कहा है कि हमें सबसे पहले अपनी ऐतिहासिक जातीय विशेषता की रक्षा करनी होगी। मैं यह स्वीकार करता हूँ कि हमें अन्यान्य जातियों से बहुत कुछ शिक्षा प्राप्त करनी पड़ेगी; पर मुझे बड़े दुःख से साथ कहना पड़ता है कि हमारे अधिकांश समाज-सुधार आंदोलन केवल पाश्चात्य कार्य-प्रणाली के विवेकशून्य अनुकरणमात्र हैं।

इस कार्य-प्रणाली से भारत का कोई उपकार होना संभव नहीं है। इसलिए हमारे यहाँ जो सब समाज-सुधार के आंदोलन हो रहे हैं, उनका कोई फल नहीं होता।

दूसरे, किसी की भर्त्सना करना किसी प्रकार भी दूसरे के हित का मार्ग नहीं है। एक छोटा सा बच्चा भी जान सकता है कि हमारे समाज में बहुतेरे दोष हैं और दोष भला किस समाज में नहीं हैं? ऐ मेरे देशवासी भाइयो! मैं इस अवसर पर तुम्हें यह बात बता देना चाहता हूँ कि मैंने संसार की जितनी भिन्न-भिन्न जातियों को देखा है, उनकी तुलना करके मैं इसी निश्चय पर पहुँचा हूँ कि अन्यान्य जातियों की अपेक्षा हमारी यह हिंदू जाति ही अधिक नीतिपरायण और धार्मिक है और हमारी सामाजिक प्रथाएँ ही अपने उद्‌देश्य तथा कार्य-प्रणाली में मानवजाति को सुखी करने में सबसे अधिक उपयुक्त हैं। इसीलिए मैं कोई सुधार नहीं चाहता। मेरा आदर्श है, राष्ट्रीय मार्ग पर समाज की उन्नति, विस्तृति तथा विकास। जब मैं देश के प्राचीन इतिहास की पर्यालोचना करता हूँ, तब सारे संसार में मुझे कोई ऐसा देश नहीं दिखाई देता, जिसने भारत के समान मानव-हृदय को उन्नत और सुसंस्कृत बनाने की चेष्टा की हो। इसीलिए मैं अपनी हिंदू जाति की न तो निंदा करता हूँ और न उसे अपराधी ठहराता हूँ। मैं उनसे कहता हूँ, "जो कुछ तुमने किया है, अच्छा ही किया है; पर इससे भी अच्छा करने की चेष्टा करो।"

पुराने जमाने में इस देश में बहुत से अच्छे काम हुए हैं; पर अब भी उससे बढ़े-चढ़े काम करने का पर्याप्त समय और अवकाश है। यह निश्चित है कि तुम जानते हो कि हम एक जगह एक अवस्था में चुपचाप बैठे नहीं रह सकते। यदि हम एक जगह स्थिर रहें, तो हमारी मृत्यु अनिवार्य हैं। हमें या तो आगे बढ़ना होगा या पीछे हटना होगा। हमें उन्नति करने रहना होगा, नहीं तो हमारी अवनति आप-से-आप होती जाएगी। हमारे पूर्वपुरुषों ने प्राचीन काल में बहुत बड़े-बड़े काम किए हैं, पर हमें उनकी अपेक्षा भी उच्चतर जीवन का विकास करना होगा और उनकी अपेक्षा और भी महान् कार्यों की ओर अग्रसर होना पड़ेगा। अब पीछे हटकर अवनति को प्राप्त

होना कैसे हो सकता है ? ऐसा कभी नहीं हो सकता। नहीं, हम कदापि वैसा होने नहीं देंगे। पीछे हटने से हमारी जाति का अध:पतन और मरण होगा। अतएव 'अग्रसर होकर महत्तर कर्मों का अनुष्ठान करो', तुम्हारे सामने यही मेरा वक्तव्य है।

मैं किसी क्षणिक समाज-सुधार का प्रचारक नहीं हूँ। मैं समाज के दोषों का सुधार करने की चेष्टा नहीं कर रहा हूँ। मैं तुमसे केवल इतना ही कहता हूँ कि तुम आगे बढ़ो और हमारे पूर्वपुरुष समग्र मानवजाति की उन्नति के लिए जो सर्वांगसुंदर प्रणाली बता गए हैं, उसी का अवलंबन कर उनके उद्देश्य को संपूर्ण रूप से कार्य में परिणत करो। तुमसे मेरा कहना यही है कि तुम लोग मानव के एकत्व और उसके नैसर्गिक ईश्वरत्वभावरूपी वेदांती आदर्श के अधिकाधिक समीप पहुँचते जाओ। यदि मेरे पास समय होता, तो मैं तुम लोगों को बड़ी प्रसन्नता के साथ यह दिखाता और बताता कि आज हमें जो कुछ कार्य करना है, उसे हजारों वर्ष पहले हमारे स्मृतिकारों ने बता दिया है और उनकी बातों से हम यह भी जान सकते हैं कि आज हमारी जाति और समाज के आचार-व्यवहार में जो सब परिवर्तन हुए हैं और होंगे, उन्हें भी उन लोगों ने आज से हजारों वर्ष पहले जान लिया था। वे भी जातिभेद को तोड़नेवाले थे, पर आजकल की तरह नहीं। जातिभेद को तोड़ने से उनका मतलब यह नहीं था कि शहर भर के लोग एक साथ मिलकर शराब-कबाब उड़ाएँ, या जितने मूर्ख और पागल हैं, वे सब चाहे जिसके साथ शादी कर लें और सारे देश को एक बहुत बड़ा पागलखाना बना दें और न उनका यही विश्वास था कि जिस देश में जितने ही अधिक विधवा-विवाह हों, वह देश उतना ही उन्नत समझा जाए। इस प्रकार से किसी जाति को उन्नत होते मुझे अभी देखना है।

ब्राह्मण ही हमारे पूर्वपुरुषों के आदर्श थे। हमारे सभी शास्त्रों में ब्राह्मण का आदर्श विशिष्ट रूप से प्रतिष्ठित है। यूरोप के बड़े-बड़े धर्माचार्य भी यह प्रमाणित करने के लिए हजारों रुपए खर्च कर रहे हैं कि उनके पूर्व-पुरुष उच्च वंशों के थे और तब तक वे संतुष्ट नहीं होंगे, जब तक अपनी

वंश-परंपरा किसी भयानक क्रूर शासक से स्थापित नहीं कर लेंगे, जो पहाड़ पर रहकर राही बटोहियों की ताक में रहते थे और मौका पाते ही उन पर आक्रमण कर लूट लेते थे। आभिजात्य प्रदान करनेवाले इन पूर्वजों का यही पेशा था और हमारे धर्माध्यक्ष कार्डिनल, इनमें से किसी से अपनी वंश-परंपरा स्थापित किए बिना संतुष्ट नहीं रहते। फिर दूसरी ओर भारत के बड़े-से-बड़े राजाओं के वंशधर इस बात की चेष्टा कर रहे हैं कि हम अमुक कौपीनधारी, सर्वस्वत्यागी, वनवासी, फल-मूलाहारी और वेदपाठी ऋषि की संतान हैं। भारतीय राजा भी अपनी वंश-परंपरा स्थापित करने के लिए वहीं जाते हैं। अगर तुम अपनी वंश-परंपरा किसी महर्षि से स्थापित कर सकते हो, तो ऊँची जाति के माने जाओगे, अन्यथा नहीं।

अतएव हमारा उच्च वंश का आदर्श अन्यान्य देशवासियों के आदर्श से बिल्कुल भिन्न है। आध्यात्मिक साधना संपन्न महात्यागी ब्राह्मण ही हमारे आदर्श हैं। इस ब्राह्मण-आदर्श से मेरा क्या मतलब है? आदर्श ब्राह्मणत्व वही है, जिसमें सांसारिकता एकदम न हो और असली ज्ञान पूर्ण मात्रा में विद्यमान हो। हिंदू जाति का यही आदर्श है। क्या तुमने नहीं सुना है, शास्त्रों में लिखा है कि ब्राह्मण के लिए कोई कानून-कायदा नहीं है, वे राजा के शासनाधीन नहीं हैं और उनके लिए फाँसी की सजा नहीं हो सकती? यह बात बिल्कुल सच है। स्वार्थपर मूढ़ लोगों ने जिस भाव से इस तत्त्व की व्याख्या की है, उस भाव से उसको मत समझो; सच्चे वेदांती भाव से इस तत्त्व को समझने की चेष्टा करो। यदि ब्राह्मण कहने से ऐसे मनुष्य का बोध हो, जिसने स्वार्थपरता का एकदम नाश कर डाला है, जिसका जीवन ज्ञान और प्रेम को प्राप्त करने में तथा इनका विस्तार करने में ही बीतता है, जो देश ऐसे ही सच्चरित्र, नैष्ठिक तथा आध्यात्मिक ब्राह्मणों, स्त्री तथा पुरुषों से परिपूर्ण है, वह देश यदि विधि-निषेध के परे हो, तो इसमें आश्चर्य की कौन सी बात है, ऐसे लोगों पर शासन करने के लिए सेना या पुलिस इत्यादि की क्या आवश्यकता है, ऐसे आदमियों पर शासन करने का ही क्या काम है, अथवा ऐसे लोगों को किसी शासन-तंत्र के अधीन रहने की ही क्या जरूरत

है ? ये लोग साधुस्वभाव महात्मा हैं, ईश्वर के अंतरंगस्वरूप हैं, ये ही हमारे आदर्श ब्राह्मण हैं और हम शास्त्रों में देखते हैं—सत्ययुग में पृथ्वी पर केवल एक जाति थी और वह ब्राह्मण थी। महाभारत में हम देखते हैं, पुराकाल में सारी पृथ्वी पर केवल ब्राह्मणों का ही निवास था। क्रमशः ज्यों-ज्यों उनकी अवनति होने लगी, वह जाति भिन्न-भिन्न जातियों में विभक्त होती गई। फिर जब कल्पचक्र घूमता-घूमता सत्ययुग आ पहुँचेगा, तब फिर से सभी ब्राह्मण ही हो जाएँगे। वर्तमान युगचक्र भविष्य में सत्ययुग के आने की सूचना दे रहा है, इसी बात की ओर मैं तुम्हारा ध्यान आकृष्ट करना चाहता हूँ।

ऊँची जातियों को नीची करने, मनचाहे आहार-विहार करने और क्षणिक सुखभोग के लिए अपने-अपने वर्णाश्रम-धर्म की मर्यादा तोड़ने से यह जातिभेद की समस्या हल नहीं होगी। इसकी मीमांसा तभी होगी, जब हम लोगों में से प्रत्येक मनुष्य वेदांती धर्म का आदेश पालन करने लगेगा, जब हर कोई सच्चा धार्मिक होने की चेष्टा करेगा और प्रत्येक व्यक्ति आदर्श बन जाएगा। तुम आर्य हो या अनार्य, ऋषि-संतान हो या ब्राह्मण हो या अत्यंत नीच अंत्यज जाति के ही क्यों न हो, भारतभूमि के प्रत्येक निवासी के प्रति तुम्हारे पूर्वपुरुषों का दिया हुआ एक महान् आदेश है। तुम सबके प्रति बस एक ही आदेश है कि चुपचाप बैठे रहने से काम नहीं होगा, निरंतर उन्नति के लिए चेष्टा करते रहना होगा। ऊँची-से-ऊँची जाति से लेकर नीची-से-नीची जाति के लोगों को भी ब्राह्मण होने की चेष्टा करनी होगी। वेदांत का यह आदर्श केवल भारतवर्ष के लिए ही नहीं, वरन् सारे संसार के लिए उपयुक्त है। हमारे जातिभेद का लक्ष्य यही है कि धीरे-धीरे सारी मानवजाति आध्यात्मिक मनुष्य के महान् आदर्श को प्राप्त करने के लिए अग्रसर हो, जो धृति, क्षमा, शौच, शांति, उपासना और ध्यान का अभ्यासी है। इस आदर्श में ईश्वर-प्राप्ति अनुस्यूत है।

इस उद्देश्य को कार्यरूप में परिणत करने का उपाय क्या है ? मैं तुम लोगों को फिर एक बार याद दिला देना चाहता हूँ कि कोसने, निंदा करने या गालियों की बौछार करने से कोई सदुद्श्यपूर्ण नहीं हो सकता। लगातार

वर्षों तक इस प्रकार की कितनी ही चेष्टाएँ की गई हैं, पर कभी अच्छा परिणाम प्राप्त नहीं हुआ। केवल पारस्परिक सद्भाव और प्रेम द्वारा ही अच्छे परिणाम की आशा की जा सकती है।

यह महान् विषय है और मेरी दृष्टि में जो योजनाएँ हैं, उनकी व्याख्या के लिए कई भाषणों की आवश्यकता होगी, जिनमें मैं प्रतिदिन उठनेवाले अपने विचारों को व्यक्त कर सकूँ। अतएव आज मैं यहीं पर अपने भाषण का उपसंहार करता हूँ। हिंदुओ! मैं तुम्हें केवल इतनी ही याद दिला देना चाहता हूँ कि हमारा यह राष्ट्रीय बेड़ा हमें सदियों से इस पार से उस पार करता आ रहा है। शायद आजकल इसमें कुछ छेद हो गए हैं, शायद यह कुछ पुराना भी पड़ गया है। यदि यही बात है, तो हम सारे भारतवासियों को प्राणों की बाजी लगाकर इन छेदों को बंद कर देने और इसका जीर्णोद्धार करने की चेष्टा करनी चाहिए। हमें अपने सभी देश भाइयों को इस खतरे की सूचना दे देनी चाहिए। वे जागें और हमारी सहायता करें। मैं भारत के एक छोर से दूसरे छोर तक जोर से चिल्लाकर लोगों को इस परिस्थति और कर्तव्य के प्रति जागरूक करूँगा। मान लो, लोगों ने मेरी बात अनसुनी कर दी, तो भी मैं इसके लिए उन्हें न तो कोसूँगा और न भर्त्सना ही करूँगा।

पुराने जमाने में हमारी जाति ने बहुत बड़े-बड़े काम किए हैं और यदि हम उनसे भी बड़े-बड़े काम न कर सकें, तो एक साथ शांतिपूर्वक डूब मरने में हमें संतोष होगा। देशभक्त बनो। जिस जाति ने अतीत में हमारे लिए इतने बड़े-बड़े काम किए हैं, उसे प्राणों से भी अधिक प्यारी समझो। हे स्वदेशवासियो! मैं संसार के अन्यान्य राष्ट्रों के साथ अपने राष्ट्र की जितनी ही अधिक तुलना करता हूँ, उतना ही अधिक तुम लोगों के प्रति मेरा प्यार बढ़ता जाता है। तुम लोग शुद्ध, शांत और सत्स्वभाव हो और तुम्हीं लोग सदा अत्याचारों से पीड़ित रहते आए हो—इस मायामय जड़ जगत् की पहेली ही कुछ ऐसी है। जो हो, तुम इसकी परवाह मत करो। अंत में आत्मा की ही जय अवश्य होगी। इस बीच आओ, हम काम में संलग्न हो जाएँ। केवल देश की निंदा करने से काम नहीं चलने का। हमारी इस परम पवित्र

मातृभूमि के काल-जर्जर, कर्मजीर्ण आचारों और प्रथाओं की निंदा मत करो। एकदम अंधविश्वासपूर्ण और अतार्किक प्रथाओं के विरुद्ध भी एक शब्द मत कहो, क्योंकि उनके द्वारा भी अतीत में हमारी जाति और देश का कुछ-न-कुछ उपकार अवश्य हुआ है।

सदा याद रखना कि हमारी सामाजिक प्रथाओं के उद्‌देश्य ऐसे महान् हैं, जैसे संसार के किसी और देश की प्रथाओं के नहीं हैं। मैंने संसार में प्रायः सर्वत्र जाति-पाँति का भेदभाव देखा है, पर उद्‌देश्य ऐसा महिमामय नहीं है, अतएव जब जातिभेद का होना अनिवार्य है, तब उसे धन पर खड़ा करने की अपेक्षा पवित्रता और आत्मत्याग के ऊपर खड़ा करना कहीं अच्छा है। इसलिए निंदा के शब्दों का उच्चारण एकदम छोड़ दो। तुम्हारा मुँह बंद हो और हृदय खुल जाए। इस देश और सारे जगत् का उद्धार करो। तुम लोगों में से प्रत्येक को यह सोचना होगा कि सारा भार तुम्हारे ही ऊपर है। वेदांत का आलोक घर-घर ले जाओ, प्रत्येक जीवात्मा में जो ईश्वरत्व अंतर्निहित है, उसे जगाओ। तब तुम्हारी सफलता का परिणाम जो भी हो, तुम्हें इस बात का संतोष होगा कि तुमने एक महान् उद्‌देश्य की सिद्धि में ही अपना जीवन बिताया है, कर्म किया है और प्राण-उत्सर्ग किया है। जैसे भी हो, महत्-कार्य की सिद्धि होने पर मानवजाति का दोनों लोकों में कल्याण होगा। *(कुंभकोणम में दिया गया भाषण)*

□

भारत का संसार को संदेश

जो थोड़ा-बहुत कार्य मेरे द्वारा हुआ है, मेरी किसी अंतर्निहित शक्ति द्वारा नहीं हुआ, वरन् पाश्चात्य देशों में पर्यटन करते समय, अपनी इस परम पवित्र और प्रिय मातृभूमि से जो उत्साह, जो शुभेच्छा तथा जो आशीर्वाद मुझे मिले हैं, उन्हीं की शक्ति द्वारा संभव हो सका है। हाँ, यह ठीक है कि कुछ काम तो अवश्य हुआ है, पर पाश्चात्य देशों में भ्रमण करने से विशेष लाभ मेरा ही हुआ है। इसका कारण यह है कि पहले मैं जिन बातों को शायद हृदय के आवेग से सत्य मान लेता था, अब उन्हीं को मैं प्रमाणसिद्ध विश्वास तथा प्रत्यक्ष और शक्तिसंपन्न सत्य के रूप में देख रहा हूँ। पहले मैं भी अन्य हिंदुओं की तरह विश्वास करता था कि भारत पुण्यभूमि है, कर्मभूमि है, जैसा कि माननीय सभापति महोदय ने अभी-अभी तुमसे कहा भी है, पर आज मैं इस सभा के सामने खड़े होकर दृढ़ विश्वास के साथ कहता हूँ कि यह सत्य ही है। यदि पृथ्वी पर ऐसा कोई देश है, जिसे हम पुण्यभूमि कह सकते हैं, यदि ऐसा कोई स्थान है, जहाँ पृथ्वी के सब जीवों को अपना कर्मफल भोगने के लिए आना पड़ता है; यदि ऐसा कोई स्थान है, जहाँ भगवान् की ओर उन्मुख होने के प्रयत्न में संलग्न रहनेवाले जीवमात्र को अंततः आना होगा; यदि ऐसा कोई देश है, जहाँ मानवजाति की क्षमा, धृति, दया, शुद्धता आदि सद्वृत्तियों का सर्वाधिक विकास हुआ है और यदि ऐसा कोई देश है, जहाँ आध्यात्मिकता तथा सर्वाधिक आत्मान्वेषण का विकास हुआ है, तो वह भूमि भारत ही है। अत्यंत प्राचीन काल से ही यहाँ पर भिन्न धर्मों के संस्थापकों

ने अवतार लेकर सारे संसार को सत्य की आध्यात्मिक, सनातन और पवित्र धारा से बारंबार प्लावित किया है। यहीं से उत्तर, दक्षिण, पूर्व और पश्चिम, चारों ओर दार्शनिक ज्ञान की प्रबल धाराएँ प्रवाहित हुई हैं और यहीं से वह धारा बहेगी, जो आजकल की पार्थिव सभ्यता को आध्यात्मिक जीवन प्रदान करेगी। विदेशों के लाखों स्त्री-पुरुषों के हृदय में जड़वाद की जो अग्नि धधक रही है, उसे बुझाने के लिए जिस जीवनदायी सलिल की आवश्यकता है, वह यहीं विद्यमान है। मित्रो, विश्वास रखो, यही होने जा रहा है।

मैं इसी निष्कर्ष पर पहुँचा हूँ। तुम लोगों में, जिन्होंने संसार की विभिन्न जातियों के इतिहास का भलीभाँति अध्ययन किया है, इस सत्य से अच्छी तरह परिचित होंगे। संसार हमारे देश का अत्यंत ऋणी है। यदि भिन्न-भिन्न देशों की पारस्परिक तुलना की जाए तो मालूम होगा कि सारा संसार सहिष्णु एवं निरीह भारत का जितना ऋणी है, उतना और किसी देश का नहीं। 'निरीह हिंदू' ये शब्द कभी-कभी तिरस्कार के रूप में प्रयुक्त होते हैं, पर यदि किसी तिरस्कार में अद्भुत सत्य का कुछ अंश निहित रहता है तो वह इन्हीं शब्दों में है। हिंदू सदा से जगत्पिता की प्रिय संतान रहे हैं। यह ठीक है कि संसार के अन्यान्य स्थानों में सभ्यता का विकास हुआ है, प्राचीन और वर्तमान काल में कितनी ही शक्तिशाली तथा महान् जातियों ने उच्च भावों को जन्म दिया है, पुराने समय में और आजकल भी बहुत से अनोखे तत्त्व एक जाति से दूसरी जाति में पहुँचे हैं और यह भी ठीक है कि किसी-किसी राष्ट्र की गतिशील जीवन-तरंगों ने महान् शक्तिशाली सत्य के बीजों को चारों ओर बिखेरा है, परंतु भाइयो! तुम यह भी देख पाओगे कि ऐसे सत्य का प्रचार हुआ है—रणभेरी के निर्घोष तथा रणसज्जा से सज्जित सेनासमूह की सहायता से। बिना रक्त-प्रवाह के सिक्त हुए, बिना लाखों स्त्री-पुरुषों के खून की नदी बहाए, कोई भी नया भाव आगे नहीं बढ़ा। प्रत्येक ओजस्वी भाव के प्रचार के साथ-ही-साथ असंख्य लोगों का हाहाकार, अनाथों और असहायों का करुण-क्रंदन और विधवाओं का अजस्र अश्रुपात होते देखा गया है।

प्रधानतः इसी उपाय द्वारा अन्यान्य देशों ने संसार को शिक्षा दी है, परंतु

इस उपाय का अवलंबन किए बिना ही भारत हजारों वर्षों से शांतिपूर्वक जीवित रहा है। जब यूनान का अस्तित्व नहीं था, रोम भविष्य के अंधकार-गर्भ में छिपा हुआ था, जब आधुनिक यूरोपियों के पुरखे घने जंगलों के अंदर छिपे रहते थे और अपने शरीर को नीले रंग से रँगा करते थे, तब भी भारत क्रियाशील था। उससे भी पहले, जिस समय का इतिहास में कोई लेखा नहीं है, जिस सुदूर धुँधले अतीत की ओर झाँकने का साहस परंपरा को भी नहीं होता, उस काल से लेकर अब तक न जाने कितने ही भाव एक के बाद एक भारत से प्रसृत हुए हैं, पर उनका प्रत्येक शब्द आगे शांति तथा पीछे आशीर्वाद के साथ कहा गया है। संसार के सभी देशों में केवल एक हमारे ही देश ने लड़ाई-झगड़ा करके किसी अन्य देश को पराजित नहीं किया है—इसका शुभ आशीर्वाद हमारे साथ है और इसी से हम अब तक जीवित हैं।

एक समय था, जब यूनानी सेना के रण-प्रयाण के दर्प से संसार काँप उठता था, पर आज वह कहाँ है ? आज तो उसका चिह्न तक कहीं दिखाई नहीं देता। यूनान देश का गौरव आज अस्त हो गया है। एक समय था, जब प्रत्येक पार्थिव भोग्य वस्तु के ऊपर रोम की श्येनांकित विजय-पताका फहराया करती थी, रोमन लोग सर्वत्र जाते और मानवजाति पर प्रभुत्व प्राप्त करते थे। रोम का नाम सुनते ही पृथ्वी काँप उठती थी, पर आज उसी रोम का कैपिटोलाइन पहाड़ एक भग्नावशेष का ढूह मात्र है। जहाँ सीजर राज्य करता था, वहाँ आज मकड़ी जाला बुनती है। इसी प्रकार कितने ही वैभवशाली राष्ट्र उठे और गिरे। विजयोल्लास और भावावेशपूर्ण प्रभुत्व का कुछ काल तक कलुषित राष्ट्रीय जीवन बिताकर, सागर की तरंगों की तरह उठकर फिर मिट गए।

इसी प्रकार ये सब राष्ट्र मनुष्य-समाज पर किसी समय अपना चिह्न अंकित कर अब मिट गए हैं, परंतु हम लोग आज भी जीवित हैं। आज यदि मनु इस भारतभूमि पर लौट आएँ, तो उन्हें कुछ भी आश्चर्य नहीं होगा, वे ऐसा नहीं समझेंगे कि कहाँ आ पहुँचे। वे देखेंगे कि हजारों वर्षों के सुचिंतित तथा परीक्षित वे ही प्राचीन विधान यहाँ आज भी विद्यमान हैं; सैकड़ों शताब्दियों के अनुभव और युगों की अभिज्ञता के फलस्वरूप वही सनातन सा आचार-

विचार यहाँ आज भी मौजूद है और जितने ही दिन बीतते जा रहे हैं, जितने ही दुःख-दुर्विपाक आते हैं, उन पर लगातार आघात करते हैं, उनसे केवल यही उद्‌देश्य सिद्ध होता है कि वे और भी मजबूत, और भी स्थायी रूप धारण करते जा रहे हैं और यह खोजने के लिए कि इन सबका केंद्र कहाँ है, किस हृदय से रक्तसंचार हो रहा है, हमारे राष्ट्रीय जीवन का मूल स्रोत कहाँ है, तुम विश्वास रखो कि वह यहीं विद्यमान है। सारी दुनिया भ्रमण करने के बाद ही मैं यह कह रहा हूँ।

अन्यान्य राष्ट्रों के लिए धर्म, संसार के अनेक कृत्यों में एक धंधा मात्र है। वहाँ राजनीति है, सामाजिक जीवन की सुख-सुविधाएँ हैं, धन तथा प्रभुत्व द्वारा जो कुछ प्राप्त हो सकता है और इंद्रियों को जिससे सुख मिलता है, उन सबको पाने की चेष्टा भी है। इन सब विभिन्न जीवन-व्यापारों के भीतर तथा भोग से निस्तेज हुई इंद्रियों को पुनः उत्तेजित करने के लिए उपकरणों की समस्त खोज के साथ, वहाँ संभवतः थोड़ा-बहुत धर्म-कर्म भी है, परंतु यहाँ, भारतवर्ष में, मनुष्य की सारी चेष्टाएँ धर्म के लिए हैं, धर्म ही जीवन का एकमात्र उपाय है। चीन-जापान युद्ध हो चुका, पर तुम लोगों में कितने ऐसे व्यक्ति हैं, जिन्हें इस युद्ध का हाल मालूम है? अगर जानते हैं तो बहुत कम लोग। पाश्चात्य देशों में जो जबरदस्त राजनीतिक तथा सामाजिक आंदोलन पाश्चात्य समाज को नए रूप में, नए साँचे में ढालने में प्रयत्नशील हैं, उनके विषय में तुम लोगों में से कितनों को जानकारी है? यदि उनकी किसी को कुछ खबर है, तो बहुत थोड़े आदमियों को, पर अमेरिका में एक विराट् धर्म महासभा बुलाई गई थी और वहाँ एक हिंदू संन्यासी भी भेजा गया था। बड़े ही आश्चर्य का विषय है कि यह बात हर एक आदमी को, यहाँ के कुली-मजदूरों तक को मालूम है। इसी से जाना जाता है कि हवा किस ओर चल रही है, राष्ट्रीय जीवन का मूल कहाँ पर है।

पहले मैं पृथ्वी का परिभ्रमण करनेवाले यात्रियों, विशेषतः विदेशियों द्वारा लिखी हुई पुस्तकों को पढ़ा करता था, जो प्राच्य देशों के जन-समुदाय की अज्ञता पर खेद प्रकट करते थे, पर अब मैं समझता हूँ कि यह अंशतः

सत्य है और साथ ही अंशतः असत्य भी। इंग्लैंड, अमेरिका, फ्रांस, जर्मनी या जिस किसी देश के एक मामूली किसान को बुलाकर तुम पूछो, "तुम किस राजनीतिक दल के सदस्य हो?" तो तुम देखोगे कि वह फौरन कहेगा, "मैं रैडिकल दल अथवा कंजर्वेटिव दल का सदस्य हूँ।" और वह तुमको यह भी बता देगा कि वह अमुक व्यक्ति के लिए अपना मत देनेवाला है। अमेरिका का किसान जानता है कि वह रिपब्लिकन दल का है या डेमोक्रेटिक दल का। इतना ही नहीं, वरन् वह 'रौप्यसमस्या' के विषय से भी कुछ-कुछ अवगत है, पर यदि तुम उससे उसके धर्म के विषय में पूछो तो वह केवल कहेगा, "मैं गिरजाघर जाया करता हूँ और मेरा संबंध ईसाई धर्म की अमुक शाखा से है।"

वह केवल इतना जानता है और इसे पर्याप्त समझता है। दूसरी ओर किसी भारतवासी किसान से पूछो कि क्या वह राजनीति के विषय में कुछ जानता है, तो वह उत्तर देगा, "यह क्या है?" वह समाजवादी आंदोलनों के संबंध में अथवा श्रम और पूँजी के पारस्परिक संबंध के विषय में तथा इसी तरह के अन्यान्य विषयों की जरा भी जानकारी नहीं रखता। उसने जीवन में कभी इन बातों को सुना ही नहीं है। वह कठोर परिश्रम करके जीविकोपार्जन करता है, पर यदि उससे पूछा जाए, "तुम्हारा धर्म क्या है?" तो वह अपने माथे पर का तिलक दिखाते हुए उत्तर देगा, "देखो मित्र, मैंने इसको अपने माथे पर अंकित कर रखा है।" धर्म के प्रश्न पर वह तुमको दो-चार अच्छी बातें भी बता सकता है। यह बात मैं अपने अनुभव के बल पर कह रहा हूँ। यह है हमारे राष्ट्र का जीवन।

प्रत्येक मनुष्य में कोई-न-कोई विशेषता होती है। प्रत्येक व्यक्ति भिन्न-भिन्न मार्गों से उन्नति की ओर अग्रसर होता है। हम कहते हैं, पिछले अनंत जीवनों के कर्मों द्वारा मनुष्य का वर्तमान जीवन एक निश्चित मार्ग से चलता है, क्योंकि अतीत काल के कर्मों की समष्टि ही वर्तमान में प्रकट होती है और वर्तमान समय में हम जो कुछ कर्म कर रहे हैं, हमारा भावी जीवन उसी के अनुसार गठित हो रहा है। इसीलिए यह देखने में आता है कि इस संसार में जो कोई आता है, उसका एक-न-एक ओर विशेष झुकाव होता है, इस

ओर मानो उसे आना ही पड़ेगा, मानो उस भाव का अवलंबन किए बिना वह जी ही नहीं सकता। यह बात जैसे व्यक्तिमात्र के लिए सत्य है, वैसे ही जाति के लिए भी। प्रत्येक जाति का भी उसी तरह किसी-न-किसी तरफ विशेष झुकाव हुआ करता है। मानो प्रत्येक जाति का एक-एक विशेष जीवनोद्‌देश्य हुआ करता है।

हर एक जाति को समस्त मानवजाति के जीवन को सर्वांगसंपूर्ण बनाने के लिए किसी व्रतविशेष का पालन करना होता है। अपने व्रतविशेष को पूर्णतः संपन्न करने के लिए मानो हर एक जाति को उसका उद्यापन करना ही पड़ेगा। राजनीतिक श्रेष्ठता या सामरिक शक्ति प्राप्त करना किसी काल में हमारी जाति का जीवनोद्‌देश्य न कभी रहा है और न इस समय ही है और यह भी याद रखो कि न तो वह आगे ही होगा। हाँ, हमारा दूसरा ही जातीय जीवनोद्‌देश्य रहा है। वह यह है कि समग्र जाति की आध्यात्मिक शक्ति को मानो किसी डाइनेमो में संगृहीत, संरक्षित और नियोजित किया गया है और कभी मौका आने पर वह संचित शक्ति सारी पृथ्वी को एक जलप्लावन में बहा देगी। जब कभी फारस, यूनान, रोम, अरब या इंग्लैंडवाले अपनी सेनाओं को लेकर दिग्विजय के लिए निकले और उन्होंने विभिन्न राष्ट्रों को एक सूत्र में गठित किया है, तभी भारत के दर्शन और अध्यात्म नवनिर्मित मार्गों द्वारा संसार की जातियों की धमनियों में होकर प्रवाहित हुए हैं। समस्त प्रगति में शांतिप्रिय हिंदू जाति का कुछ अपना योगदान भी है और आध्यात्मिक आलोक ही भारत का वह दान है।

इस प्रकार इतिहास पढ़कर हम देखते हैं कि अब कभी अतीत में किसी प्रबल दिग्विजयी राष्ट्र ने संसार की अन्यान्य जातियों को एक सूत्र में गठित किया है और भारत को उसके एकांत और शेष दुनिया से उसकी पृथकता से, जिसमें बार-बार रहने का वह अभ्यस्त रहा है, मानो निकालकर अन्यान्य जातियों के साथ उसका सम्मेलन कराया है। जब कभी ऐसी घटना घटी है, तभी परिणामस्वरूप भारतीय आध्यात्मिकता से सारा संसार आप्लावित हो गया है।

उन्नीसवीं शताब्दी के आरंभ में वेद के किसी एक साधारण से लैटिन अनुवाद को पढ़कर, जो अनुवाद किसी नवयुवक फ्रांसीसी द्वारा वेद के किसी पुराने फारसी अनुवाद से किया गया था, विख्यात जर्मन दार्शनिक शॉपेनहॉवर ने कहा है—"समस्त संसार में उपनिषद् के समान हितकारी और उन्नायक अन्य कोई अध्ययन नहीं है। जीवन भर उसने मुझे शांति प्रदान की है और मरने पर भी वही मुझे शांति प्रदान करेगा।"

आगे चलकर, वे ही जर्मन ऋषि यह भविष्यवाणी कर गए हैं—"यूनानी साहित्य के पुनरुत्थान से संसार की चिंतनप्रणाली में जो क्रांति हुई थी, शीघ्र ही विचार-जगत् में उससे भी शक्तिशाली और दिगंतव्यापी क्रांति का विश्व साक्षी होनेवाला है।" आज उनकी वह भविष्यवाणी सत्य हो रही है। जो लोग आँखें खोले हुए हैं, जो पाश्चात्य जगत् के विभिन्न राष्ट्रों के मनोभावों को समझते हैं, जो विचारशील हैं तथा जिन्होंने भिन्न-भिन्न राष्ट्रों के विषय में विशेष रूप से अध्ययन किया है, वे देख पाएँगे कि भारतीय चिंतन के इस धीर और अविराम प्रवाह के सहारे संसार के भावों, व्यवहारों, पद्धतियों और साहित्य में कितना बड़ा परिवर्तन हो रहा है।

हाँ, भारतीय प्रचार की अपनी विशेषता है, इस विषय में मैं तुम लोगों को पहले ही संकेत कर चुका हूँ। हमने कभी बंदूक या तलवार के सहारे अपने विचारों का प्रचार नहीं किया। यदि अंग्रेजी भाषा में ऐसा कोई शब्द है, जिसके द्वारा संसार को भारत का दान प्रकट किया जाए; यदि अंग्रेजी भाषा में कोई ऐसा शब्द है, जिसके द्वारा मानवजाति पर भारतीय साहित्य का प्रभाव व्यक्त किया जाए तो वह यही एकमात्र शब्द सम्मोहन है। यह सम्मोहिनी शक्ति वैसी नहीं है, जिसके द्वारा मनुष्य एकाएक मोहित हो जाता है, वरन् यह ठीक उसके विपरीत है; यह धीरे-धीरे बिना कुछ मालूम हुए, मानो तुम्हारे मन पर अपना प्रभाव डालती है। बहुतों को भारतीय विचार, भारतीय प्रथा, भारतीय आचार-व्यवहार, भारतीय दर्शन और भारतीय साहित्य पहले-पहल कुछ विसदृश से मालूम होते हैं; परंतु यदि वे धैर्यपूर्वक उक्त विषयों का विवेचन करें, मन लगाकर अध्ययन करें और इन तत्त्वों में निहित महान् सिद्धांतों का

परिचय प्राप्त करें, तो फलस्वरूप निन्यानवे प्रतिशत लोग आकर्षित होकर उनसे विमुग्ध हो जाएँगे। सवेरे के समय गिरनेवाली कोमल ओस न तो किसी की आँखों से दिखाई देती है और न उसके गिरने से कोई आवाज ही कानों को सुनाई पड़ती है, ठीक उसी के समान यह शांत, सहिष्णु, सर्वसह धर्मप्राण जाति धीर और मौन होने पर भी विचार-साम्राज्य में अपना जबरदस्त प्रभाव डालती जा रही है।

प्राचीन इतिहास का पुनराभिनय फिर से आरंभ हो गया है। कारण, आज जबकि आधुनिक वैज्ञानिक आविष्कारों द्वारा बारंबार होनेवाले आघातों से आपातसुदृढ़ तथा दुर्भेद्य धर्म-विश्वास की जड़ें तक हिल रही हैं, जबकि मनुष्यजाति के भिन्न-भिन्न अंशों को अपने अनुयायी कहनेवाले विभिन्न धर्म-संप्रदायों का खास दावा शून्य में पर्यवसित हो हवा में मिलता जा रहा है, जबकि आधुनिक पुरातत्त्वानुसंधान के प्रबल मूसलाघात प्राचीन बद्धमूल संस्कारों को शीशे की तरह चूर-चूर किए डालते हैं, जबकि पाश्चात्य जगत् में धर्म केवल मूढ़ लोगों के हाथ में चला गया है और जबकि ज्ञानी लोग धर्मसंबंधी प्रत्येक विषय को घृणा की दृष्टि देखने लगे हैं, ऐसी परिस्थिति में भारत का, जहाँ के अधिवासियों का धर्मजीवन सर्वोच्च दार्शनिक सत्य सिद्धांतों द्वारा नियमित है, दर्शन संसार के सम्मुख आता है, जो भारतीय मानस की धर्मविषयक सर्वोच्च महत्त्वाकांक्षाओं को प्रकट करता है। इसीलिए आज से सब महान् तत्त्व—असीम अनंत जगत् का एकत्व, निर्गुण ब्रह्मवाद, जीवात्मा का अनंत स्वरूप और उसका विभिन्न जीव-शरीरों में अविच्छेद्य संक्रमणरूपी अपूर्व तत्त्व तथा ब्रह्मांड का अनंततत्त्व, सहज ही रक्षा के लिए अग्रसर हो रहे हैं। पुराने संप्रदाय जगत् को एक छोटा सा मिट्टी का लोंदा भर समझते थे और समझते थे कि काल का आरंभ भी कुछ ही दिनों से हुआ है। केवल हमारे ही प्राचीन धर्मशास्त्रों में यह बात मौजूद है कि देश, काल और निमित्त अनंत हैं एवं इससे भी बढ़कर हमारे यहाँ के तमाम धर्मतत्त्वों के अनुसंधान का आधार मानवात्मा की अनंत महिमा का विषय रहा है। जब क्रमविकासवाद, ऊर्जासंधारणवाद आदि आधुनिक प्रबल सिद्धांत सब तरह

के कच्चे धर्ममतों की जड़ में कुठाराघात कर रहे हैं, ऐसी स्थिति में उसी मानवात्मा की अपूर्व सृष्टि, ईश्वर की अद्‌भुत वाणी वेदांत के अपूर्व हृदयग्राही तथा मन की उन्नति एवं विस्तार-विधायक तत्त्वसमूहों के सिवा और कौन सी वस्तु है, जो शिक्षित मानवजाति की श्रद्धा और भक्ति पा सकती है?

साथ ही मैं यह भी कह देना चाहता हूँ कि भारत के बाहर हमारे धर्म का जो प्रभाव पड़ता है, वह यहाँ के धर्म के उन मूल तत्त्वों का है, जिनकी पीठिका और नींव पर भारतीय धर्म की अट्टालिका खड़ी है। उसकी सैकड़ों भिन्न-भिन्न शाखा-प्रशाखाएँ, सैकड़ों सदियों में समाज की आवश्यकताओं के अनुसार उसमें लिपटे हुए छोटे-छोटे गौण विषय, विभिन्न प्रथाएँ, देशाचार तथा समाज के कल्याण-विषयक छोटे-मोटे विचार आदि बातें वास्तव में 'धर्म' की कोटि में स्थान नहीं पा सकतीं। हम यह भी जानते हैं कि हमारे शास्त्रों में दो कोटि के सत्य का निर्देश किया गया है और उन दोनों में स्पष्ट भेद भी बतलाया गया है। एक ऐसी कोटि, जो सदा प्रतिष्ठित रहेगी; मनुष्य का स्वरूप, आत्मा का स्वरूप, ईश्वर के साथ जीवात्मा का संबंध, ईश्वर का स्वरूप, पूर्णत्व आदि पर प्रतिष्ठित होने के कारण जो चिरंतन सत्य है और इसी प्रकार ब्रह्मांड विज्ञान के सिद्धांत, सृष्टि का अनंततत्त्व अथवा यदि अधिक ठीक कहा जाए तो प्रक्षेपण का सिद्धांत और युगप्रवाह संबंधी अद्‌भुत नियम आदि शाश्वत सिद्धांत, जो प्रकृति के सार्वभौम नियमों पर आधारित हैं। द्वितीय कोटि के तत्त्वों के अंतर्गत गौण नियमों का निरूपण किया गया है और उन्हीं के द्वारा हमारे दैनिक जीवन के कार्य संचालित होते हैं। इन गौण विषयों को श्रुति के अंतर्गत नहीं मान सकते; ये वास्तव में स्मृति के, पुराणों के अंतर्गत हैं। इनके साथ पूर्वोक्त तत्त्वसमूह का कोई संपर्क नहीं है। स्वयं हमारे राष्ट्र के अंदर भी ये सब बराबर परिवर्तित होते आए हैं। एक युग के लिए जो विधान है, वह दूसरे युग के लिए नहीं होता। इस युग के बाद फिर जब दूसरा युग आएगा, तब इसको पुनः बदलना पड़ेगा। महामना ऋषिगण आविर्भूत होकर फिर देशकालोपयोगी नए-नए आचार-विधानों का प्रवर्तन करेंगे।

जीवात्मा, परमात्मा और ब्रह्मांड की इन समस्त अपूर्व, अनंत, उदात्त

और व्यापक धारणाओं में निहित जो महान् तत्त्व हैं, वे भारत में ही उत्पन्न हुए हैं। केवल भारत ही ऐसा देश है, जहाँ के लोगों ने अपने कबीले के छोटे-छोटे देवताओं के लिए यह कहकर लड़ाई नहीं की है कि 'मेरा ईश्वर सच्चा है, तुम्हारा झूठा; आओ, हम दोनों लड़कर इसका फैसला कर लें।' छोटे-छोटे देवताओं के लिए लड़कर फैसला करने की बात केवल यहाँ के लोगों के मुँह से कभी सुनाई नहीं दी। हमारे यहाँ के ये महान् तत्त्व मनुष्य की अनंत प्रकृति पर प्रतिष्ठित होने के कारण हजारों वर्ष पहले के समान आज भी मानवजाति का कल्याण करने की शक्ति रखते हैं और जब तक यह पृथ्वी मौजूद रहेगी, जितने दिनों तक कर्मवाद रहेगा, जब तक हम लोग व्यष्टि जीवन के रूप में जन्म लेकर अपनी शक्ति द्वारा अपनी नियति का निर्माण करते रहेंगे, तब तक इनकी शक्ति इसी प्रकार विद्यमान रहेगी।

सर्वोपरि, अब मैं यह बताना चाहता हूँ कि भारत की संसार को कौन सी देन होगी। यदि हम लोग विभिन्न जातियों के भीतर धर्म की उत्पत्ति और विकास की प्रणाली का पर्यवेक्षण करें, तो हम सर्वत्र यही देखेंगे कि पहले हर एक उपजाति के भिन्न-भिन्न देवता थे। इन जातियों में यदि परस्पर कोई विशेष संबंध रहता है, तो ऐसे भिन्न-भिन्न देवताओं का एक साधारण नाम भी होता है। उदाहरणार्थ, बेबिलोनियन देवता को ही ले लो। जब बेबिलोनियन लोग विभिन्न जातियों में विभक्त हुए थे, तब उनके भिन्न-भिन्न देवताओं का एक साधारण नाम था 'बाल', ठीक इसी प्रकार यहूदी जाति के विभिन्न देवताओं का साधारण नाम 'मोलोक' था, साथ ही तुम देखोगे कि कभी-कभी इन विभिन्न जातियों में कोई जाति सबसे अधिक बलशाली हो उठती थी और इस जाति के लोग अपने राजा के अन्य सब जातियों के राजा स्वीकृत होने की माँग करते थे। इससे स्वभावत: यह होता था कि उस जाति के लोग अपने देवता को अन्यान्य जातियों के देवता के रूप में भी प्रतिष्ठित करना चाहते थे।

बेबिलोनियन लोग कहते थे कि 'बाल मेरोडक' महानतम देवता है और दूसरे सभी देवता उससे निम्न। इसी प्रकार यहूदी लोगों के 'मोलोक याहे' अन्य मोलोक देवताओं से श्रेष्ठ बताए जाते थे और उन प्रश्नों का निर्णय

युद्ध द्वारा हुआ करता था। यह संघर्ष यहाँ भी विद्यमान था। प्रतिद्वंद्वी देवगण अपनी श्रेष्ठता के लिए परस्पर संघर्ष करते थे, परंतु भारत और समग्र संसार के सौभाग्य से इस अशांति और लड़ाई-झगड़े के बीच में यहाँ एक वाणी उठी, जिसने उद्घोष किया "एकं सद्विप्रा बहुधा वदन्ति", 'सत्ता एकमात्र है, पंडित लोग उसी एक का तरह-तरह से वर्णन करते हैं।'

शिव विष्णु की अपेक्षा श्रेष्ठ नहीं है, अथवा विष्णु ही सबकुछ हैं, शिव कुछ नहीं, ऐसी भी बात नहीं हैं, अथवा विष्णु ही सबकुछ हैं, शिव कुछ नहीं, ऐसी भी बात नहीं है। एक सत्ता को ही कोई शिव, कोई विष्णु और कोई और ही किसी नाम से पुकारते हैं। नाम अलग-अलग हैं, पर वह एक ही है। इन्हीं कुछ बातों से भारत का समग्र इतिहास जाना जा सकता है। समग्र भारत का इतिहास जबरदस्त शक्ति के साथ ओजस्वी भाषा में उसी एक मूल सिद्धांत की पुनरुक्ति मात्र है। इस देश में यह सिद्धांत बार-बार दोहराया गया है, यहाँ तक कि अंत में वह हमारी जाति के रक्त के साथ मिलकर एक हो गया है और इसकी धमनियों में प्रवाहित होनेवाले रक्त की प्रत्येक बूँद के साथ मिल गया है, वह इस जीवन का एक अंगस्वरूप हो गया है; जिस उपादान से यह विशाल जातीय शरीर निर्मित हुआ है, उसका वह अंशस्वरूप हो गया है; इस प्रकार यह देश दूसरे के धर्म के प्रति सहिष्णुता के एक अद्भुत लीलाक्षेत्र के रूप में परिणत हो गया है। इसी कारण, इस प्राचीन मातृभूमि में हमें सब धर्मों और संप्रदायों को सादर स्थान देने का अधिकार प्राप्त हुआ है।

इस भारत में आपाततः एक-दूसरे के विरोधी होने पर भी ऐसे बहुत से धर्म-संप्रदाय हैं, जो बिना किसी विरोध के स्थापित हैं और इस अत्यंत विचित्र बात का एकमात्र यही कारण है। संभव है कि तुम द्वैतवादी हो और मैं अद्वैतवादी। संभव है कि तुम अपने को भगवान् का नित्य दास समझते हो और दूसरा यह कहे कि मुझमें और भगवान् में कोई अंतर नहीं है, पर दोनों ही हिंदू हैं और सच्चे हिंदू हैं। यह कैसे संभव हो सकता है ? इस प्रश्न का उत्तर जानने के लिए उसी महावाक्य का स्मरण करो—"एकं सद्विप्रा बहुधा वदन्ति।"

मेरे स्वदेशवासी भाइयो ! सबसे ऊपर यही महान् सत्य हमें संसार को

सिखाना होगा और देशों के शिक्षित लोग भी नाक-मुँह सिकोड़कर हमारे धर्म को मूर्तिपूजक कहते तथा समझते हैं। मैंने स्वयं उन्हें ऐसा कहते देखा है, पर वे कभी स्थिरचित्त होकर यह नहीं सोचते कि उनका मस्तिष्क कैसे कुसंस्कारों से परिपूर्ण है और आज भी सर्वत्र ऐसा ही है—ऐसी ही घोर सांप्रदायिकता है, मन में इतनी घोर संकीर्णता है। उनका अपना जो कुछ है, मानो वही संसार में सबसे अधिक मूल्यवान है। धनदेवता की पूजा और अर्थोपासना ही उनकी राय में सच्चा जीवन-निर्वाह है। उनके पास यत्किंचित् संपत्ति है, वही मानो सबकुछ है और अन्य कुछ नहीं। अगर वे मिट्टी से कोई असार वस्तु बना सके हैं अथवा कोई यंत्र आविष्कृत कर सकते हैं तो और सबको छोड़कर उन्हीं की प्रशंसा करनी चाहिए।

संसार में शिक्षा और अध्ययन के इतने प्रचार के बावजूद सारी दुनिया की यही हालत है। इस जगत् में अब भी असली शिक्षा की आवश्यकता है और सभ्यता—सच पूछो तो सभ्यता का अभी तक कहीं आरंभ भी नहीं हुआ है। मनुष्यजाति में अब भी निन्यानबे दशमलव नौ प्रतिशत लोग प्रायः जंगली अवस्था में ही पड़े हुए हैं। हम इस विषय में पुस्तकों में भले ही पढ़ते हों, हम धार्मिक सहिष्णुता के बारे में सुनते हों तथा इसी प्रकार की अन्यान्य बातें भी हों, किंतु मैं अपने अनुभव के आधार पर कहता हूँ कि संसार में ये भाव बहुत अल्प मात्रा में विद्यमान हैं। निन्यानबे प्रतिशत मनुष्य इन बातों को मन में स्थान तक नहीं देते हैं। संसार के जिस किसी देश में मैं गया, वहीं मैंने देखा कि अब भी दूसरे धर्मों के अनुयायियों पर घोर अत्याचार जारी है; कुछ भी नया सीखने के विरुद्ध आज भी वही पुरानी आपत्तियाँ उठाई जाती हैं। संसार में दूसरों के धर्म के प्रति सहिष्णुता का यदि थोड़ा-बहुत भाव आज भी कहीं विद्यमान है, यदि धर्मभाव से कुछ भी सहानुभूति कहीं है, तो वह कार्यतः यहीं, इसी आर्यभूमि में है और कहीं नहीं। इसी प्रकार यह सिर्फ यहीं है कि हम भारतवासी मुसलमानों के लिए मसजिदें और ईसाइयों के लिए गिरजाघर भी बनवा देते हैं और कहीं नहीं है। यदि तुम दूसरे देश में जाकर मुसलमानों से अथवा कोई धर्मावलंबियों से अपने लिए एक मंदिर बनवाने को कहो, तो फिर

तुम देखोगे कि तुम्हें क्या सहायता मिलती है! सहायता का तो प्रश्न ही क्या, वे तुम्हारे मंदिर को और हो सका तो तुमको भी विनष्ट कर देने की कोशिश करेंगे। इसी से संसार को अब भी इस महान् शिक्षा की विशेष आवश्यकता है।

संसार को भारतवर्ष से दूसरों के धर्म के प्रति सहिष्णुता की ही नहीं, दूसरों के धर्म के साथ सहानुभूति रखने की भी शिक्षा ग्रहण करनी होगी। इसको 'महिम्नः स्तोत्र' में भलीभाँति व्यक्त किया गया है, 'हे शिव, जिस प्रकार विभिन्न नदियाँ विभिन्न पर्वतों से निकलकर सरल तथा वक्र गति से प्रवाहित होती हुई अंततः समुद्र में ही मिल जाती हैं, उसी प्रकार अपनी विभिन्न प्रवृत्तियों के कारण जिन विभिन्न मार्गों को लोग ग्रहण करते हैं, सरल या वक्र रूप में विभिन्न लगने पर भी वे सभी तुम तक ही पहुँचाते हैं।'

यद्यपि लोग भिन्न-भिन्न मार्गों से चल रहे हैं, तथापि सब लोग एक ही स्थान की ओर जा रहे हैं। कोई जरा घूम-फिरकर टेढ़ी राह से चलता है और कोई एकदम सीधी राह से; पर अंततः वे सब उस एक प्रभु के पास आएँगे। तुम्हारी शिवभक्ति तभी संपूर्ण होगी, जब तुम सर्वत्र शिव को ही देखोगे, केवल शिवलिंग में ही नहीं। वे ही यथार्थ में साधु हैं, वे ही सच्चे हरिभक्त हैं, जो हरि को सब जीवों में सब भूतों में देखा करते हैं। यदि तुम शिवजी के यथार्थ भक्त हो, तो तुम्हें उनको सब जीवों में तथा सब भूतों में देखना चाहिए। चाहे जिस नाम से अथवा चाहे जिस रूप में उनकी उपासना क्यों न की जाए, तुम्हें समझना होगा कि उन्हीं की पूजा की जा रही है। चाहे कोई काबा की ओर मुँह करके घुटने टेककर उपासना करे या गिरजाघर में अथवा बौद्ध मंदिर में ही करे, वह जाने या अनजाने उसी परमात्मा की उपासना कर रहा है। चाहे जिसके नाम पर, चाहे जिस मूर्त को उद्देश्य बनाकर और चाहे जिस भाव से ही पुष्पांजलि क्यों न चढ़ाई जाए, वह उन्हीं के चरणों में पहुँचती है; क्योंकि वे ही सबके एकमात्र प्रभु हैं, सब आत्माओं के अंतरात्मा-स्वरूप हैं। संसार में किस बात की कमी है, इस बात को वे हमारी-तुम्हारी अपेक्षा बहुत अच्छी तरह जानते हैं।

सब तरह के भेदभावों का दूर होना असंभव है। विभिन्नताएँ तो रहेंगी

ही; उनके बिना जीवन असंभव है। विचारों का यह पारस्परिक संघर्ष और विभिन्नता ही ज्ञान के प्रकाश और गति का कारण है। संसार में अनंत प्रकार के परस्पर विरोधी विभिन्न भाव विद्यमान रहेंगे और जरूर रहेंगे, परंतु इसी के लिए एक-दूसरे को घृणा की दृष्टि से देखें अथवा परस्पर लड़ें, यह आवश्यक नहीं।

अतएव हमें उसी मूल सत्य की फिर से शिक्षा ग्रहण करनी होगी, जो केवल यहीं से, हमारी इसी मातृभूमि से प्रचारित हुआ था। फिर एक बार भारत को संसार में इसी मूल तत्त्व का, इसी सत्य का प्रचार करना होगा। ऐसा क्यों है? इसलिए नहीं कि यह सत्य हमारे शास्त्रों में लिखा है, वरन् हमारे राष्ट्रीय साहित्य का प्रत्येक विभाग और हमारा राष्ट्रीय जीवन इससे पूर्णतः ओत-प्रोत है। यहीं और केवल यहीं, दैनिक जीवन में इसका अनुष्ठान होता है और कोई भी व्यक्ति, जिसकी आँखें खुली हैं, यह स्वीकार करेगा कि यहाँ के सिवा और कहीं भी इसका अभ्यास नहीं किया जाता। इसी भाव से हमें धर्म की शिक्षा देनी होगी। भारत इससे भी ऊँची शिक्षाएँ देने की क्षमता अवश्य रखता है; पर वे सब केवल पंडितों के ही योग्य हैं और विनम्रता की, शांत भाव की, इस तितिक्षा की, इस धार्मिक सहिष्णुता की तथा इस सहानुभूति की और भ्रातृभाव की महान् शिक्षा प्रत्येक बालक, स्त्री, पुरुष, शिक्षित, अशिक्षित सब जाति और वर्गवाले सीख सकते हैं। "तुमको अनेक नामों से पुकारा जाता है, पर तुम एक हो।" 'एकं सद्विप्रा बहुधा वदन्ति।' *(16 जनवरी, 1896 को फ्लोरल हॉल, कोलंबो में दिया गया भाषण। यह स्वामी विवेकानंद का प्राच्य में दिया गया प्रथम सार्वजनिक भाषण था।)*

□

मेरी क्रांतिकारी योजना

मैं समझता हूँ कि मुझमें अनेक दोषों के होते हुए भी थोड़ा साहस है। मैं भारत से पाश्चात्य देशों नें कुछ संदेश ले गया था और उसे मैंने निर्भीकता से अमेरिका और इंग्लैंडवासियों के सामने प्रकट किया। आज का विषय आरंभ करने से पूर्व मैं साहसपूर्वक दो शब्द तुम लोगों से कहना चाहता हूँ। कुछ दिनों से मेरे चारों ओर कुछ ऐसी परिस्थितियाँ उपस्थित हो रही हैं, जो मेरे कार्य की उन्नति नें विशेष रूप से विघ्न डालने की चेष्टा कर रही हैं; यहाँ तक कि, यदि संभव हो सके, तो वे मुझे एक बारगी कुचलकर मेरा अस्तित्व ही नष्ट कर डालें, पर ईश्वर को धन्यवाद कि ये सारी चेष्टाएँ विफल हो गई हैं और इस प्रकार की चेष्टाएँ सदैव विफल ही सिद्ध होती हैं। मैं गत तीन वर्षों से देख रहा हूँ, कुछ लोग मेरे एवं मेरे कार्यों के संबंध में कुछ भ्रांत धारणाएँ बनाए हुए हैं। जब तक मैं विदेश में था, मैं चुप रहा; मैं एक शब्द भी नहीं बोला, पर आज मैं अपने देश की भूमि पर खड़ा हूँ, मैं स्पष्टीकरण के रूप में कुछ शब्द कहना चाहता हूँ। इन शब्दों का क्या फल होगा अथवा ये शब्द तुम लोगों के हृदय में किन-किन भावों का उद्रेक करेंगे, इसकी मैं परवाह नहीं करता। मुझे बहुत कम चिंता है; क्योंकि मैं वही संन्यासी हूँ, जिसने लगभग चार वर्ष पहले अपने दंड और कमंडल के साथ तुम्हारे नगर में प्रवेश किया था और वही सारी दुनिया इस समय भी मेरे सामने पड़ी है। बिना और अधिक भूमिका के मैं अब अपने विषय को आरंभ करता हूँ।

सबसे पहले मुझे थियोसॉफिकल सोसाइटी के संबंध में कुछ कहना है। यह कहने की आवश्यकता नहीं कि उक्त सोसाइटी से भारत का कुछ भला हुआ है और इसके लिए प्रत्येक हिंदू उक्त सोसाइटी, विशेषकर श्रीमती बेसेंट का कृतज्ञ है। यद्यपि मैं श्रीमती बेसेंट के संबंध में बहुत कम ही जानता हूँ, पर जो कुछ भी मुझे उनके बारे में मालूम है, उसके आधार पर मेरी यह धारणा है कि वे हमारी मातृभूमि की सच्ची हितचिंतक हैं और यथाशक्ति उसकी उन्नति की चेष्टा कर रही हैं; इसलिए वे प्रत्येक सच्ची भारत-संतान की विशेष कृतज्ञता की अधिकारिणी हैं। प्रभु उन पर तथा उनसे संबंधित सब पर आशीर्वाद की वर्षा करें, परंतु यह एक बात है और थियोसॉफिकल सोसाइटी में सम्मिलित होना दूसरी बात। भक्ति, श्रद्धा और प्रेम एक बात है और कोई मनुष्य जो कुछ कहे, उसे बिना विचारे, बिना तर्क किए, बिना उसका विश्लेषण किए निगल जाना सर्वथा दूसरी बात। एक अफवाह चारों ओर फैल रही है और वह यह कि अमेरिका और इंग्लैंड में जो कुछ काम मैंने किया है, उसमें थियोसॉफिस्टों ने मेरी सहायता की है। मैं तुम लोगों को स्पष्ट शब्दों में बता देना चाहता हूँ कि इसका प्रत्येक शब्द गलत है, प्रत्येक शब्द झूठ है। हम लोग इस जगत् में उदार भावों एवं विभिन्न मतवालों के प्रति सहानुभूति के संबंध में बड़ी लंबी-चौड़ी बातें सुना करते हैं। यह है तो बहुत अच्छी बात, पर कार्यतः हम देखते हैं कि जब कोई मनुष्य किसी दूसरे मनुष्य की सब बातों में विश्वास करता है, केवल तभी तक वह उससे सहानुभूति पाता है; पर ज्यों ही वह किसी विषय में उससे भिन्न विचार रखने का साहस करता है, त्यों ही वह सहानुभूति गायब हो जाती है, वह प्रेम खत्म हो जाता है।

फिर कुछ ऐसे भी लोग हैं, जिनका अपना-अपना स्वार्थ रहता है और यदि किसी देश में ऐसी कोई बात हो जाए, जिससे उनके स्वार्थ में कुछ धक्का लगता हो, तो उनके हृदय में इतनी ईर्ष्या और घृणा उत्पन्न हो जाती है कि वे उस समय क्या कर डालेंगे, कुछ कहा नहीं जा सकता। यदि हिंदू अपने घरों को साफ करने की चेष्टा करते हों, तो इससे ईसाई मिशनरियों का

क्या बिगड़ता है? यदि हिंदू प्राणपण से अपना सुधार करने का प्रयत्न करते हैं, तो इसमें 'ब्रह्मसमाज' और अन्यान्य सुधार-संस्थाओं का क्या जाता है, ये लोग हिंदुओं के सुधार के विरोध में क्यों खड़े हों, ये लोग इस आंदोलन के प्रबलतम शत्रु क्यों हों, क्यों? यही मेरा प्रश्न है। मेरी समझ में तो उनकी घृणा और ईर्ष्या की मात्रा इतनी अधिक है कि इस विषय में उनसे किसी प्रकार का प्रश्न करना भी सर्वथा निरर्थक है।

आज से चार वर्ष पहले जब मैं अमेरिका जा रहा था—सात समुद्र पार, बिना किसी परिचय-पत्र के, बिना किसी जान-पहचान के, एक धनहीन, मित्रहीन अज्ञात संन्यासी के रूप में, तब मैंने थियोसॉफिकल सोसाइटी के नेता से भेंट की। स्वभावतः मैंने सोचा था कि जब ये अमेरिकावासी हैं और भारत-भक्त हैं, तो स्वभावतः अमेरिका के किसी सज्जन के नाम मुझे एक परिचय-पत्र दे देंगे, किंतु जब मैंने उनके पास जाकर इस प्रकार के परिचय-पत्र के लिए प्रार्थना की, तो उन्होंने पूछा, "क्या आप हमारी सोसाइटी के सदस्य बनेंगे?"

मैंने उत्तर दिया, "मैं किस प्रकार आपकी सोसाइटी का सदस्य हो सकता हूँ? मैं तो आपके अधिकांश सिद्धांतों पर विश्वास नहीं करता।"

उन्होंने कहा, "तब मुझे खेद है, मैं आपके लिए कुछ भी नहीं कर सकता।"

क्या यही मेरे लिए रास्ता बना देना था? जो हो, मैं अपने कतिपय मद्रासी मित्रों की सहायता से अमेरिका गया। उन मित्रों में से अनेक यहाँ पर उपस्थित हैं; केवल एक ही अनुपस्थित हैं—न्यायाधीश सुब्रमण्यम अय्यर, जिनके प्रति अपनी परम कृतज्ञता प्रकट करना शेष है। उनमें प्रतिभाशाली पुरुष की अंतर्दृष्टि विद्यमान है। इस जीवन में मेरे सच्चे मित्रों में से वे एक हैं, वे भारतमाता के सच्चे सपूत हैं। अस्तु, धर्म महासभा के कई मास पूर्व ही मैं अमेरिका पहुँच गया। मेरे पास रुपए बहुत कम थे और वे शीघ्र ही समाप्त हो गए। इधर जाड़ा भी आ गया और मेरे पास सिर्फ गरमी के कपड़े। उस घोर शीतप्रधान देश में मैं आखिर क्या करूँ, यह कुछ सूझता नहीं था।

यदि मैं मार्ग में भीख माँगने लगता, तो परिणाम यही होता कि मैं जेल भेज दिया जाता। उस समय मेरे पास केवल कुछ ही डॉलर बचे थे। मैंने अपने मद्रासवासी मित्रों के पास तार भेजा। यह बात थियोसॉफिस्टों को मालूम हो गई और उनमें से एक ने लिखा, "अब शैतान शीघ्र ही मर जाएगा; ईश्वर की कृपा से अच्छा हुआ, बला टली!" तो क्या यही मेरे लिए रास्ता बना देना था? मैं ये बातें इस समय कहना नहीं चाहता था, किंतु मेरे देशवासी यह सब जानने के इच्छुक थे, अतः कहनी पड़ीं। गत तीन वर्षों तक इस संबंध में एक शब्द भी मैंने मुँह से नहीं निकाला। चुपचाप रहना ही मेरा मूलमंत्र रहा, किंतु आज ये बातें मुँह से निकल पड़ीं, पर बात यहीं पर पूरी नहीं हो जाती। मैंने धर्म महासभा में कई थियोसॉफिस्टों को देखा। मैंने उनसे बातचीत करने और मिलने-जुलने की चेष्टा की। उन लोगों ने जिस अवज्ञा भरी दृष्टि से मेरी ओर देखा, वह आज भी मेरी नजरों पर नाच रही है। मानो वह कह रही थी, "यह कहाँ का क्षुद्र कीड़ा, यहाँ देवताओं के बीच आ गया?"

मैं पूछता हूँ, क्या यही मेरे लिए रास्ता बना देना था? हाँ, तो धर्म महासभा में मेरा बहुत नाम तथा यश हो गया और तब से मेरे ऊपर अत्यधिक कार्यभार आ गया, पर प्रत्येक स्थान पर इन लोगों ने मुझे दबाने की चेष्टा की। थियोसॉफिकल सोसाइटी के सदस्यों को मेरे व्याख्यान सुनने की मनाही कर दी गई। यदि वे मेरा व्याख्यान सुनने आते, तो वे सोसाइटी की सहानुभूति खो देते; क्योंकि इस सोसाइटी के गुप्त विभाग का यह नियम ही है कि जो मनुष्य उक्त विभाग का सदस्य होता है, उसे केवल कुथमी और मोरिया (वे जो भी हों) के पास ही शिक्षा ग्रहण करनी पड़ती है, अवश्य उनके दृश्य प्रतिनिधि, मिस्टर जज और मिसेज बेसेंट से। अतः उक्त विभाग के सदस्य होने का अर्थ यह है कि मनुष्य अपना स्वाधीन विचार बिल्कुल छोड़कर पूर्ण रूप से इन लोगों के हाथ में आत्म-समर्पण कर दे। निश्चय ही मैं ये सब तो नहीं कर सकता था और जो मनुष्य ऐसा करे, उसे मैं हिंदू कह भी नहीं सकता। मेरे हृदय में स्वर्गीय मिस्टर जज के लिए बड़ी श्रद्धा है। वे गुणवान, उदार, सरल और थियोसॉफिस्टों के

योग्यतम प्रतिनिधि थे। उनमें और श्रीमती बेसेंट में जो विरोध हुआ था, उसके संबंध में कुछ भी राय देने का मुझे अधिकार नहीं है, क्योंकि दोनों ही अपने-अपने 'महात्मा' की सत्यता का दावा करते हैं और यहाँ आश्चर्य की बात तो यह है कि दोनों एक ही 'महात्मा' का दावा करते हैं। ईश्वर जाने, सत्य क्या है; वे ही एकमात्र निर्णायक हैं और जब दोनों पक्षों में प्रमाण की मात्रा बराबर है, तब ऐसी अवस्था में किसी भी पक्ष में अपनी राय प्रकट करने का किसी को अधिकार नहीं।

हाँ, तो इस प्रकार उन लोगों ने समस्त अमेरिका में मेरे लिए मार्ग प्रशस्त किया! पर वे यहीं पर नहीं रुके, वे दूसरे विरोधी पक्ष (ईसाई मिशनरियों) से जा मिले। इन ईसाई मिशनरियों ने मेरे विरुद्ध ऐसे-ऐसे भयानक झूठ गढ़े, जिनकी कल्पना तक नहीं की जा सकती। यद्यपि मैं उस परदेश में अकेला और मित्रहीन था, तथापि उन्होंने प्रत्येक स्थान में मेरे चरित्र पर दोषारोपण किया। उन्होंने मुझे प्रत्येक मकान के बाहर निकाल देने की चेष्टा की और जो भी मेरा मित्र बनता, उसे मेरा शत्रु बनाने का प्रयत्न किया। उन्होंने मुझे भूखों मार डालने की कोशिश की और यह कहते मुझे दुःख होता है कि इस काम में मेरे एक भारतवासी भाई का ही हाथ था। वे भारत में एक सुधारक दल के नेता हैं। ये सज्जन प्रतिदिन घोषित करते हैं कि 'ईसा भारत में आए हैं।' तो क्या इसी प्रकार ईसा भारत में आएँगे, क्या इसी प्रकार भारत का सुधार होगा? इस सज्जन को मैं अपने बचपन से ही जानता था। ये मेरे परम मित्र भी थे। जब मैं उनसे मिला, तो बड़ा ही प्रसन्न हुआ, क्योंकि मैंने बहुत दिनों से अपने किसी देशभाई को नहीं देखा था, पर उन्होंने मेरे प्रति ऐसा व्यवहार किया! जिस दिन धर्म महासभा ने मुझे सम्मानित किया, जिस दिन शिकागो में मैं लोकप्रिय हो गया, उसी दिन से उनका स्वर बदल गया और छिपे-छिपे मुझे हानि पहुँचाने में उन्होंने कोई कसर उठा नहीं रखी। मैं पूछता हूँ, क्या इसी तरह ईसा भारतवर्ष में आएँगे, क्या बीस वर्ष ईसा की उपासना कर उन्होंने यही शिक्षा पाई है? हमारे ये बड़े सुधारकगण कहते हैं कि ईसाई धर्म और ईसाई लोग भारतवासियों को उन्नत बनाएँगे, तो

क्या वह इसी प्रकार होगा ? यदि उक्त सज्जन को इसका एक उदाहरण दिया जाए, तो निस्संदेह स्थिति कोई आशाजनक प्रतीत नहीं होती।

एक बात और। मैंने समाज-सुधारकों के मुखपत्र में पढ़ा था कि मैं शूद्र हूँ और मुझसे पूछा गया कि एक शूद्र को संन्यासी होने का क्या अधिकार है ? तो इस पर मेरा उत्तर यह है कि मैं उन महापुरुष का वंशधर हूँ, जिनके चरणकमलों पर प्रत्येक ब्राह्मण 'यमाय धर्मराजाय चित्रगुप्ताय वै नमः' उच्चारण करते हुए पुष्पांजलि अर्पित करता है और जिनके वंशज विशुद्ध क्षत्रिय हैं। यदि अपने पुराणों पर विश्वास हो, तो इन समाज-सुधारकों को जान लेना चाहिए कि मेरी जाति ने पुराने जमाने में अन्य सेवाओं के अतिरिक्त, कई शताब्दियों तक आधे भारतवर्ष का शासन किया था। यदि मेरी जाति की गणना छोड़ दी जाए, तो भारत की वर्तमान सभ्यता का क्या शेष रहेगा ? अकेले बंगाल में ही, मेरी जाति में सबसे बड़े दार्शनिक, सबसे बड़े धर्म-प्रचारक उत्पन्न हुए हैं। मेरी ही जाति ने वर्तमान समय के सबसे बड़े वैज्ञानिकों से भारतवर्ष को विभूषित किया है। इन निंदकों को थोड़ा अपने देश के इतिहास का तो ज्ञान प्राप्त करना था; ब्राह्मण, क्षत्रिय तथा वैश्य, इन तीनों वर्णों के संबंध में जरा अध्ययन तो करना था; जरा यह तो जानना था कि तीनों ही वर्णों को संन्यासी होने और वेद के अध्ययन करने का समान अधिकार है। ये बातें मैंने यों ही प्रसंगवश कह दीं। वे जो मुझे शूद्र कहते हैं, इसकी मुझे तनिक भी पीड़ा नहीं। मेरे पूर्वजों ने गरीबों पर जो अत्याचार किया था, इससे इसका कुछ परिशोध हो जाएगा।

यदि मैं चांडाल होता, तो मुझे और भी आनंद आता, क्योंकि मैं उन महापुरुष का शिष्य हूँ, जिन्होंने सर्वश्रेष्ठ ब्राह्मण होते हुए भी एक चांडाल के घर को साफ करने की अपनी इच्छा प्रकट की थी। अवश्य वह इस पर सहमत हुआ नहीं और भला होता भी कैसे ? एक तो ब्राह्मण, फिर उस पर संन्यासी, वे आकर घर साफ करेंगे, इस पर क्या वह कभी राजी हो सकता था ? निदान, एक दिन आधी रात को उठकर गुप्त रूप से उन्होंने उस चांडाल के घर में प्रवेश किया और उसका पाखाना साफ कर दिया,

उन्होंने अपने लंबे-लंबे बालों से उस स्थान को पोंछ डाला और यह काम वे लगातार कई दिनों तक करते रहे, ताकि वे अपने को सबका दास बना सकें। मैं उन्हीं महापुरुष के श्रीचरणों को अपने मस्तक पर धारण किए हूँ। वे ही मेरे आदर्श हैं। मैं उन्हीं आदर्श पुरुष के जीवन का अनुकरण करने की चेष्टा करूँगा। सबका सेवक बनकर ही एक हिंदू अपने को उन्नत करने की चेष्टा करता है। उसे इसी प्रकार, न कि विदेशी प्रभाव की सहायता से, सर्वसाधारण को उन्नत करना चाहिए। बीस वर्ष की पश्चिमी सभ्यता मेरे मन में उस मनुष्य का दृष्टांत उपस्थित कर देती है, जो विदेश में अपने मित्र को भूखा मार डालना चाहता है। क्यों? केवल इसीलिए कि उसका मित्र लोकप्रिय हो गया है, उसके विचार में वह मित्र उसके धनोपार्जन में बाधक होता है और असल सनातन हिंदू धर्म के उदाहरणस्वरूप हैं ये दूसरे व्यक्ति, जिनके संबंध में मैंने अभी कहा है। इससे विदित हो जाएगा कि सच्चा हिंदू धर्म किस प्रकार कार्य करता है। हमारे इन सुधारकों में से एक भी, ऐसा जीवन गठन करके दिखाए तो सही, जो एक चांडाल की भी सेवा के लिए तत्पर हो। फिर तो मैं उसके चरणों के समीप बैठकर शिक्षा ग्रहण करूँ, पर हाँ, उसके पहले नहीं। लंबी-चौड़ी बातों की अपेक्षा थोड़ा कुछ कर दिखाना लाख गुना अच्छा है।

अब मैं मद्रास की समाज-सुधारक समितियों के बारे में कुछ कहूँगा। उन्होंने मेरे साथ बड़ा सदय व्यवहार किया है। उन्होंने मेरे लिए अनेक मधुर शब्दों का प्रयोग किया है और मुझे बताया है कि मद्रास और बंगाल के समाज-सुधारकों में बड़ा अंतर है। मैं उनसे इस बात में सहमत हूँ। मैंने अकसर तुम लोगों से कहा है और तुम लोगों में से बहुतों को याद भी होगा कि मद्रास इस समय बड़ी अच्छी अवस्था में है। बंगाल में जैसी क्रिया-प्रतिक्रिया चल रही है, वैसी मद्रास में नहीं है। यहाँ पर धीरे-धीरे स्थायी रूप से सब विषयों में उन्नति हो रही है; यहाँ पर समाज का क्रमशः विकास हो रहा है, किसी प्रकार की प्रतिक्रिया नहीं। बंगाल में कहीं-कहीं कुछ-कुछ पुनरुत्थान हुआ है, पर मद्रास में यह पुनरुत्थान नहीं है, यह है समाज की

स्वाभाविक उन्नति। अतएव दोनों प्रदेशों के निवासियों की विभिन्नता के संबंध में समाज-सुधारक जो कुछ कहते हैं, उनसे मैं सर्वथा सहमत हूँ, परंतु एक विभिन्नता और है, जिसे वे नहीं समझते। इन संस्थाओं में से कुछ मुझे डराकर अपना सदस्य बनाना चाहती हैं। ये लोग ऐसा करें, यह एक आश्चर्यजनक बात है। जो मनुष्य अपने जीवन में चौदह वर्ष तक लगातार फाकाकशी का मुकाबला करता रहा हो, जिसे यह भी न मालूम रहा हो कि दूसरे दिन का भोजन कहाँ से आएगा, सोने के लिए स्थान कहाँ मिलेगा, वह इतनी सरलता से धमकाया नहीं जा सकता। जो मनुष्य बिना कपड़ों के और बिना यह जाने कि दूसरे समय भोजन कहाँ से मिलेगा, उस स्थान पर रहा हो, जहाँ का तापमान शून्य से भी तीस डिग्री कम हो, वह भारत में इतनी सरलता से नहीं डराया जा सकता। यही पहली बात है, जो मैं उनसे कहूँगा—मुझमें अपनी थोड़ी दृढ़ता है, मेरा थोड़ा निज का अनुभव भी है और मेरे पास संसार के लिए एक संदेश है, जो मैं बिना किसी डर के, बिना भविष्य की चिंता किए सबको दूँगा।

सुधारकों से मैं कहूँगा कि मैं स्वयं उनसे कहीं बढ़कर सुधारक हूँ। वे लोग केवल इधर-उधर थोड़ा सुधार करना चाहते हैं और मैं चाहता हूँ—आमूल सुधार। हम लोगों का मतभेद है, केवल सुधार की प्रणाली में। उनकी प्रणाली विनाशात्मक है और मेरी संघटनात्मक। मैं सुधार में विश्वास नहीं करता, मैं विश्वास करता हूँ स्वाभाविक उन्नति में। मैं अपने को ईश्वर के स्थान पर प्रतिष्ठित कर अपने समाज के लोगों के सिर पर यह उपदेश मढ़ने का साहस नहीं कर सकता कि 'तुम्हें इसी भाँति चलना होगा, दूसरी तरह नहीं। मैं तो सिर्फ उस गिलहरी की भाँति होना चाहता हूँ, जो राम के सेतु बाँधने के समय अपने योगदान स्वरूप थोड़ी बालू लाकर संतुष्ट हो गई थी। यही मेरा भाव है। यह अद्‌भुत प्रवाह हम लोगों के सम्मुख बह रहा है। कौन जानता है, कौन साहसपूर्वक कह सकता है कि यह अच्छा है या बुरा और यह किस प्रकार चलेगा ? हजारों घटनाचक्र उसके चारों ओर उपस्थित होकर उसे एक विशिष्ट प्रकार की स्फूर्ति देकर कभी उसकी गति

को मंद और कभी उसे तीव्र कर देते हैं। उसके वेग को नियमित करने का कौन साहस कर सकता है? हमारा काम तो फल की ओर दृष्टि न रख केवल काम करते जाना है, जैसा कि गीता में कहा है। राष्ट्रीय जीवन को जिस ईंधन की जरूरत है, देते जाओ, बस वह अपने ढंग से उन्नति करता जाएगा; कोई उसकी उन्नति का मार्ग निर्दिष्ट नहीं कर सकता। हमारे समाज में बहुत सी बुराइयाँ हैं, पर इस तरह बुराइयाँ तो दूसरे समाजों में भी हैं। यहाँ की भूमि विधवाओं के आँसू से कभी-कभी तर होती है, तो पाश्चात्य देश का वायुमंडल अविवाहित स्त्रियों की आहों से भरा रहता है। यहाँ का जीवन गरीबी की चपेटों से जर्जरित है, तो वहाँ पर लोग विलासिता के विष से जीवन्मृत हो रहे हैं। यहाँ पर लोग इसलिए आत्महत्या करना चाहते हैं कि उनके पास खाने को कुछ नहीं है, तो वहाँ खाद्यान्न (भोग) की प्रचुरता के कारण लोग आत्महत्या करते हैं। बुराइयाँ सभी जगह हैं। यह तो पुराने वातरोग की तरह है। यदि उसे पैर से हटाओ, तो वह सिर में चला जाता है। वहाँ से हटाने पर वह दूसरी जगह भाग जाता है। बस, उसे केवल एक जगह से दूसरी जगह ही भगा सकते हैं।

ऐ बच्चो! बुराइयों के निराकरण की चेष्टा करना ही सही उपाय नहीं है। हमारे दर्शन शास्त्रों में लिखा है कि अच्छे और बुरे का नित्य संबंध है। वे एक ही सिक्के के दो पहलू हैं। यदि तुम्हारे पास एक है, तो दूसरा अवश्य रहेगा। जब समुद्र में एक स्थान पर लहर उठती है तो दूसरे स्थान पर गड्ढा होना अनिवार्य है। इतना ही नहीं, सारा जीवन ही दोषयुक्त है। बिना किसी की हत्या किए एक साँस तक नहीं ली जा सकती, बिना किसी का भोजन छीने हम एक कौर भी नहीं खा सकते। यही प्रकृति का नियम है, यही दार्शनिक सिद्धांत है।

इसलिए हमें केवल यह समझ लेना होगा कि सामाजिक दोषों के निराकरण का कार्य उतना वस्तुनिष्ठ नहीं है, जितना आत्मनिष्ठ है। हम कितनी भी लंबी-चौड़ी डींग क्यों न हाँकें, समाज के दोषों को दूर करने का कार्य जितना स्वयं के लिए शिक्षात्मक है, उतना समाज के लिए वास्तविक

नहीं। समाज के दोष दूर करने के संबंध में सबसे पहले इस तत्त्व को समझ लेना होगा और इसे समझकर अपने मन को शांत करना होगा, अपने खून की चढ़ती गरमी को रोकना होगा, अपनी उत्तेजना को दूर करना होगा। संसार का इतिहास भी हमें यह बताता है कि जहाँ कहीं इस प्रकार की उत्तेजना से समाज के सुधार करने का प्रयत्न हुआ है, यहाँ केवल यही फल हुआ कि जिस उद्देश्य से वह किया गया था, उस उद्देश्य को ही उसने विफल कर दिया।

दासत्व को नष्ट कर देने के लिए अमेरिका में जो लड़ाई ठनी थी, उसकी अपेक्षा, अधिकार और स्वतंत्रता की स्थापना के लिए किसी बड़े सामाजिक आंदोलन की कल्पना ही नहीं की जा सकती। तुम सभी लोग उसे जानते हो, पर उसका फल क्या हुआ? यही कि आजकल के दास इस युद्ध के पूर्व के दासों की अपेक्षा सौ गुनी अधिक बुरी दशा को पहुँच गए। इस युद्ध के पूर्व ये बेचारे नीग्रो कम-से-कम किसी की संपत्ति तो थे और संपत्ति होने के नाते इनकी देखभाल की जाती थी कि ये कहीं दुर्बल और बेकाम न हो जाएँ, पर आज तो ये किसी की संपत्ति नहीं हैं। इसके जीवन का कुछ भी मूल्य नहीं है। मामूली बातों के लिए ये जीते-जी जला दिए जाते हैं, गोली से उड़ा दिए जाते हैं और इनके हत्यारों पर कोई कानून ही लागू नहीं होता। क्यों? इसलिए कि ये 'निग्रो' हैं। मानो ये मनुष्य तो क्या पशु भी नहीं हैं! समाज के दोषों को प्रबल उत्तेजनापूर्ण आंदोलन द्वारा अथवा कानून के बल पर सहसा हटा देने का यही परिणाम होता है।

इतिहास इस बात का साक्षी है—इस प्रकार का आंदोलन चाहे किसी भले उद्देश्य से ही क्यों न किया गया हो। यह मेरा प्रत्यक्ष अनुभव है। प्रत्यक्ष अनुभव से ही मैंने यह सीखा है। यही कारण है कि मैं केवल दोष ही देखनेवाली इन संस्थाओं का सदस्य नहीं हो सकता। दोषारोपण अथवा निंदा करने की भला आवश्यकता क्या, ऐसा कौन सा समाज है, जिसमें दोष न हों? सभी समाज में तो दोष हैं। यह तो सभी कोई जानते हैं, आज का एक बच्चा भी इसे जानता है; वह भी सभामंच पर खड़ा होकर हमारे सामने

हिंदू धर्म की भयानक बुराइयों पर एक लंबा भाषण दे सकता है। जो भी अशिक्षित विदेशी पृथ्वी की प्रदक्षिणा करता हुआ भारत में पहुँचता है, वह रेल पर से भारत को उड़ती नजर से देख भर लेता है और बस फिर भारत की भयानक बुराइयों पर बड़ा सारगर्भित व्याख्यान देने लगता है!

हम जानते हैं कि यहाँ बुराइयाँ हैं, पर बुराई तो हर कोई दिखा सकता है। मानव समाज का सच्चा हितैषी तो वह है, जो इन कठिनाइयों से बाहर निकलने का उपाय बताए। यह तो इस प्रकार है कि कोई एक दार्शनिक एक डूबते हुए लड़के को गंभीर भाव से उपदेश दे रहा था, तो लड़के ने कहा, "पहले मुझे पानी से बाहर निकालिए, फिर उपदेश दीजिए।" बस ठीक इसी तरह भारतवासी भी कहते हैं, "हम लोगों ने बहुत व्याख्यान सुन लिये, बहुत सी संस्थाएँ देख लीं, बहुत से पत्र पढ़ लिये, अब तो ऐसा मनुष्य चाहिए, जो हमसे वास्तविक प्रेम करता है, जो हमारे प्रति सच्ची सहानुभूति रखता है?" बस उसी आदमी की हमें जरूरत है। यहीं पर मेरा इन समाज-सुधारक आंदोलनों से सर्वथा मतभेद है। आज सौ वर्ष हो गए, ये आंदोलन चल रहे हैं, पर सिवाय निंदा और विद्वेषपूर्ण साहित्य की रचना के इनसे और क्या लाभ हुआ है? ईश्वर करता, यहाँ ऐसा न होता। इन्होंने पुराने समाज की कठोर आलोचना की है, उस पर तीव्र दोषारोपण किया है, उसकी कटु निंदा की है और अंत में पुराने समाज ने भी इनके समान स्वर उठाकर ईंट का जवाब ईंट से दिया है। इसके फलस्वरूप प्रत्येक भारतीय भाषा में ऐसे साहित्य की रचना हो गई है, जो जाति के लिए, देश के लिए कलंक स्वरूप है। क्या यही सुधार है, क्या इसी तरह देश गौरव के पथ पर बढ़ेगा, यह दोष है किसका?

इसके बाद एक और महत्त्वपूर्ण विषय पर हमें विचार करना है। भारतवर्ष में हमारा शासन सदैव राजाओं द्वारा हुआ है, राजाओं ने ही हमारे सब कानून बनाए हैं। अब वे राजा नहीं हैं और इस विषय में अग्रसर होने के लिए हमें मार्ग दिखलाने वाला अब कोई नहीं रहा। सरकार साहस नहीं करती। वह तो जनमत की गति देखकर ही अपनी कार्य-प्रणाली निश्चित

करती है। अपनी समस्याओं को हल कर लेनेवाला एक कल्याणकारी और प्रबल लोकमत स्थापित करने में समय लगता है; काफी लंबा समय लगता है और इस बीच हमें प्रतीक्षा करनी होगी। अतएव सामाजिक सुधार की संपूर्ण समस्या यह रूप लेती है—कहाँ है वे लोग, जो सुधार चाहते हैं, पहले उन्हें तैयार करो, सुधार चाहनेवाले लोग हैं, कहाँ ? कुछ थोड़े से लोग किसी बात को उचित समझते हैं और बस उसे अन्य सब पर जबरदस्ती लादना चाहते हैं। इन अल्पसंख्यक व्यक्तियों के अत्याचार के समान दुनिया में और कोई अत्याचार नहीं। मुट्ठी भर लोग, जो सोचते हैं कि कतिपय बातें दोषपूर्ण हैं, राष्ट्र को गतिशील नहीं कर सकते। राष्ट्र में आज प्रगति क्यों नहीं है, क्यों वह जड़भावापन्न है ? पहले राष्ट्र को शिक्षित करो, अपनी निजी विधायक संस्थाएँ बनाओ, फिर तो कानून आप ही आ जाएँगे। जिस शक्ति के बल से, जिसके अनुमोदन से कानून का गठन होगा, पहले उसकी सृष्टि करो। आज राजा नहीं रहे; जिस नई शक्ति से, जिस नए दल की सम्मति से नई व्यवस्था गठित होगी, वह लोकशक्ति कहाँ है ? पहले उसी लोकशक्ति को संगठित करो। अतएव समाज-सुधार के लिए भी प्रथम कर्तव्य है—लोगों को शिक्षित करना और जब तक यह कार्य संपन्न नहीं होता, तब तक प्रतीक्षा करनी ही पड़ेगी।

गत शताब्दी में सुधार के लिए जो भी आंदोलन हुए हैं, उनमें से अधिकांश केवल ऊपरी दिखावा मात्र रहे हैं। उनमें से प्रत्येक ने केवल प्रथम दो वर्णों से ही संबंध रखा है, शेष दो से नहीं। विधवा-विवाह के प्रश्न से 70 प्रतिशत भारतीय स्त्रियों का कोई संबंध नहीं है और देखो, मेरी बात पर ध्यान दो। इस प्रकार के सब आंदोलनों का संबंध भारत के केवल उच्च वर्णों से ही रहा है, जो जनसाधारण का तिरस्कार करके स्वयं शिक्षित हुए हैं। इन लोगों ने अपने-अपने घर को साफ करने एवं अंग्रेजों के सम्मुख अपने को सुंदर दिखाने में कोई कसर बाकी नहीं रखो, पर यह तो सुधार नहीं कहा जा सकता। सुधार करने में हमें चीज के भीतर उसकी जड़ तक पहुँचना होता है। इसी को मैं आमूल सुधार कहता हूँ। आग जड़ में लगाओ और क्रमशः

ऊपर उठने दो एवं एक अखंड भारतीय राष्ट्र संगठित करो, पर यह एक बड़ी भारी समस्या है और इसका समाधान भी कोई सरल नहीं है। अतएव शीघ्रता करने की आवश्यकता नहीं। यह समस्या तो गत कई शताब्दियों से हमारे देश के महापुरुषों को ज्ञात थी।

आजकल, विशेषतः दक्षिण में बौद्ध धर्म और उसके अज्ञेयवाद की आलोचना करने की एक प्रथा सी चल पड़ी है। यह उन्हें स्वप्न में भी ध्यान नहीं आता कि जो विशेष दोष आजकल हमारे समाज में वर्तमान है, वे सब बौद्ध धर्म द्वारा ही छोड़े गए हैं। बौद्ध धर्म ने हमारे लिए यही वसीयत छोड़ी है। जिन लोगों ने बौद्ध धर्म की उन्नति और अवनति का इतिहास कभी नहीं पढ़ा, उनके द्वारा लिखी गई पुस्तकों में हम पढ़ते हैं कि बौद्ध धर्म के इतने विस्तार का कारण था—गौतम बुद्ध द्वारा प्रचारित अपूर्व आचार-शास्त्र और उनका लोकोत्तर चरित्र। भगवान् बुद्धदेव के प्रति मेरी यथेष्ट श्रद्धा-भक्ति है, पर मेरे शब्दों पर ध्यान दो, बौद्ध धर्म का विस्तार उक्त महापुरुष के मत और अपूर्व चरित्र के कारण उतना नहीं हुआ, जितना बौद्धों द्वारा निर्माण किए गए बड़े-बड़े मंदिरों एवं भव्य प्रतिमाओं के कारण, समग्र देश के सम्मुख किए गए भड़कीले उत्सवों के कारण, इसी भाँति बौद्ध धर्म ने उन्नति की। इन सब बड़े-बड़े मंदिरों एवं आडंवर भरे क्रियाकलापों के सामने घरों में हवन के लिए प्रतिष्ठित छोटे-छोटे अग्निकुंठ ठहर न सके, पर अंत में, इन सब क्रियाकलापों में भारी अवनति हो गई, ऐसी अवनति कि उसका वर्णन भी श्रोताओं के सामने नहीं किया जा सकता। जो इस संबंध में जानने के इच्छुक हों, वे इसे किंचित् परिमाण में दक्षिण भारत के नाना प्रकार के कलाशिल्प से युक्त बड़े-बड़े मंदिरों में देख लें और बौद्धों से उत्तराधिकार के रूप में हमने केवल यही पाया।

इसके बाद महान् सुधारक श्रीशंकराचार्य और उनके अनुयायियों का अभ्युदय हुआ। उस समय से आज तक इन कई सौ वर्षों में भारतवर्ष की सर्वसाधारण जनता को धीरे-धीरे उस मौलिक विशुद्ध वेदांत के धर्म की ओर लाने की चेष्टा की गई है। उन सुधारकों को बुराइयों का पूरा ज्ञान

था, पर उन्होंने समाज की निंदा नहीं की। उन्होंने यह नहीं कहा कि 'जो कुछ तुम्हारे पास है, वह सभी गलत है, उसे तुम फेंक दो।' ऐसा कभी नहीं हो सकता था। आज मैंने पढ़ा, मेरे मित्र डॉक्टर बैरोज कहते हैं कि ईसाई धर्म के प्रभाव ने 300 वर्षों में यूनानी और रोमन धर्म के प्रभाव को उलट दिया, पर जिसने कभी यूरोप, यूनान और रोम को देखा है, वह ऐसा कभी नहीं कह सकता। रोमन और यूनानी धर्मों का प्रभात्र प्रोटेस्टेंट देशों तक में सर्वत्र व्याप्त है। प्राचीन देवता नए वेश में विद्यमान हैं, केवल नाम भर बदल दिए गए हैं। देवियाँ हो गई हैं 'मेरी', देवता हो गए हैं 'संत' और अनुष्ठानों ने नए-नए रूप धारण कर लिये हैं, यहाँ तक कि प्राचीन उपाधि पांटिफेक्स मैक्सिमस (प्रधान पुरोहित) पूर्ववत् ही विद्यमान है। अतएव अचानक परिवर्तन नहीं हो सकते। शंकराचार्य और रामानुज इसे जानते थे। इसलिए उस समय प्रचलित धर्म को धीरे-धीरे उच्चतम आदर्श तक पहुँचा देना ही, उनके लिए एक उपाय शेष था। यदि वे दूसरी प्रणाली का सहारा लेते, तो वे पाखंडी सिद्ध होते, क्योंकि उनके धर्म का प्रधान मत ही है क्रम विकासवाद। उनके धर्म का मूल तत्त्व यही है कि इन सब नाना प्रकार की अवस्थाओं में से होकर आत्मा उच्चतम लक्ष्य पर पहुँचती है। अतः ये सभी अवस्थाएँ आवश्यक और हमारी सहायक हैं। भला कौन इनकी निंदा करने का साहस कर सकता है?

आजकल मूर्तिपूजा को गलत बताने की प्रथा सी चल पड़ी है और सब लोग बिना किसी आपत्ति के उसमें विश्वास भी करने लग गए हैं। मैंने भी एक समय ऐसा ही सोचा था और उसके दंडस्वरूप मुझे ऐसे व्यक्ति के चरणकमलों में बैठकर शिक्षा ग्रहण करनी पड़ी, जिन्होंने सबकुछ मूर्तिपूजा के ही द्वारा प्राप्त किया था—मेरा अभिप्राय श्रीरामकृष्णदेव से है। यदि मूर्तिपूजा द्वारा श्रीरामकृष्ण जैसे व्यक्ति उत्पन्न हो सकते हैं, तब तुम क्या पसंद करोगे—सुधारकों का धर्म या मूर्तिपूजा? मैं इस प्रश्न का उत्तर चाहता हूँ। यदि मूर्तिपूजा द्वारा इस प्रकार श्रीरामकृष्ण उत्पन्न हो सकते हों, तो और हजारों मूर्तियों की पूजा करो। प्रभु तुम्हें सिद्धि दें! जिस किसी भी उपाय से

हो सके, इस प्रकार के महापुरुषों की सृष्टि करो और इतने पर भी मूर्तिपूजा की निंदा की जाती है! क्यों? यह कोई नहीं जानता। शायद इसलिए कि हजारों वर्ष पहले किसी यहूदी ने इसकी निंदा की थी, अर्थात् उसने अपनी मूर्ति को छोड़कर और सबकी मूर्तियों की निंदा की थी। उस यहूदी ने कहा था, यदि ईश्वर का भाव किसी विशेष प्रतीक या सुंदर प्रतिमा द्वारा प्रकट किया जाए, तो यह भयानक दोष है, एक जघन्य पाप है; परंतु यदि उसका अंकन एक संदूक के रूप में किया जाए, जिसके दोनों किनारों पर दो देवदूत बैठे हैं और ऊपर बादल का एक टुकड़ा लटक रहा है, तो वह बहुत ही पवित्र, पवित्रतम होगा। यदि ईश्वर पेंडुकी का रूप धारण करके आए तो वह महापवित्र होगा, पर यदि वह गाय का रूप लेकर आए तो यह मूर्ति पूजकों का कुसंस्कार होगा! उसकी निंदा करो। दुनिया का बस यही भाव है। इसीलिए कवि ने कहा है, "हम मर्त्य जीव कितने निर्बोध है!" परस्पर एक-दूसरे के दृष्टिकोण से देखना और विचार करना कितना कठिन है और यही मनुष्य समाज की उन्नति में घोर विघ्न स्वरूप है। यही है ईर्ष्या, घृणा और लड़ाई-झगड़े की जड़।

अरे बालको, अपरिपक्व बुद्धिवाले नासमझ लड़को! तुम लोग कभी मद्रास के बाहर तो गए नहीं और खड़े होकर सहस्रों प्राचीन संस्कारों से नियंत्रित तीस करोड़ मनुष्यों पर क़ानून चलाना चाहते हो! क्या तुम्हें लज्जा नहीं आती? दूर हो जाओ धर्मनिंदा के इस कुकर्म से और पहले खुद अपना सबक सीखो। श्रद्धाहीन बालको, तुम कागज पर कुछ पंक्तियाँ घसीट सकने में और किसी मूर्ख को पकड़कर उन्हें छपवा लेने में अपने को समर्थ समझकर सोचते हो कि तुम जगत् के शिक्षक हो, तुम्हारा मत ही भारत का जनमत है! तो क्या ऐसी बात है? इसीलिए मैं मद्रास के समाज-सुधारकों से कहना चाहता हूँ कि मुझमें उनके प्रति बड़ी श्रद्धा और प्रेम है। उनके विशाल हृदय, उनकी स्वदेश-प्रीति, पीड़ित और निर्धन के प्रति उनके प्रेम के कारण ही मैं उनसे प्यार करता हूँ, किंतु भाई जैसे भाई से स्नेह करता है और साथ ही उसके दोष भी दिखा देता है, ठीक इसी तरह मैं उनसे कहता

हूँ कि उनकी कार्य-प्रणाली ठीक नहीं है। वह प्रणाली भारत में सौ वर्ष तक आजमाई गई, पर वह कामयाब नहीं हो सकी। अब हमें किसी नई प्रणाली का सहारा लेना होगा।

क्या भारतवर्ष में कभी सुधारकों का अभाव था, क्या तुमने भारत का इतिहास पढ़ा है, रामानुज, शंकर, नानक, चैतन्य, कबीर और दादू कौन थे, ये सब बड़े-बड़े धर्माचार्य, जो भारत-गगन में अत्यंत उज्ज्वल नक्षत्रों की तरह एक के बाद एक उदित हुए और फिर अस्त हो गए, कौन थे? क्या रामानुज के हृदय में नीच जातियों के लिए प्रेम नहीं था, क्या उन्होंने अपने जीवन भर चांडाल तक को अपने संप्रदाय में ले लेने, मिला लेने की चेष्टा नहीं की, क्या नानक ने मुसलमान और हिंदू दोनों को समान भाव से शिक्षा देकर समाज में एक नई अवस्था लाने का प्रयत्न नहीं किया? इन सबने प्रयत्न किया और उनका काम आज भी जारी है। भेद केवल इतना है कि वे आज के समाज-सुधारकों की तरह दंभी नहीं थे; वे इनके समान अपने मुँह से कभी अभिशाप नहीं उगलते थे। उनके मुँह से केवल आशीर्वाद ही निकलता था। उन्होंने कभी भर्त्सना नहीं की। उन्होंने लोगों से कहा कि जाति को सतत उन्नतिशील होना चाहिए। उन्होंने अतीत में दृष्टि डालकर कहा, "हिंदुओ, तुमने अभी तक जो किया, अच्छा ही किया, पर भाइयो, तुम्हें अब इससे भी अच्छा करना होगा।" उन्होंने यह नहीं कहा, "पहले तुम दुष्ट थे और अब तुम्हें अच्छा होना होगा।" उन्होंने यही कहा, "पहले तुम अच्छे थे, अब और भी अच्छे बनो।" इससे जमीन-आसमान का फर्क पैदा हो जाता है। हम लोगों को अपनी प्रकृति के अनुसार उन्नति करनी होगी। विदेशी संस्थाओं ने बलपूर्वक जिस कृत्रिम प्रणाली को हममें प्रचलित करने की चेष्टा की है, उसके अनुसार काम करना वृथा है। वह असंभव है। 'जय हो प्रभु!' हम लोगों को तोड़-मरोड़कर नए सिरे से दूसरे राष्ट्रों के ढाँचे में गढ़ना असंभव है! मैं दूसरी कौमों की सामाजिक प्रथाओं की निंदा नहीं करता। वे उनके लिए अच्छी हैं, पर हमारे लिए नहीं। उनके लिए जो कुछ अमृत है, हमारे लिए वही विष हो सकता है। पहले यही बात सीखनी होगी।

अन्य प्रकार के विज्ञान, अन्य प्रकार के परंपरागत संस्कार और अन्य प्रकार के आचारों से उनकी वर्तमान सामाजिक प्रथा गठित हुई है और हम लोगों के पीछे हैं हमारे अपने परंपरागत संस्कार एवं हजारों वर्षों के कर्म, अतएव हमें स्वभावत: अपने संस्कारों के अनुसार ही चलना पड़ेगा और यह हमें करना ही होगा।

तब फिर मेरी योजना क्या है? मेरी योजना है—प्राचीन महान् आचार्यों के उपदेशों का अनुसरण करना। मैंने उनके कार्य का अध्ययन किया है और जिस प्रणाली से उन्होंने कार्य किया, उनको आविष्कार करने का मुझे सौभाग्य मिला। वे सब महान् समाज-संस्थापक थे। बल, पवित्रता और जीवनशक्ति के वे अद्‌भुत आधार थे। उन्होंने सबसे अद्‌भुत कार्य किया—समाज में बल, पवित्रता और जीवन-शक्ति संचारित की। हमें भी सबसे अद्‌भुत कार्य करना है। आज अवस्था कुछ बदल गई है, इसलिए कार्य-प्रणाली में कुछ थोड़ा सा परिवर्तन करना होगा; बस इतना ही, इससे अधिक कुछ नहीं। मैं देखता हूँ कि प्रत्येक व्यक्ति की भाँति प्रत्येक राष्ट्र का भी एक विशेष जीवनोद्‌देश्य है। वही उसके जीवन का केंद्र है, उसके जीवन का प्रधान स्वर है, जिसके साथ अन्य सब स्वर मिलकर समरसता उत्पन्न करते हैं। किसी देश में जैसे इंग्लैंड में, राजनीतिक सत्ता ही उसकी जीवन-शक्ति है। कला-कौशल की उन्नति करना, किसी दूसरे राष्ट्र का प्रधान लक्ष्य है। ऐसे ही और दूसरे देशों का भी समझो, किंतु भारतवर्ष में धार्मिक जीवन ही राष्ट्रीय जीवन का केंद्र है और वही राष्ट्रीय जीवनरूपी संगीत का प्रधान स्वर है। यदि कोई राष्ट्र अपनी स्वाभाविक जीवन-शक्ति को दूर फेंक देने की चेष्टा करे, शताब्दियों से जिस दिशा की ओर उसकी विशेष गति हुई है, उससे मुड़ जाने का प्रयत्न करे और यदि वह अपने इस कार्य में सफल हो जाए, तो वह राष्ट्र मृत हो जाता है। अतएव यदि तुम धर्म को फेंककर राजनीति, समाजनीति अथवा अन्य किसी दूसरी नीति को अपनी जीवन-शक्ति का केंद्र बनाने में सफल हो जाओ, तो उसका फल यह होगा कि तुम्हारा अस्तित्व तक न रह जाएगा। यदि तुम इससे बचना चाहो, तो अपने

जीवन-शक्तिरूपी धर्म के भीतर से ही तुम्हें अपने सारे कार्य करने होंगे, अपनी प्रत्येक क्रिया का केंद्र इस धर्म को ही बनाना होगा। तुम्हारे स्नायुओं का प्रत्येक स्पंदन तुम्हारे इस धर्मरूपी मेरुदंड के भीतर से होकर गुजरे।

मैंने देखा है कि 'सामाजिक जीवन पर धर्म का कैसा प्रभाव पड़ेगा।' यह बिना दिखाए मैं अमेरिकावासियों में धर्म का प्रचार नहीं कर सकता था। इंग्लैंड में भी बिना यह बताए कि 'वेदांत द्वारा कौन-कौन से आश्चर्यजनक राजनीतिक परिवर्तन हो सकेंगे', मैं धर्मप्रचार नहीं कर सका। इसी भाँति भारत में सामाजिक सुधार का प्रचार तभी हो सकता है, जब यह दिखा दिया जाए कि उस नई प्रथा से आध्यात्मिक जीवन की उन्नति में कौन सी विशेष सहायता मिलेगी। राजनीति का प्रचार करने के लिए हमें दिखाना होगा कि उसके द्वारा हमारे राष्ट्रीय जीवन की आकांक्षा-आध्यात्मिक उन्नति की कितनी अधिक पूर्ति हो सकेगी। इस संसार में प्रत्येक व्यक्ति को अपना-अपना मार्ग चुन लेना पड़ता है, उसी भाँति प्रत्येक राष्ट्र को भी। हमने युगों पूर्व अपना पथ निर्धारित कर लिया था और अब हमें उसी से लगे रहना चाहिए, उसी के अनुसार चलना चाहिए। फिर हमारा यह चयन भी तो उतना कोई बुरा नहीं।

जड़ के बदले चैतन्य का, मनुष्य के बदले ईश्वर का चिंतन करना क्या संसार में इतनी बुरी चीज है? परलोक में दृढ़ आस्था, इस लोक के प्रति तीव्र विरक्ति, प्रबल त्याग-शक्ति एवं ईश्वर और अविनाशी आत्मा में दृढ़ विश्वास तुम लोगों में सतत विद्यमान है। क्या तुम इसे छोड़ सकते हो? नहीं, तुम इसे कभी नहीं छोड़ सकते। तुम कुछ दिन भौतिकवादी होकर और भौतिकवाद की चर्चा करके भले ही मुझमें विश्वास जमाने की चेष्टा करो, पर मैं जानता हूँ कि तुम क्या हो। तुमको थोड़ा धर्म अच्छी तरह समझा देने भर की देर है कि तुम परम आस्तिक हो जाओगे। सोचो, अपना स्वभाव भला कैसे बदल सकते हो?

अतः भारत में किसी प्रकार का सुधार या उन्नति की चेष्टा करने के पहले धर्मप्रचार आवश्यक है। भारत को समाजवादी अथवा राजनीतिक

विचारों से प्लावित करने के पहले आवश्यक है कि उसमें आध्यात्मिक विचारों की बाढ़ ला दी जाए। सर्वप्रथम हमारे उपनिषदों-पुराणों और अन्य सब शास्त्रों में जो अपूर्व सत्य छिपे हुए हैं, उन्हें इन सब ग्रंथों के पत्रों से बाहर निकालकर, मठों की चारदीवारियाँ भेदकर, वनों की शून्यता से दूर लाकर, कुछ संप्रदाय-विशेषों के हाथों से छीनकर देश में सर्वत्र बिखेर देना होगा, ताकि ये सत्य दावानल के समान सारे देश को चारों ओर से लपेट ले (उत्तर से दक्षिण और पूर्व से पश्चिम तक सब जगह फैल जाएँ), हिमालय से कन्याकुमारी और सिंधु से ब्रह्मपुत्र तक सर्वत्र वे धधक उठें। सबसे पहले हमें यही करना होगा। सभी को इन सब शास्त्रों में निहित उपदेश सुनाने होंगे, क्योंकि उपनिषद् में कहा है—"पहले इसे सुनना होगा, फिर मनन करना होगा और उसके बाद निदिध्यासन।" पहले लोग इन सत्यों को सुनें और जो भी व्यक्ति अपने शास्त्र के इन महान् सत्यों को दूसरों को सुनाने में सहायता पहुँचाएगा, वह आज एक ऐसा कर्म करेगा, जिसके समान कोई दूसरा कर्म ही नहीं।

महर्षि व्यास ने कहा है—"इस कलियुग में मनुष्यों के लिए एक ही कर्म शेष रह गया है। आजकल यज्ञ और कठोर तपस्याओं से कोई फल नहीं होता। इस समय दान ही एकमात्र कर्म है।" और दानों में धर्मदान, अर्थात् आध्यात्मिक ज्ञान का दान ही सर्वश्रेष्ठ है। दूसरा दान है—विद्यादान, तीसरा—प्राणदान और चौथा—अंगदान। इस अपूर्व दानशील हिंदू जाति की ओर देखो! इस निर्धन, अत्यंत निर्धन देश में लोग कितना दान करते हैं, इसकी ओर जरा नजर डालो। यहाँ के लोग इतने अतिथिसेवी हैं कि एक व्यक्ति बिना एक कौड़ी अपने पास रखे, उत्तर से दक्षिण तक यात्रा करके आ सकता है और हर स्थान में उसका ऐसा सत्कार होगा, मानो वह परम मित्र हो। यदि यहाँ कहीं पर रोटी का एक टुकड़ा भी है, तो कोई भिक्षुक भूख से नहीं मर सकता।

इस दानशील देश में हमें पहले प्रकार के दान के लिए, अर्थात् आध्यात्मिक ज्ञान के विस्तार के लिए साहसपूर्वक अग्रसर होना होगा और

यह ज्ञान-विस्तार भारतवर्ष की सीमा में ही आबद्ध नहीं रहेगा, इसका विस्तार तो सारे संसार भर में करना होगा और अभी तक यही होता भी रहा है। जो लोग कहते हैं कि भारत के विचार कभी भारत से बाहर नहीं गए, जो सोचते हैं कि मैं ही पहला संन्यासी हूँ, जो भारत के बाहर धर्म प्रचार करने गया, वे अपनी जाति के इतिहास को नहीं जानते। यह कई बार घटित हो चुका है। जब कभी भी संसार को इसकी आवश्यकता हुई, उसी समय इस निरंतर बहनेवाले आध्यात्मिक ज्ञानस्रोत ने संसार को प्लावित कर दिया। राजनीति-संबंधी विद्या का विस्तार-रणभेदियों और सुसज्जित सेनाओं के बल पर किया जा सकता है। लौकिक एवं समाज-संबंधी विद्या का विस्तार आग और तलवारों के बल पर हो सकता है, पर आध्यात्मिक विद्या का विस्तार तो शांति द्वारा ही संभव है।

जिस प्रकार चक्षु और कर्ण के गोचर न होता हुआ भी मृदु ओस बिंदु गुलाब की कलियों को विकसित कर देता है, बस वैसा ही आध्यात्मिक ज्ञान के विस्तार के संबंध में भी समझो। यही एक दान है, जो भारत दुनिया को बार-बार देता आया है। जब कभी कोई दिग्विजयी जाति उठी, जिसने संसार के विभिन्न देशों को एक साथ ला दिया और आपस में यातायात तथा संचार की सुविधा कर दी, त्योंही भारत उठा और उसने संसार की समग्र उन्नति में अपने आध्यात्मिक ज्ञान का भाग भी प्रदान कर दिया। बुद्धदेव के जन्म के बहुत पहले से ही ऐसा होता आया है और इसके चिह्न आज भी चीन, एशिया माइनर और मलय द्वीपसमूह में मौजूद हैं। जब उस महाबलशाली दिग्विजयी यूनानी ने उस समय के ज्ञात संसार के सब भागों को एक साथ ला दिया था, तब भी यही घटना घटी थी—भारत के आध्यात्मिक ज्ञान की बाढ़ ने बाहर उमड़कर संसार को प्लावित कर दिया था।

आज पाश्चात्य देशवासी जिस सभ्यता का गर्व करते हैं, वह उसी प्लावन का अवरोध मात्र है। आज फिर से वही सुयोग उपस्थित हुआ है। इंग्लैंड की शक्ति ने सारे संसार की जातियों को एकता के सूत्र में इस प्रकार बाँध दिया है, जैसा पहले कभी नहीं हुआ था। अंग्रेजों के यातायात और

संचार के साधन संसार के एक छोर से लेकर दूसरे छोर तक फैले हुए हैं। आज अंग्रेजों की प्रतिभा के कारण संसार अपूर्व रूप से एकता की डोर में बँध गया है। इस समय संसार के भिन्न-भिन्न स्थानों में जिस प्रकार के व्यापारिक केंद्र स्थापित हुए हैं, वैसे मानवजाति के इतिहास में पहले कभी नहीं हुए थे। अतएव इस सुयोग में भारत फौरन उठकर ज्ञात अथवा अज्ञात रूप से जगत् को अपने आध्यात्मिक ज्ञान का दान दे रहा है। अब इन सब मार्गों के सहारे भारत की यह भावराशि समस्त संसार में फैलती रहेगी। मैं जो अमेरिका गया, वह मेरी या तुम्हारी इच्छा से नहीं हुआ, वरन् भारत के भाग्यविधाता भगवान् ने मुझे अमेरिका भेजा और वे ही इसी भाँति सैकड़ों आदमियों को संसार के अन्य सब देशों में भेजेंगे। इसे दुनिया की कोई ताकत नहीं रोक सकती। अतएव तुमको भारत के बाहर भी धर्मप्रचार के लिए जाना होगा। इसका प्रचार जगत् की सब जातियों और मनुष्यों में करना होगा। पहले यही धर्मप्रचार आवश्यक है। धर्मप्रचार करने के बाद इसके साथ ही साथ लौकिक विद्या और अन्यान्य आवश्यक विधाएँ आप ही आ जाएँगी, पर यदि तुम लौकिक विद्या, बिना धर्म के ग्रहण करना चाहो, तो मैं तुमसे साफ कहे देता हूँ कि भारत में तुम्हारा ऐसा प्रयास व्यर्थ सिद्ध होगा, वह लोगों के हृदयों में स्थान प्राप्त न कर सकेगा, यहाँ तक कि इतना बड़ा बौद्ध धर्म भी कुछ अंशों में इसी कारणवश यहाँ अपना प्रभाव न जमा सका।

इसलिए, मेरे मित्रो, मेरा विचार है कि मैं भारत में कुछ ऐसे शिक्षालय स्थापित करूँ, जहाँ हमारे नवयुवक अपने शास्त्रों के ज्ञान में शिक्षित होकर भारत तथा भारत के बाहर अपने धर्म का प्रचार कर सकें। मनुष्य केवल मनुष्य भर चाहिए। बाकी सबकुछ अपने आप हो जाएगा। आवश्यकता है वीर्यवान्, तेजस्वी, श्रद्धासंपन्न और दृढ़विश्वासी, निष्कपट नवयुवकों की, जो ऐसे सौ मिल जाएँ, तो संसार का कायाकल्प हो जाए। इच्छाशक्ति संसार में सबसे अधिक बलवती है। उसके सामने दुनिया की कोई चीज नहीं ठहर सकती; क्योंकि यह भगवान्, साक्षात् भगवान् से आती है। विशुद्ध और दृढ़ इच्छाशक्ति सर्वशक्तिमान है। क्या तुम इसमें विश्वास नहीं करते?

सबके समक्ष अपने धर्म के महान् सत्यों का प्रचार करो, संसार इनकी प्रतीक्षा कर रहा है। सैकड़ों वर्षों से लोगों को मनुष्य की हीनावस्था का ही ज्ञान कराया गया है। उनसे कहा गया है कि वे कुछ नहीं हैं। संसार भर में सर्वत्र सर्वसाधारण से कहा गया है कि तुम लोग मनुष्य ही नहीं हो। शताब्दियों से इस प्रकार डराए जाने के कारण वे बेचारे सचमुच ही करीब-करीब पशुत्व को प्राप्त हो गए हैं। उन्हें कभी आत्म तत्त्व के विषय में सुनने का मौका नहीं दिया गया। अब उनको आत्मतत्त्व सुनने दो, यह जान लेने दो कि उनमें से नीच-से-नीच में भी आत्मा विद्यमान है—वह आत्मा, जो न कभी मरता है, न जन्म लेती है, जिसे न तलवार काट सकती है, न आग जला सकती है और न हवा सुखा सकती है, जो अमर है, अनादि और अनंत है, जो शुद्धस्वरूप है, सर्वशक्तिमान और सर्वव्यापी है। उन्हें अपने में विश्वास करने दो। आखिर अंग्रेजों में और तुममें किसलिए इतना अंतर है? उन्हें अपने धर्म, अपने कर्तव्य आदि के संबंध में कहने दो, पर मुझे अंतर मालूम हो गया है। अंतर यही है कि अंग्रेज अपने ऊपर विश्वास करता है और तुम नहीं। जब वह सोचता है कि मैं अंग्रेज हूँ, तो वह उस विश्वास के बल पर जो चाहता है, वही कर सकता है। इस विश्वास के आधार पर उसके अंदर छिपा हुआ ईश्वर-भाव जाग उठता है और तब वह उसकी जो भी अच्छा होती है, वही कर सकने में समर्थ होता है। इसके विपरीत, लोग तुमसे कहते आए हैं, तुम्हें सिखाते आए हैं कि तुम कुछ भी नहीं हो, तुम कुछ भी नहीं कर सकते और फलस्वरूप तुम आज इस प्रकार अकर्मण्य हो गए हो। अतएव आज हम जो चाहते हैं, वह है—बल, अपने में अटूट विश्वास। हम लोग शक्तिहीन हो गए हैं। इसीलिए गुप्तविद्या और रहस्यविद्या, इन रोमांचक वस्तुओं ने धीरे-धीरे हम में घर कर लिया है। भले ही उनमें अनेक सत्य हों, पर उन्होंने लगभग हमें नष्ट कर डाला है। अपने स्नायु बलवान् बनाओ। आज हमें जिसकी आवश्यकता है, वह है—लोहे के पुट्ठे और फौलाद के स्नायु। हम लोग बहुत दिन रो चुके। अब और रोने की आवश्यकता नहीं। अब अपने पैरों पर खड़े हो जाओ और 'मर्द' बनो।

हमें ऐसे धर्म की आवश्यकता है, जिससे हम मनुष्य बन सकें। हमें ऐसे सिद्धांतों की जरूरत है, जिससे हम मनुष्य बन सकें। हमें ऐसी स्वांगसंपन्न शिक्षा चाहिए, जो हमें मनुष्य बना सके और यह रही सत्य की कसौटी, जो भी तुमको शारीरिक, मानसिक और आध्यात्मिक दृष्टि से दुर्बल बनाए उसे जहर की भाँति त्याग दो, उसमें जीवन-शक्ति नहीं है, वह कभी सत्य नहीं हो सकता। सत्य तो बलप्रद है, वह पवित्रता है, वह ज्ञानस्वरूप है। सत्य तो वह है जो शक्ति दे, जो हृदय के अंधकार को दूर कर दे, जो हृदय में स्फूर्ति भर दें।

भले ही इन रहस्य-विद्याओं में कुछ सत्य हो, पर ये तो साधारणतया मनुष्य को दुर्बल ही बनाती हैं। मेरा विश्वास करो, मेरा यह जीवन भर का अनुभव है। मैं भारत के लगभग सभी स्थानों में घूम चुका हूँ, सभी गुफाओं का अन्वेषण कर चुका हूँ और हिमालय पर भी रह चुका हूँ। मैं ऐसे लोगों को भी जानता हूँ, जो जीवन भर वहीं रहे हैं और अंत में मैं इसी निष्कर्ष पर पहुँचा हूँ कि इन सब रहस्य-विद्याओं से मनुष्य दुर्बल ही होता है। मैं अपने देश से प्रेम करता हूँ; मैं तुम्हें और अधिक पतित और ज्यादा कमजोर नहीं देख सकता। अतएव तुम्हारे कल्याण के लिए, सत्य के लिए और जिससे मेरी जाति और अधिक अवनत न हो जाए, इसलिए मैं जोर से चिल्लाकर कहने के लिए बाध्य हो रहा हूँ—बस ठहरो। अवनति की ओर और न बढ़ो—जहाँ तक गए हो, बस उतना ही काफी हो चुका। अब वीर्यवान होने का प्रयत्न करो, कमजोर बनानेवाली इन सब रहस्य-विद्याओं को तिलांजलि दे दो और अपने उपनिषदों का उस बलप्रद, आलोकप्रद, दिव्य दर्शनशास्त्र का, आश्रय ग्रहण करो। सत्य जितना ही महान् होता है, उतना ही सहज बोधगम्य होता है—स्वयं अपने अस्तित्व के समान सहज। जैसे अपने अस्तित्व को प्रमाणित करने के लिए और किसी की आवश्यकता नहीं होती, बस वैसा ही। उपनिषद् के सत्य तुम्हारे सामने हैं। इनका अवलंबन करो। इनकी उपलब्धि कर इन्हें कार्य में परिणत करो। बस देखोगे, भारत का उद्धार निश्चित है।

एक बात और कहकर मैं समाप्त करूँगा। लोग देशभक्ति की चर्चा करते हैं। मैं भी देशभक्ति में विश्वास करता हूँ और देशभक्ति के संबंध में मेरा भी आदर्श है। बड़े काम करने के लिए तीन बातों की आवश्यकता होती है। पहली है—हृदय की अनुभव-शक्ति। बुद्धि या विचारशक्ति में क्या है? वह तो कुछ दूर जाती है और बस वहीं रुक जाती है, पर हृदय तो प्रेरणास्रोत है! प्रेम असंभव द्वारों को भी उद्घाटित कर देता है। यह प्रेम ही जगत् के सब रहस्यों का द्वार है। अतएव, ऐ मेरे भावी सुधारको, मेरे भावी देशभक्तो! तुम अनुभव करो। क्या तुम अनुभव करते हो, क्या तुम हृदय से अनुभव करते हो कि देव और ऋषियों की करोड़ों संतानें आज पशुतुल्य हो गई हैं, क्या तुम हृदय से अनुभव करते हो कि लाखों आदमी आज भूखों मर रहे हैं और लाखों लोग शताब्दियों से इसी भाँति भूखे मरते आए हैं, क्या तुम अनुभव करते हो कि अज्ञान के काले बादल ने सारे भारत को ढक लिया है, क्या तुम यह सब सोचकर बेचैन हो जाते हो, क्या इस भावना ने तुमको निद्राहीन कर दिया है, क्या यह भावना तुम्हारे रक्त के साथ मिलकर तुम्हारी धमनियों में बहती है, क्या वह तुम्हारे हृदय के स्पंदन से मिल गई है, क्या उसने तुम्हें पागल सा बना दिया है, क्या देश की दुर्दशा की चिंता ही तुम्हारे ध्यान का एकमात्र विषय बन बैठी है और क्या इस चिंता में विभोर हो जाने से तुम अपने नाम-यश, पुत्र-कलत्र, धन-संपत्ति, यहाँ तक कि अपने शरीर की भी सुध बिसर गए हो, क्या तुमने ऐसा किया है? यदि 'हाँ', तो जानो कि तुमने देशभक्त होने की पहली सीढ़ी पर पैर रखा है; हाँ, केवल पहली ही सीढ़ी पर। तुममें से अधिकांश जानते हैं, मैं अमेरिका धर्म महासभा के लिए नहीं गया, वरन् इस भावना का दैत्य मुझमें, मेरी आत्मा में था। मैं पूरे बारह वर्ष सारे देश भर भ्रमण करता रहा, पर अपने देशवासियों के लिए कार्य करने का मुझे कोई रास्ता ही नहीं मिला। यही कारण था कि मैं अमेरिका गया। तुममें से अधिकांश, जो मुझे उस समय जानते थे, इस बात को अवश्य जानते हैं। इस धर्म महासभा की कौन परवाह करता था? यहाँ मेरे देशवासी, मेरे ही रक्त-मांसमय देहस्वरूप मेरे देशवासी दिन पर दिन डूबते जा रहे थे।

उनकी कौन खबर ले? बस यही मेरा पहला सोपान था।

अच्छा, माना कि तुम अनुभव करते हो; पर पूछता हूँ, क्या केवल स्वार्थ की बातों में शक्तिक्षय न करके उस दुर्दशा का निवारण करने के लिए तुमने कोई यथार्थ कर्तव्य-पथ निश्चित किया है, क्या लोगों की भर्त्सना न कर उनकी सहायता का कोई उपाय सोचा है, क्या स्वदेशवासियों को उनकी इस जीवन्मृत अवस्था से बाहर निकालने के लिए कोई मार्ग ठीक किया है, क्या उनके दुःखों को कम करने के लिए दो सांत्वनादायक शब्दों को खोजा है? यही दूसरी बात है, किंतु इतने ही से पूरा नहीं होगा। क्या तुम पर्वताकार विघ्न-बाधाओं को लाँघकर कार्य करने के लिए तैयार हो? यदि सारी दुनिया हाथ में नंगी तलवार लेकर तुम्हारे विरोध में खड़ी हो जाए, तो भी क्या तुम जिसे सत्य समझते हो, उसे पूरा करने का साहस करोगे, यदि तुम्हारे पुत्र-कलत्र तुम्हारे प्रतिकूल हो जाएँ, भाग्यलक्ष्मी तुमसे रूठकर चली जाए, नाम की कीर्ति भी तुम्हारा साथ छोड़ दे, तो भी क्या तुम उस सत्य में संलग्न रहोगे, फिर भी क्या तुम उसके पीछे लगे रहकर अपने लक्ष्य की ओर सतत बढ़ते रहोगे? जैसा कि महान् राजा भर्तृहरि ने कहा है—"चाहे नीतिनिपुण लोग निंदा करें या प्रशंसा, लक्ष्मी आए या जहाँ उसकी इच्छा हो, चली जाए, मृत्यु आज हो या सौ वर्ष बाद, धीर पुरुष तो वह है, जो न्याय के पथ से तनिक भी विचलित नहीं होता।" क्या तुममें ऐसी दृढ़ता है? बस, यही तीसरी बात है। यदि तुम में ये तीन बातें हैं, तो तुमसे से प्रत्येक अद्भुत कार्य कर सकता है। तब फिर तुम्हें समाचार-पत्रों में छपवाने की अथवा व्याख्यान देते हुए फिरते रहने की आवश्यकता नहीं होगी। स्वयं तुम्हारा मुख ही दीप्त हो उठेगा। फिर तुम चाहे पर्वत की कंदरा में रहो, तो भी तुम्हारे विचार पर्वत की चट्टानों को भेदकर बाहर निकल आएँगे और सैकड़ों वर्ष तक सारे संसार में प्रतिध्वनित होते रहेंगे और हो सकता है, तब तक ऐसे ही रहें, जब तक उन्हें किसी मस्तिष्क का आधार न मिल जाए और वे उसी के माध्यम से कार्यशील हो उठें। विचार, निष्कपटता और पवित्र उद्देश्य में ऐसी ही जबरदस्त शक्ति है।

मुझे डर है कि तुम्हें देर हो रही है, पर एक बात और। ऐ मेरे स्वदेशवासियो! मेरे मित्रो, मेरे बच्चो, राष्ट्रीय जीवनरूपी यह जहाज लाखों लोगों को जीवनरूपी समुद्र के पार करता रहा है। कई शताब्दियों से इसका यह कार्य चल रहा है और इसकी सहायता से लाखों आत्माएँ इस सागर में उस पार अमृतधाम में पहुँची हैं, पर आज शायद तुम्हारे ही दोष से इस पोत में कुछ खराबी हो गई है, इसमें एक-दो छेद हो गए हैं, तो क्या तुम इसे कोसोगे, संसार में जिसने तुम्हारा सबसे अधिक उपकार किया है, उसके विरुद्ध खड़े होकर उस पर गाली बरसाना क्या तुम्हारे लिए उचित है? यदि हमारे इस समाज में, इस राष्ट्रीय जीवनरूपी जहाज में छेद हैं, तो हम तो उसकी संतान हैं। आओ चलें, उन छेदों को बंद कर दें। उसके लिए हँसते-हँसते अपने हृदय का रक्त बहा दें और यदि हम ऐसा न कर सकें तो हमें मर जाना ही उचित है। हम अपना भेजा निकालकर उसकी डाट बनाएँगे और जहाज के उन छेदों में भर देंगे, पर उसकी कभी भर्त्सना न करें! इस समाज के विरुद्ध एक कड़ा शब्द तक न निकालो। उसकी अतीत की गौरव-गरिमा के लिए मेरा उस पर प्रेम है। मैं तुम सबको प्यार करता हूँ, क्योंकि तुम देवताओं की संतान हो, महिमाशाली पूर्वजों के वंशज हो। तब भला मैं तुम्हें कैसे कोस सकता हूँ? यह असंभव है। तुम्हारा सब प्रकार से कल्याण हो। ऐ मेरे बच्चो! मैं तुम्हारे पास आया हूँ, अपनी सारी योजनाएँ तुम्हारे सामने रखने के लिए। यदि तुम उन्हें सुनो, तो मैं तुम्हारे साथ काम करने को तैयार हूँ, पर यदि तुम उनको न सुनो और मुझे ठुकराकर अपने देश के बाहर भी निकाल दो, तो भी मैं तुम्हारे पास वापस आकर यही कहूँगा, "भाई, हम सब डूब रहे हैं।" मैं आज तुम्हारे बीच बैठने आया हूँ और यदि हमें डूबना है, तो आओ, हम सब साथ ही डूबें, पर एक भी कटु शब्द हमारे होंठों पर न आने पाए। *(मद्रास के विक्टोरिया हॉल में दिया गया भाषण।)*

□

भारत विश्वविजयी कैसे हो?

मनुष्य अपनी व्यक्ति-चेतना को सार्वभौमिक चेतना में लीन कर देना चाहता है, वह जगत्-प्रपंच का कुल संबंध छोड़ देना चाहता है, वह अपने समस्त संबंधों की माया काटकर संसार से दूर भाग जाना चाहता है। वह संपूर्ण दैहिक पुराने संस्कारों को छोड़ने की चेष्टा करता है, यहाँ तक कि वह एक देहधारी मनुष्य है, इसे भी भूलने का भरसक प्रयत्न करता है, परंतु अपने अंतर के अंतर में सदा ही एक मृदु अस्फुट ध्वनि उसे सुनाई पड़ती है, उसके कानों में सदा ही एक स्वर बजता रहता है, न जाने कौन दिन-रात उसके कानों में मधुर स्वर से कहता रहता है, पूर्व में हो या पश्चिम में, "जननी जन्मभूमिश्च स्वर्गादपि गरीयसी।"

भारत साम्राज्य की राजधानी के अधिवासियो! तुम्हारे पास मैं संन्यासी के रूप में नहीं, धर्म-प्रचारक की हैसियत से भी नहीं, बल्कि पहले की तरह कलकत्ते के उसी बालक के रूप में बातचीत करने के लिए आया हुआ हूँ। हाँ, मेरी इच्छा होती है कि आज इस नगर के रास्ते की धूल पर बैठकर बालक की तरह सरल अंत:करण से तुमसे अपने मन की सब बातें खोलकर कहूँ। तुम लोगों ने मुझे अनुपम शब्द 'भाई' कहकर संबोधित किया है, इसके लिए तुम्हें हृदय से धन्यवाद देता हूँ। हाँ, मैं तुम्हारा भाई हूँ, तुम भी मेरे भाई हो। पश्चिमी देशों से लौटने के कुछ ही समय पहले एक अंग्रेज मित्र ने मुझसे पूछा था, 'स्वामीजी, चार वर्षों तक विलास की लीलाभूमि, गौरवशाली, महाशक्तिमान पश्चिमी भूमि पर भ्रमण कर चुकने पर आपकी

मातृभूमि अब आपको कैसी लगेगी?' मैं बस यही कह सका, 'पश्चिम में आने से पहले भारत को मैं प्यार ही करता था, अब तो भारत की धूलि ही मेरे लिए पवित्र है, भारत की हवा अब मेरे लिए पावन है, भारत अब मेरे लिए तीर्थ है।' कलकत्तावासियो! मेरे भाइयो, तुम लोगों ने मेरे प्रति जो अनुग्रह दिखाया है, उसके लिए तुम्हारे प्रति कृतज्ञता प्रकट करने में मैं असमर्थ हूँ अथवा तुम्हें धन्यवाद ही क्या दूँ, क्योंकि तुम मेरे भाई हो। तुमने भाई का, एक हिंदू भाई का ही कर्तव्य निभाया है, क्योंकि ऐसा पारिवारिक बंधन, ऐसा संबंध, ऐसा प्रेम हमारी मातृभूमि की सीमा के बाहर और कहीं नहीं है।

शिकागो की धर्म-महासभा निस्संदेह एक विराट् समारोह थी। भारत के कितने ही नगरों से हम लोगों ने इस सभा के आयोजक महानुभावों को धन्यवाद दिया है। हम लोगों के प्रति उन्होंने जैसी अनुकंपा प्रदर्शित की है, उसके लिए वे धन्यवाद के पात्र हैं, परंतु इस धर्म महासभा का यथार्थ इतिहास मैं तुम्हें सुना देना चाहता हूँ। उनकी इच्छा थी कि वे अपनी प्रभुता की प्रतिष्ठा करें। महासभा के कुछ व्यक्तियों की इच्छा थी कि ईसाई धर्म की प्रतिष्ठा करें और दूसरे धर्मों को हास्यास्पद सिद्ध करें, परंतु फल कुछ और ही हुआ। विधाता के विधान में वैसा ही होना था। मेरे प्रति अनेक लोगों ने सदय व्यवहार किया था। उन्हें यथेष्ट धन्यवाद दिया जा चुका है।

सच्ची बात यह है कि मैं धर्म महासभा का उद्देश्य लेकर अमेरिका में नहीं रहा। वह सभा तो मेरे लिए एक गौण वस्तु थी, उससे हमारा रास्ता बहुत कुछ साफ हो गया और कार्य करने की बहुत कुछ सुविधा हो गई, इसमें संदेह नहीं। इसके लिए हम महासभा के सदस्यों के विशेष रूप से कृतज्ञ हैं, परंतु वास्तव में हमारा धन्यवाद संयुक्त राज्य अमेरिका के निवासी, सहृदय, आतिथ्यशील, महान् अमेरिकी जाति को मिलना चाहिए, जिसमें दूसरी जातियों की अपेक्षा भ्रातृभाव का अधिक विकास हुआ है। रेलगाड़ी पर पाँच मिनट किसी अमेरिकन के साथ बातचीत करने से वह तुम्हारा मित्र हो जाएगा, दूसरे ही क्षण तुम्हें अपने घर पर अतिथि के रूप में निमंत्रित करेगा और अपने हृदय की सारी बात खोलकर रख देगा। यही

अमेरिकी जाति का चरित्र है और हम इसे खूब पसंद करते हैं। मेरे प्रति उन्होंने जो अनुकंपा दिखलाई, उसका वर्णन नहीं हो सकता। मेरे साथ उन्होंने कैसा अपूर्व स्नेहपूर्ण व्यवहार किया, उसे प्रकट करने में मुझे कई वर्ष लग जाएँगे। इसी तरह अटलांटिक महासागर के दूसरे पार रहनेवाली अंग्रेज जाति को भी हमें धन्यवाद देना चाहिए। ब्रिटिश भूमि पर अंग्रेजों के प्रति मुझसे अधिक घृणा का भाव लेकर कभी किसी ने पैर न रखा होगा। इस मंच पर जो अंग्रेज बंधु हैं, वे ही इसका साक्ष्य देंगे, परंतु जितना ही मैं उन लोगों के साथ रहने लगा, जितना ही उनके साथ मिलने लगा, जितना ही ब्रिटिश जाति के जीवनयंत्र की गति लक्ष्य करने लगा, उस जाति का हृदय-स्पंदन किस जगह हो रहा है, यह जितना ही समझने लगा, उतना ही उन्हें प्यार करने लगा। अब मेरे भाइयो, यहाँ ऐसा कोई न होगा, जो मुझसे ज्यादा अंग्रेजों को प्यार करता हो। उनके संबंध में यथार्थ ज्ञानप्राप्ति करने के लिए यह जानना आवश्यक है कि वहाँ क्या-क्या हो रहा है और साथ ही हमें उनके साथ रहना भी होगा। हमारे जातीय दर्शनशास्त्र वेदांत ने जिस तरह संपूर्ण दुःख को अज्ञानप्रसूत कहकर सिद्धांत स्थिर किया है, इसी तरह अंग्रेज और हमारे बीच का विरोधभाव भी प्रायः अज्ञानजन्य है, यही समझना चाहिए। न हम उन्हें जानते हैं, न वे हमें।

दुर्भाग्य से पश्चिमी देशवालों की धारणा में आध्यात्मिकता, यहाँ तक कि नैतिकता भी, सांसारिक उन्नति के साथ चिरसंश्लिष्ट है और जब कभी कोई अंग्रेज या कोई दूसरे पश्चिमी महाशय भारत आते हैं और यहाँ दुःख और दरिद्रता का अबाध राज्य देखते हैं, तो वे तुरंत इस निष्कर्ष पर पहुँचते हैं कि इस देश में धर्म नहीं टिक सकता, नैतिकता नहीं टिक सकती। उनका अपना अनुभव निस्संदेह सत्य है। यूरोप की निष्ठुर जलवायु और दूसरे अनेक कारणों से वहाँ दरिद्रता और पाप एक जगह रहते देखे जाते हैं, परंतु भारत में ऐसा नहीं है। मेरा अनुभव है कि भारत में जो जितना दरिद्र है, वह उतना ही अधिक साधु है, परंतु इसको जानने के लिए समय की जरूरत है। भारत के राष्ट्रीय जीवन का यह रहस्य समझने के लिए कितने विदेशी दीर्घ

काल तक भारत में रहकर प्रतीक्षा करने के लिए तैयार हैं? इस राष्ट्र के चरित्र का धैर्य के साथ अध्ययन करें और समझें, ऐसे मनुष्य थोड़े ही हैं। यहीं, केवल यहीं, ऐसी जाति का वास है, जिसके निकट गरीबी का मतलब अपराध और पाप नहीं है। यहीं एक ऐसी जाति है, जहाँ न केवल गरीबी का मतलब अपराध नहीं लगाया जाता, बल्कि उसे यहाँ बड़ा ऊँचा आसन दिया जाता है। यहाँ दरिद्र संन्यासी के वेश को ही सबसे ऊँचा स्थान मिलता है। इसी तरह हमें भी पश्चिमी सामाजिक रीति-रिवाजों का अध्ययन बड़े धैर्य के साथ करना होगा। उनके संबंध में एकाएक कोई उन्मत्त धारणा बना लेना ठीक नहीं होगा। उनके स्त्री-पुरुषों का आपस में हेल-मेल और उनके आचार-व्यवहार सब एक खास अर्थ रखते हैं, सब में एक पहलू अच्छा भी होता है। तुम्हें केवल यत्नपूर्वक धैर्य के साथ उसका अध्ययन करना होगा। मेरे इस कथन का यह अर्थ नहीं कि हमें उनके आचार-व्यवहारों का अनुकरण करना है, अथवा वे हमारे आचारों का अनुकरण करेंगे। सभी जातियों के आचार-व्यवहार शताब्दियों के मंद गति से होनेवाले क्रम विकास के फल स्वरूप हैं और सभी में एक गंभीर अर्थ रहता है। इसलिए न हमें उनके आचार-व्यवहारों का उपहास करना चाहिए और न उन्हें हमारे आचार-व्यवहारों का।

मैं इस सभा के समक्ष एक और बात कहना चाहता हूँ। अमेरिका की अपेक्षा इंग्लैंड में मेरा काम अधिक संतोषजनक हुआ है। निर्भीक, साहसी एवं अध्यवसायी अंग्रेज जाति के मस्तिष्क में यदि किसी तरह एक बार कोई भाव संचारित किया जा सके, यद्यपि उसकी खोपड़ी दूसरी जातियों की अपेक्षा स्थूल है, उसमें कोई भाव सहज ही नहीं समाता, तो फिर वह कहीं दृढ़ हो जाता है, कभी बाहर नहीं होता। उस जाति की असीम व्यावहारिकता और शक्ति के कारण बीजरूप से समाए हुए उस भाव से अंकुर का उद्‌गम होता है और बहुत शीघ्र फल देता है। ऐसा किसी दूसरे देश में नहीं है। इस जाति की जैसी असीम व्यावहारिकता और जीवनशक्ति है, वैसी तुम अन्य किसी जाति में नहीं देखोगे। इस जाति में कल्पना कम है और कर्मण्यता

अधिक और कौन जान सकता है कि इस अंग्रेज जाति के भावों का मूल स्रोत कहाँ है! उसके हृदय के गहन प्रदेश में, कौन समझ सकता है, कितनी कल्पनाएँ और भावोच्छ्वास छिपे हुए हैं! वह वीरों की जाति है, वे यथार्थ क्षत्रिय हैं। भाव छिपाना, उन्हें कभी प्रकट न करना उनकी शिक्षा है, बचपन से उन्हें यही शिक्षा मिली है। बहुत कम अंग्रेज देखने को मिलेंगे, जिन्होंने कभी अपने हृदय का भाव प्रकट किया होगा। पुरुषों की तो बात ही क्या, अंग्रेज स्त्रियाँ भी कभी हृदय के उच्छ्वास को जाहिर नहीं होने देतीं। मैंने अंग्रेज महिलाओं को ऐसे भी कार्य करते हुए देखा है, जिन्हें करने में अत्यंत साहसी बंगाली भी लड़खड़ा जाएँगे, किंतु बहादुरी के इस ठाट-बाट के साथ ही इस क्षत्रियोचित कवच के भीतर अंग्रेज हृदय की भावनाओं का गंभीर प्रस्रवण छिपा हुआ है। यदि एक बार भी अंग्रेजों के साथ तुम्हारी घनिष्ठता हो जाए, यदि उनके साथ तुम घुल-मिल गए, यदि उनसे एक बार भी अपने सम्मुख उनके हृदय दास हो जाएँगे। इसलिए मेरी राय में दूसरे स्थानों की अपेक्षा इंग्लैंड में मेरा प्रचार कार्य अधिक संतोषजनक हुआ है। मेरा दृढ़ विश्वास है कि अगर कल मेरा शरीर छूट जाए, तो मेरा प्रचार कार्य इंग्लैंड में अक्षुण्ण रहेगा और क्रमशः विस्तृत होता जाएगा।

भाइयो, जिन लोगों ने मेरे हृदय के एक-दूसरे तार, सबसे अधिक कोमल तार का स्पर्श किया है, वे हैं—मेरे गुरुदेव, मेरे आचार्य, मेरे जीवनादर्श, मेरे इष्ट, मेरे प्राणों के देवता श्रीरामकृष्णदेव का उल्लेख! यदि मनसा, वाचा, कर्मणा मैंने कोई सत्कार्य किया हो, यदि मेरे मुँह से कोई ऐसी बात निकली हो, जिससे संसार के किसी भी मनुष्य का कुछ उपकार हुआ हो, तो उसमें मेरा कुछ भी गौरव नहीं, वह उनका है, परंतु यदि मेरी जिह्वा ने कभी अभिशाप की वर्षा की हो, यदि मुझसे कभी किसी के प्रति घृणा का भाव निकला हो, तो वे शब्द मेरे हैं, उनके नहीं। जो कुछ दुर्बल है, वह सब मेरा है, पर जो कुछ भी जीवनप्रद है, बलप्रद है, पवित्र है, वह सब उन्हीं की शक्ति का खेल है, उन्हीं की वाणी है और वे स्वयं हैं। मित्रो, यह सत्य है कि संसार अभी तक उन महापुरुष से परिचित नहीं हुआ। हम लोग संसार

के इतिहास में शत-शत महापुरुषों की जीवनी पढ़ते हैं। इसमें उनके शिष्यों के लेखन एवं कार्य-संचालन का हाथ रहा है। हजारों वर्ष तक लगातार उन लोगों ने उन प्राचीन महापुरुषों के जीवन-चरितों को काट-काँटकर सँवारा है, परंतु इतने पर भी जो जीवन मैंने अपनी आँखों देखा है, जिसकी छाया में मैं रह चुका हूँ, जिनके चरणों में बैठकर मैंने सब सीखा है, उन श्रीरामकृष्ण का जीवन जैसा उज्ज्वल और महिमान्वित है, वैसा मेरे विचार में और किसी महापुरुष का नहीं। भाइयो, तुम सभी गीता की वह प्रसिद्ध वाणी जानते हो—

यदा यदा कि धर्मस्य ग्लानिर्भवति भारत।
अभ्युत्थानमधर्मस्य तदात्मानं सृजाम्यहम्॥
परित्राणाय साधूनां विनाशाय च दुष्कृताम्।
धर्मसंस्थापनार्थाय सम्भवामि युगे युगे॥

'जब-जब धर्म की हानि और अधर्म का अभ्युत्थान होता है, तब-तब मैं शरीर धारण करता हूँ। साधुओं का परित्राण करने, असाधुओं का नाश करने और धर्म की स्थापना करने के लिए विभिन्न युगों में मैं आया करता हूँ।'

इसके साथ एक और बात तुम्हें समझनी होगी, वह यह कि आज ऐसी ही वस्तु हमारे सामने मौजूद है। इस तरह की एक आध्यात्मिकता की बाढ़ के प्रबल वेग से आने के पहले समाज में कुछ छोटी-छोटी तरंगें उठती दिख पड़ती हैं। इन्हीं में से एक अज्ञात, अनजान, अकल्पित तरंग आती है, प्रबल होती जाती है, दूसरी छोटी-छोटी तरंगों को मानो निगलकर वह अपने में मिला लेती है और इस तरह अत्यंत विपुलाकार और प्रबल होकर वह एक बहुत बड़ी बाढ़ के रूप में समाज पर वेग से गिरती है कि कोई उसकी गति को रोक नहीं सकता। इस समय भी वैसा ही हो रहा है। यदि तुम्हारे पास आँखें हैं तो तुम उसे अवश्य देखोगे। यदि तुम्हारा हृदय-द्वार खुला है तो तुम उसको अवश्य ग्रहण करोगे। यदि तुममें सत्यान्वेषण की प्रवृत्ति है तो तुम उसे अवश्य प्राप्त करोगे। अंधा, बिल्कुल अंधा है वह, जो समय के चिह्न नहीं देख रहा है, नहीं समझ रहा है। क्या तुम नहीं देखते

हो, वह दीन ब्राह्मण बालक, जो एक दूर गाँव में, जिसके बारे में तुममें से बहुत कम ही लोगों ने सुना होगा, जनमा था, इस समय संपूर्ण संसार में पूजा जा रहा है और उसे वे पूजते हैं, जो शताब्दियों से मूर्तिपूजा के विरोध में आवाज उठाते आए हैं, यह किसकी शक्ति है, यह तुम्हारी शक्ति है या मेरी? नहीं, यह और किसी की शक्ति नहीं। जो शक्ति यहाँ श्रीरामकृष्ण के रूप में आविर्भूत हुई थी, यह वही शक्ति है और मैं, तुम, साधु, महापुरुष, यहाँ तक कि अवतार और संपूर्ण ब्रह्मांड भी उसी न्यूनाधिक रूप में पुंजीभूत शक्ति की लीला मात्र है। इस समय हम लोग उस महाशक्ति की लीला का आरंभ मात्र देख रहे हैं। वर्तमान युग का अंत होने के पहले ही तुम लोग इसकी अधिकाधिक आश्चर्यमयी लीलाएँ देख पाओगे। भारत के पुनरुत्थान के लिए इस शक्ति का आविर्भाव ठीक ही समय पर हुआ है, क्योंकि जो मूल जीवनशक्ति भारत को सदा स्फूर्ति प्रदान करेगी, उसकी बात कभी-कभी हम लोग भूल जाते हैं।

प्रत्येक जाति के लिए उद्देश्य-साधन की अलग-अलग कार्य-प्रणालियाँ हैं। कोई राजनीति, कोई समाज-सुधार और कोई किसी दूसरे विषय को अपना प्रधान आधार बनाकर कार्य करती है। हमारे लिए धर्म की पृष्ठभूमि लेकर कार्य करने के सिवा दूसरा उपाय नहीं है। अंग्रेज राजनीति के माध्यम से धर्म भी समझ सकते हैं। अमेरिकी शायद समाज-सुधार के माध्यम से भी धर्म समझ सकते हैं, परंतु हिंदू राजनीति, समाजविज्ञान और दूसरा जो कुछ है, सबको धर्म के माध्यम से ही समझ सकते हैं। जातीय जीवन-संगीत का मानो यही प्रधान स्वर है, दूसरे तो उसी में कुछ परिवर्तित किए हुए नाना गौण स्वर हैं और उसी प्रधान स्वर के नष्ट होने की शंका हो रही थी। ऐसा लगता था, मानो हम लोग अपने जातीय जीवन के इस मूल भाव को हटाकर उसकी जगह एक दूसरा भाव स्थापित करने जा रहे थे। हम लोग जिस मेरुदंड के बल से खड़े हुए हैं, मानो उसकी जगह दूसरा कुछ स्थापित करने जा रहे थे, अपने जातीय जीवन के धर्मरूपी मेरुदंड की जगह राजनीति का मेरुदंड स्थापित करने जा रहे थे। यदि इसमें हमें सफलता

मिलती, तो इसका फल पूर्ण विनाश होता; परंतु ऐसा होनेवाला नहीं था। यही कारण है कि इस महाशक्ति का आविर्भाव हुआ। मुझे इस बात की चिंता नहीं है कि तुम इस महापुरुष को किस अर्थ में ग्रहण करते हो और उसके प्रति कितना आदर रखते हो, किंतु मैं तुम्हें यह चुनौती के रूप में अवश्य बता देना चाहता हूँ कि अनेक शताब्दियों से भारत में विद्यमान अद्भुत शक्ति का यह प्रकट रूप है और एक हिंदू के नाते तुम्हारा यह कर्तव्य है कि तुम इस शक्ति का अध्ययन करो तथा भारत के कल्याण, उसके पुनरुत्थान और समस्त मानवजाति के हित के लिए इस शक्ति द्वारा क्या कार्य किए गए हैं, इसका पता लगाओ। मैं तुमको विश्वास दिलाता हूँ कि संसार के किसी भी देश में सार्वभौमिक धर्म और विभिन्न संप्रदायों में भ्रातृभाव के उत्थापित और पर्यालोचित होने के बहुत पहले ही, इस नगर के पास, एक ऐसे महापुरुष थे, जिनका संपूर्ण जीवन एक आदर्श धर्म महासभा का स्वरूप था।

हमारे शास्त्रों में सबसे बड़ा आदर्श निर्गुण ब्रह्म है और ईश्वर की इच्छा से यदि सभी निर्गुण ब्रह्म को प्राप्त कर सकते, तब तो बात ही कुछ और थी, परंतु चूँकि ऐसा नहीं हो सकता, इसलिए सगुण आदर्श का रहना मनुष्य जाति के बहुसंख्यक वर्ग के लिए बहुत आवश्यक है। इस तरह के किसी महान् आदर्श पुरुष पर हार्दिक अनुराग रखते हुए, उनकी पताका के नीचे आश्रय लिये बिना न कोई जाति उठ सकती है, न बढ़ सकती है, न कुछ कर सकती है। राजनीतिक, यहाँ तक कि सामाजिक या व्यापारिक आदर्शों का प्रतिनिधित्व करनेवाले कोई भी पुरुष सर्वसाधारण भारतवासियों के ऊपर कभी भी अपना प्रभाव नहीं जमा सकते। हमें चाहिए—आध्यात्मिक आदर्श। आध्यात्मिक महापुरुषों के नाम पर हमें सोत्साह एक हो जाना चाहिए। हमारे आदर्श पुरुष आध्यात्मिक होने चाहिए। श्रीरामकृष्ण में हमें एक ऐसा ही आदर्श पुरुष मिला है। यदि यह जाति उठना चाहती है, तो मैं निश्चयपूर्वक कहूँगा कि इस नाम के चारों ओर उत्साह के साथ एकत्र हो जाना चाहिए। श्रीरामकृष्ण का प्रचार हम, तुम या चाहे जो कोई करे, इसमें महत्त्व नहीं। तुम्हारे सामने मैं इस महान् आदर्श पुरुष को रखता हूँ और अब

इस पर विचार करने का भार तुम पर है। इस महान् आदर्श पुरुष को लेकर क्या करोगे, इसका निश्चय तुम्हें अपनी जाति, अपने राष्ट्र के कल्याण के लिए अभी कर डालना चाहिए। एक बात हमें याद रखनी चाहिए कि तुम लोगों ने जितने महापुरुष देखे हैं और मैं स्पष्ट रूप से कहूँगा कि जितने भी महापुरुषों के जीवन-चरित पढ़े हैं, उनमें इनका जीवन सबसे पवित्र था और तुम्हारे सामने यह तो स्पष्ट ही है कि आध्यात्मिक शक्ति का ऐसा अद्‌भुत आविर्भाव तुम्हारे देखने की तो बात ही अलग, इसके बारे में तुमने कभी पढ़ा भी नहीं होगा। उनके तिरोभाव के दस वर्ष के भीतर ही इस शक्ति ने संपूर्ण संसार को घेर लिया है, यह तुम प्रत्यक्ष देख रहे हो। अतएव कर्तव्य की प्रेरणा से अपनी जाति और धर्म की भलाई के लिए मैं यह महान् आध्यात्मिक आदर्श तुम्हारे सामने प्रस्तुत करता हूँ। मुझे देखकर उसकी कल्पना न करना। मैं एक बहुत ही दुर्बल माध्यम मात्र हूँ। उनके चरित्र का निर्णय मुझे देखकर न करना। वे इतने बड़े थे कि मैं या उनके शिष्यों में से कोई दूसरा सैकड़ों जीवन तक प्रयत्न करते रहने के बावजूद उनके यथार्थ स्वरूप के एक करोड़वें अंश के तुल्य भी नहीं हो सकेगा। तुम लोग स्वयं ही अनुमान करो। तुम्हारे हृदय के अंतस्तल में वे 'सनातन साक्षी' वर्तमान हैं और मैं हृदय से प्रार्थना करता हूँ कि हमारी जाति के कल्याण के लिए, हमारे देश की उन्नति के लिए तथा समग्र मानवजाति के हित के लिए वही श्रीरामकृष्णदेव तुम्हारा हृदय खोल दें और इच्छा-अनिच्छा के बावजूद जो महायुगांतर अवश्यंभावी है, उसे कार्यान्वित करने के लिए वे तुम्हें सच्चा और दृढ़ बनाएँ। तुम्हें और हमें रुचे या न रुचे, इससे प्रभु का कार्य रुक नहीं सकता। अपने कार्य के लिए वे धूलि से भी सैकड़ों और हजारों कर्मी पैदा कर सकते हैं। उनकी अधीनता में कार्य करने का अवसर मिलना ही हमारे लिए परम सौभाग्य और गौरव की बात है।

तुम लोगों ने कहा है, हमें संपूर्ण संसार जीतना है। हाँ, यह हमें करना ही होगा। भारत को अवश्य ही संसार पर विजय प्राप्त करनी है। इसकी अपेक्षा किसी छोटे आदर्श से मुझे कभी भी संतोष नहीं होगा। यह आदर्श,

संभव है बहुत बड़ा हो और तुममें से अनेक को इसे सुनकर आश्चर्य होगा, किंतु हमें इसे ही अपना आदर्श बनाना है। या तो हम संपूर्ण संसार पर विजय प्राप्त करेंगे या मिट जाएँगे। इसके सिवा और कोई विकल्प नहीं है। जीवन का चिह्न है—विस्तार। हमें संकीर्ण सीमा के बाहर जाना होगा, हृदय का प्रसार करना होगा और यह दिखाना होगा कि हम जीवित हैं, अन्यथा हमें इसी पतन की दशा में सड़कर मरना होगा, इसके सिवा दूसरा कोई रास्ता नहीं है। इन दोनों में एक चुन लो, फिर जिओ या मरो। छोटी-छोटी बातों को लेकर हमारे देश में जो द्वेष और कलह हुआ करता है, वह हम लोगों में सभी को मालूम है, परंतु मेरी बात मानो, ऐसा सभी देशों में है। जिन राष्ट्रों के जीवन का मेरुदंड राजनीति है, वे सब राष्ट्र आत्मरक्षा के लिए वैदेशिक नीति का सहारा लिया करते हैं। जब उनके अपने देश में आपस में बहुत अधिक लड़ाई-झगड़ा आरंभ हो जाता है, तब वे किसी विदेशी राष्ट्र से झगड़ा मोल ले लेते हैं। इस तरह तत्काल घरेलू लड़ाई बंद हो जाती है। हमारे भीतर भी गृह-विवाद है, परंतु उसे रोकने के लिए कोई वैदेशिक नीति नहीं है। संसार के सभी राष्ट्रों में अपने शास्त्रों का सत्य प्रचार करना ही हमारी सनातन वैदेशिक नीति होनी चाहिए। यह हमें एक अखंड जाति के रूप में संगठित करेगी। तुम राजनीति में विशेष रुचि लेनेवालों से मेरा प्रश्न है कि क्या इसके लिए तुम कोई और प्रमाण चाहते हो? आज की इस सभा से ही मेरी बात का यथेष्ट प्रमाण मिल रहा है।

दूसरे, इन सब स्वार्थपूर्ण विचारों को छोड़ देने पर भी हमारे पीछे निस्स्वार्थ, महान् और सजीव दृष्टांत पाए जाते हैं। भारत के पतन और दारिद्र्य-दुःख का प्रधान कारण यह है कि घोंघे की तरह अपना सर्वांग समेटकर, उसने अपना कार्यक्षेत्र संकुचित कर लिया था तथा आर्येतर दूसरी मानवजातियों के लिए, जिन्हें सत्य की तृष्णा थी, उन्होंने अपने जीवनप्रद सत्य रत्नों का भंडार नहीं खोला था। हमारे पतन का एक और प्रधान कारण यह भी है कि हम लोगों ने बाहर जाकर दूसरे राष्ट्रों से अपनी तुलना नहीं की और तुम लोग जानते हो, जिस दिन से राजा राममोहन राय ने संकीर्णता की

वह दीवार तोड़ी, उसी दिन से भारत में थोड़ा सा जीवन दिखाई देने लगा, जिसे आज तुम देख रहे हो। उसी दिन से भारत के इतिहास ने एक दूसरा मोड़ लिया और इस समय वह क्रमशः उन्नति के पथ पर अग्रसर हो रहा है। अतीत काल में यदि छोटी-छोटी नदियाँ ही यहाँ वालों ने देखी हों तो समझना कि अब बहुत बड़ी बाढ़ आ रही है और कोई भी उसकी गति रोक न सकेगा। अतः तुम्हें विदेश जाना होगा, आदान-प्रदान ही अभ्युदय का रहस्य है। क्या हम दूसरों से सदा लेते ही रहेंगे, क्या हम लोग सदैव पश्चिमवासियों के पदप्रांत में बैठकर ही सब बातें, यहाँ तक कि धर्म भी सीखेंगे ? हाँ, हम उन लोगों से कल-कारखाने के काम सीख सकते हैं और भी दूसरी बहुत सी बातें उनसे सीख सकते हैं; परंतु हमें भी उन्हें कुछ सिखाना होगा और वह है—हमारा धर्म, हमारी आध्यात्मिकता।

संसार सर्वांगीण सभ्यता की अपेक्षा कर रहा है। शत-शत शताब्दियों की अवनति, दुःख और दुर्भाग्य के आवर्त में पड़कर भी हिंदू जाति उत्तराधिकार में प्राप्त धर्मरूपी जिन अमूल्य रत्नों को यत्नपूर्वक अपने हृदय से लगाए हुए है, उन्हीं रत्नों की आशा से संसार उसकी ओर आग्रह भरी दृष्टि से निहार रहा है। तुम्हारे पूर्वजों के उन्हीं अपूर्व रत्नों के लिए भारत से बाहर के मनुष्य किस तरह उद्ग्रीव हो रहे हैं, यह मैं तुम्हें कैसे समझाऊँ ? यहाँ हम अनर्गल बकवास किया करते हैं, आपस में झगड़ते रहते हैं, श्रद्धा के जितने गंभीर विषय हैं, उन्हें हँसकर उड़ा देते हैं, यहाँ तक कि इस समय प्रत्येक पवित्र वस्तु को हँसकर उड़ा देने की प्रवृत्ति एक जातीय दुर्गुण हो गई है। इसी भारत में हमारे पूर्वज जो संजीवन अमृत रख गए हैं, उसका एक कणमात्र पाने के लिए भी भारत के बाहर के लाखों मनुष्य कितने आग्रह के साथ हाथ फैलाए हुए हैं, यह हमारी समझ में भला कैसे आ सकता है! इसलिए हमें भारत के बाहर जाना ही होगा। हमारी आध्यात्मिकता के बदले में वे जो कुछ दें, वही हमें लेना होगा। चैतन्य राज्य के अपूर्व तत्त्व समूहों के बदले हम जड़ राज्य के अद्भुत तत्त्वों को प्राप्त करेंगे। चिरकाल तक शिष्य रहने से हमारा काम न होगा, हमें आचार्य भी होना होगा। समभाव के न रहने

पर मित्रता संभव नहीं और जब एक पक्ष सदा ही आचार्य का आसन पाता रहता है और दूसरा पक्ष सदा ही उसके पदप्रांत में बैठकर शिक्षा ग्रहण किया करता है, तब दोनों में कभी भी समभाव की स्थापना नहीं हो सकती। यदि अंग्रेज और अमेरिकी जाति से समभाव रखने की तुम्हारी इच्छा हो, तो जिस तरह तुम्हें उनसे शिक्षा प्राप्त करनी है, इसी तरह उन्हें शिक्षा देनी भी होगी और अब भी कितनी ही शताब्दियों तक संसार को शिक्षा देने की सामग्री तुम्हारे पास पर्याप्त है। इस समय यही करना होगा। उत्साह की आग हमारे हृदय में जलनी चाहिए। हम बंगालियों को कल्पना-शक्ति के लिए प्रसिद्धि मिल चुकी है और मुझे विश्वास है कि यह शक्ति हममें है भी। कल्पनाप्रिय भावुक जाति कहकर हमारा उपहास भी किया गया है, परंतु मित्रो! मैं तुमसे कहना चाहूँगा कि निस्संदेह बुद्धि का आसन ऊँचा है, किंतु यह अपनी परिमित सीमा के बाहर नहीं बढ़ सकती। हृदय, केवल हृदय के भीतर से ही दैवी प्रेरणा का स्फुरण होता है और उसकी अनुभवशक्ति से ही उच्चतम जटिल रहस्यों की मीमांसा होती है और इसीलिए 'भावुक' बंगालियों को ही यह काम करना होगा।

"उत्तिष्ठत जाग्रत् प्राप्य वरान्निबोधत।"

उठो, जागो और जब तक अभीप्सित वस्तु को प्राप्त नहीं कर लेते, तब तक बराबर उसकी ओर बढ़ते जाओ। कलकत्ता-निवासी युवको! उठो, जागो, शुभ मुहूर्त आ गया है। सब चीजें अपने आप तुम्हारे सामने खुलती जा रही हैं। हिम्मत करो और डरो मत। केवल हमारे ही शास्त्रों में ईश्वर के लिए 'अभी:' विशेषण का प्रयोग किया गया है। हमें 'अभी:' (निर्भय) होना होगा, तभी हम अपने कार्य में सिद्धि प्राप्त करेंगे। उठो, जागो, तुम्हारी मातृभूमि को इस महाबली की आवश्यकता है। इस कार्य की सिद्धि युवकों से ही हो सकेगी। 'युवा, आशिष्ठ, दृढिष्ठ, बलिष्ठ, मेधावी', उन्हीं के लिए यह कार्य है और ऐसे सैकड़ों-हजारों युवक कलकत्ते में हैं। जैसा कि तुम लोग कहते हो, यदि मैंने कुछ किया है, तो याद रखना, मैं वही एक नगण्य बालक हूँ, जो किसी समय कलकत्ते की सड़कों पर खेला करता था। अगर

मैंने इतना किया तो इससे कितना अधिक तुम कर सकोगे! उठो, जागो, संसार तुम्हें पुकार रहा है। भारत के अन्य भागों में बुद्धि है, धन भी है, परंतु उत्साह की आग केवल हमारी ही जन्मभूमि में है। उसे बाहर आना ही होगा, इसलिए कलकत्ते के युवको! अपने रक्त में उत्साह भरकर जागो, मत सोचो कि तुम गरीब हो, मत सोचो कि तुम्हारे मित्र नहीं हैं। अरे, क्या कभी तुमने देखा है कि रुपया मनुष्य का निर्माण करता है? नहीं, मनुष्य ही सदा रुपए का निर्माण करता है। यह संपूर्ण संसार मनुष्य की शक्ति से, उत्साह की शक्ति से, विश्वास की शक्ति से निर्मित हुआ है।

तुममें से जिन लोगों ने उपनिषदों में सबसे अधिक सुंदर कठोपनिषद् का अध्ययन किया है, उन्हें स्मरण होगा के किस तरह वे राजा एक महायज्ञ का अनुष्ठान करने चले थे और दक्षिणा में अच्छी-अच्छी चीजें न देकर, अनुपयोगी गायें और घोड़े दे रहे थे और कथा के अनुसार उसी समय उनके पुत्र नचिकेता के हृदय में श्रद्धा का आविर्भाव हुआ। मैं तुम्हारे लिए इस 'श्रद्धा' शब्द का अंग्रेजी अनुवाद न करूँगा, क्योंकि वह गलत होगा। समझने के लिए अर्थ की दृष्टि से यह एक अद्‌भुत शब्द है और बहुत कुछ तो इसके समझने पर निर्भर करता है। हम देखेंगे कि यह किस तरह शीघ्र ही फल देनेवाली है। श्रद्धा के आविर्भाव के साथ ही हम नचिकेता को आप-ही-आप इस तरह बातचीत करते हुए देखते हैं—"मैं बहुतों से श्रेष्ठ हूँ, कुछ लोगों से छोटा भी हूँ, परंतु कहीं भी ऐसा नहीं हूँ कि सबसे छोटा होऊँ, अतः मैं भी कुछ कर सकता हूँ।" उसका यह आत्मविश्वास और साहस बढ़ता गया और जो समस्या उसके मन में थी, उस बालक ने उसे हल करना चाहा। वह समस्या मृत्यु की समस्या थी। इसकी मीमांसा यम के घर जाने पर ही हो सकती थी, अतः वह बालक वहीं गया। निर्भीक नचिकेता यम के घर जाकर तीन दिन तक प्रतीक्षा करता रहा और तुम जानते हो, किस तरह उसने अपना अभीप्सित प्राप्त किया।

हमें जिस चीज की आवश्यकत है, वह यह श्रद्धा ही है। दुर्भाग्यवश भारत से इसका प्रायः लोप हो गया है और हमारी वर्तमान दुर्दशा का कारण

भी यही है। एकमात्र इस श्रद्धा के भेद से ही मनुष्य-मनुष्य में अंतर पाया जाता है। इसका और दूसरा कारण नहीं। यह श्रद्धा ही है, जो एक मनुष्य को बड़ा और दूसरे को कमजोर और छोटा बनाती है। हमारे गुरुदेव कहा करते थे, जो अपने को दुर्बल सोचता है, वह दुर्बल ही हो जाता है और यह बिल्कुल ठीक ही है। इस श्रद्धा को तुम्हें पाना ही होगा। पश्चिमी जातियों द्वारा प्राप्त की हुई, जो भौतिक शक्ति तुम देख रहे हो, वह इस श्रद्धा का ही फल है, क्योंकि वे अपने दैहिक बल के विश्वासी हैं और यदि तुम अपनी आत्मा पर विश्वास करो तो वह और कितना अधिक कारगर होगा? उस अनंत आत्मा, उस अनंत शक्ति पर विश्वास करो, तुम्हारे शास्त्र और तुम्हारे ऋषि एक स्वर से उसका प्रचार कर रहे हैं। वह आत्मा अनंत शक्ति का आधार है। कोई उसका नाश नहीं कर सकता। उसकी वह अनंत शक्ति प्रकट होने के लिए केवल आह्वान की प्रतीक्षा कर रही है।

यहाँ दूसरे दर्शनों और भारत के दर्शनों में महान् अंतर पाया जाता है। द्वैतवादी हो, चाहे विशिष्टाद्वैतवादी या अद्वैतवादी हो, सभी का यह दृढ़ विश्वास है कि आत्मा में संपूर्ण शक्ति अवस्थित है; केवल उसे व्यक्त करना है। इसके लिए हमें श्रद्धा की ही जरूरत है; हमें यहाँ जितने भी मनुष्य हैं, सभी को इसकी आवश्यकता है। इसी श्रद्धा को प्राप्त करने का महान् कार्य तुम्हारे सामने पड़ा हुआ है। हमारे जातीय खून में एक प्रकार के भयानक रोग का बीज समा रहा है और वह है, प्रत्येक विषय को हँसकर उड़ा देना, गांभीर्य का अभाव। इस दोष का संपूर्ण रूप से त्याग करो। वीर बनो, श्रद्धासंपन्न होओ और सबकुछ तो इसके बाद आ ही जाएगा।

अब तक मैंने कुछ भी नहीं किया, यह कार्य तुम्हें करना होगा। अगर कल मैं मर जाऊँ तो इस कार्य का अंत नहीं होगा। मुझे दृढ़ विश्वास है, सर्वसाधारण जनता के भीतर से हजारों मनुष्य आकर इस व्रत को ग्रहण करेंगे और इस कार्य की इतनी उन्नति तथा विस्तार करेंगे, जिसकी आशा मैंने कभी कल्पना में भी नहीं की होगी। मुझे अपने देश पर विश्वास है, विशेषत: अपने देश के युवकों पर। बंगाल के युवकों पर सबसे बड़ा भार

है। इतना बड़ा भार किसी दूसरे प्रांत के युवकों पर कभी नहीं आया। पिछले दस वर्षों तक मैंने संपूर्ण भारत का भ्रमण किया। इससे मेरी दृढ़ धारणा हो गई है कि बंगाल के युवकों के भीतर से ही उस शक्ति का प्रकाश होगा, जो भारत को उसके आध्यात्मिक अधिकार पर फिर से प्रतिष्ठित करेगी। मैं निश्चयपूर्वक कहता हूँ, इन हृदयवान उत्साही बंगाली युवकों के भीतर से ही सैकड़ों वीर उठेंगे, जो हमारे पूर्वजों द्वारा प्रचारित सनातन आध्यात्मिक सत्यों का प्रचार करने और शिक्षा देने के लिए संसार के एक छोर से दूसरे छोर तक भ्रमण करेंगे और तुम्हारे सामने यही महान् कर्तव्य है। अतएव एक बार और तुम्हें उस 'उत्तिष्ठत जाग्रत् प्राप्य वरान्निबोधत' रूपी महान् आदर्शवाक्य का स्मरण दिलाकर मैं अपना वक्तव्य समाप्त करता हूँ। डरना नहीं, क्योंकि मनुष्य जाति के इतिहास में देखा जाता है कि जितनी शक्तियों का विकास हुआ है, सभी साधारण मनुष्यों के भीतर से ही हुआ है। संसार में बड़े-बड़े जितने प्रतिभाशाली मनुष्य हुए हैं, सभी साधारण मनुष्यों के भीतर से ही हुए हैं और इतिहास की घटनाओं की पुनरावृत्ति होगी ही। किसी बात से मत डरो। तुम अद्‌भुत कार्य करोगे। जिस क्षण तुम डर जाओगे, उसी क्षण तुम बिल्कुल शक्तिहीन हो जाओगे। संसार में दुःख का मुख्य कारण भय ही है। यही सबसे बड़ा कुसंस्कार है। यह भय हमारे दुःखों का कारण है और वह निर्भीकता है, जिससे क्षण भर में स्वर्ग प्राप्त होता है। अतएव 'उत्तिष्ठत जाग्रत् प्राप्य वरान्निबोधत।'

महानुभावो, मेरे प्रति आप लोगों ने जो अनुग्रह प्रकट किया है, उसके लिए आप लोगों को मैं फिर से धन्यवाद देता हूँ। मैं आप लोगों से इतना ही कह सकता हूँ कि मेरी इच्छा, मेरी प्रबल और आंतरिक इच्छा यह है कि मैं संसार की और सर्वोपरि अपने देश और देशवासियो की थोड़ी सी भी सेवा कर सकूँ। *(कलकत्ता की जनता द्वारा समर्पित मानपत्र के उत्तर में दिया गया भाषण। उस समय कलकत्ता भारत की राजधानी थी)*

□

हिंदू धर्म के सामान्य आधार

यह वही भूमि है, जो पवित्र आर्यावर्त में पवित्रतम मानी जाती है। यह वही ब्रह्मवर्त है, जिसका उल्लेख हमारे महर्षि मनु ने किया है। यह वही भूमि है, जहाँ से आत्म तत्त्व की उच्चाकांक्षा का वह प्रबल स्रोत प्रवाहित हुआ है, जो आनेवाले युगों में, जैसा कि इतिहास से प्रकट है, संसार को अपनी बाढ़ से आप्लावित करनेवाला है। यह वही भूमि है, जहाँ से उसकी वेगवती नद-नदियों के समान आध्यात्मिक महत्त्वाकांक्षाएँ उत्पन्न हुईं, धीरे-धीरे एक धारा में सम्मिलित होकर शक्तिसंपन्न हुईं और अंत में संसार की चारों दिशाओं में फैल गईं तथा वज्र-गंभीर ध्वनि से उन्होंने अपनी महान् शक्ति की घोषणा समस्त जगत् में कर दी। यह वही वीरभूमि है, जिसे भारत पर चढ़ाई करनेवाले शत्रुओं के सभी आक्रमणों तथा अतिक्रमणों का आघात सबसे पहले सहना पड़ा था। आर्यावर्त में घुसनेवाली बाहरी बर्बर जातियों के प्रत्येक हमले का सामना इसी वीरभूमि को अपनी छाती खोलकर करना पड़ा था। यह वही भूमि है, जिसने इतनी आपत्तियाँ झेलने के बाद भी अब तक अपने गौरव और शक्ति को एकदम नहीं खोया। यही भूमि है, जहाँ बाद में दयालु नानक ने अपने अद्भुत विश्वप्रेम का उपदेश दिया; जहाँ उन्होंने अपना विशाल हृदय खोलकर सारे संसार को, केवल हिंदुओं को नहीं, वरन् मुसलमानों को भी गले लगाने के लिए अपने हाथ फैलाए। यहीं पर हमारी जाति के सबसे बाद के तथा महान् तेजस्वी वीरों में से एक, गुरु गोविंदसिंह ने धर्म की रक्षा लिए अपना एवं अपने प्राणप्रिय कुटुंबियों

का रक्त बहा दिया और जिनके लिए यह खून की नदी बहाई गई, उन लोगों ने भी जब उनका साथ छोड़ दिया, तब वे मर्माहत सिंह की भाँति चुपचाप दक्षिण देश में निर्जन वास के लिए चले गए और अपने देश-भाइयों के प्रति अधरों पर एक भी कटु वचन न लाते हुए तनिक भी असंतोष प्रकट न करते हुए शांत भाव से इहलोक से प्रयाण कर गए।

हे पंचनद-देशवासी भाइयो! यहाँ अपनी इस प्राचीन पवित्र भूमि में, तुम लोगों के सामने मैं आचार्य के रूप में नहीं खड़ा हुआ हूँ; कारण, तुम्हें शिक्षा देने योग्य ज्ञान मेरे पास बहुत ही थोड़ा है। मैं तो पूर्वी प्रांत से अपने पश्चिमी प्रांत के भाइयों के पास इसीलिए आया हूँ कि उनके साथ हृदय खोलकर वार्त्तालाप करूँ, उन्हें अपने अनुभव बताऊँ और उनके अनुभव से स्वयं लाभ उठाऊँ। मैं यहाँ यह देखने नहीं आया कि हमारे बीच क्या-क्या मतभेद हैं, वरन् मैं तो यह खोजने आया हूँ कि हम लोगों की मिलनभूमि कौन सी है। यहाँ मैं यह जानने का प्रयत्न कर रहा हूँ कि वह कौन सा आधार है, जिस पर हम लोग, आपस में सदा भाई बने रह सकते हैं, किस नींव पर प्रतिष्ठित होने से वह वाणी, जो अनंत काल से सुनाई दे रही है, उत्तरोत्तर अधिक प्रबल होती रहेगी। मैं यहाँ तुम्हारे सामने कुछ रचनात्मक कार्यक्रम रखने आया हूँ, ध्वंसात्मक नहीं। कारण—आलोचना के दिन अब चले गए और आज हम रचनात्मक कार्य करने के लिए उत्सुक हैं। यह सत्य है कि संसार को समय-समय पर आलोचना की जरूरत हुआ करती है, यहाँ तक कि कठोर आलोचना की भी; पर वह केवल अल्प काल के लिए ही होती है। हमेशा के लिए तो उन्नतिकारी और रचनात्मक कार्य ही वांछित होते हैं, आलोचनात्मक या ध्वंसात्मक नहीं। लगभग पिछले सौ वर्ष से हमारे इस देश में सर्वत्र आलोचना की बाढ़ सी आ गई है, उधर सभी अंधकारमय प्रदेशों पर पाश्चात्य विज्ञान का तीव्र प्रकाश डाला गया है, जिससे लोगों की दृष्टि अन्य स्थानों की अपेक्षा कोनों और गली-कूचों की ओर ही अधिक खिंच गई है। स्वभावतः इस देश में सर्वत्र महान् और तेजस्वी मेधा-संपन्न पुरुषों का जन्म हुआ, जिनके हृदय में सत्य और न्याय के प्रति प्रबल

अनुराग था, जिनके अंत:करण में अपने देश के लिए और सबसे बढ़कर ईश्वर तथा अपने धर्म के लिए अगाध प्रेम था, क्योंकि ये महापुरुष अत्यधिक संवेदनशील थे, उनमें देश के प्रति इतना गहरा प्रेम था, इसलिए उन्होंने प्रत्येक वस्तु की, जिसे बुरा समझा, तीव्र आलोचना की। अतीतकालीन इन महापुरुषों की जय हो! उन्होंने देश का बहुत ही कल्याण किया है, पर आज हमें एक महावाणी सुनाई दे रही है, "बस करो, बस करो!" निंदा पर्याप्त हो चुकी, दोष-दर्शन बहुत हो चुका! अब तो पुनर्निर्माण का, फिर से संगठन करने का समय आ गया है। अब अपनी समस्त बिखरी हुई शक्तियों को एकत्र करने का, उन सबको एक ही केंद्र में लाने का और उस सम्मिलित शक्ति द्वारा देश को प्राय: सदियों से रुकी हुई उन्नति के मार्ग पर अग्रसर करने का समय आ गया है। घर की सफाई हो चुकी है। अब आवश्यकता है, उसे नए सिरे से आबाद करने की। रास्ता साफ कर दिया गया है, आर्यसंतानो, अब आगे बढ़ो!

सज्जनो! इसी उद्देश्य से प्रेरित होकर मैं आपके सामने आया हूँ और आरंभ में ही यह प्रकट कर देना चाहता हूँ कि मैं किसी दल या विशिष्ट संप्रदाय का नहीं हूँ। सभी दल और सभी संप्रदाय मेरे लिए महान् और महिमामय हैं। मैं उन सबसे प्रेम करता हूँ और अपने जीवन भर मैं यही ढूँढ़ने का प्रयत्न करता रहा कि उनमें कौन सी बातें अच्छी और सच्ची हैं। इसीलिए आज मैंने संकल्प किया है कि तुम लोगों के सामने उन बातों को पेश करूँ, जिनमें हम एकमत हैं, जिससे कि हमें एकता की सम्मिलन-भूमि प्राप्त हो जाए और यदि ईश्वर के अनुग्रह से यह संभव हो तो आओ, हम उसे ग्रहण करें और उसे सिद्धांत की सीमाओं से बाहर निकालकर कार्यरूप में परिणत करें। हम लोग हिंदू हैं। मैं 'हिंदू' शब्द का प्रयोग किसी बुरे अर्थ में नहीं कर रहा हूँ और मैं उन लोगों से कदापि सहमत नहीं, जो उससे कोई बुरा अर्थ समझते हों। प्राचीन काल में उस शब्द का अर्थ था—सिंधुनद के दूसरी ओर बसनेवाले लोग। हमसे घृणा करनेवाले बहुतेरे लोग आज उस शब्द का कुत्सित अर्थ भले ही लगाते हों, पर केवल नाम में क्या धरा है?

यह तो हम पर ही पूर्णतया निर्भर है कि 'हिंदू' नाम ऐसी प्रत्येक वस्तु का द्योतक रहे, जो महिमामय हो, आध्यात्मिक हो अथवा वह ऐसी वस्तु का द्योतक रहे, जो कलंक का समानार्थी हो जो एक पददलित, निकम्मी और धर्मभ्रष्ट जाति का सूचक हो। यदि आज 'हिंदू' शब्द का कोई बुरा अर्थ है तो उसकी परवाह मत करो। आओ, अपने कार्यों और आचरणों द्वारा यह दिखाने को तैयार हो जाओ कि समग्र संसार की कोई भी भाषा इससे ऊँचे, इससे महान् शब्द का आविष्कार नहीं कर सकती है। मेरे जीवन के सिद्धांतों में से एक यह भी सिद्धांत रहा है कि मैं अपने पूर्वजों की संतान कहलाने में लज्जित नहीं होता। मुझ जैसा गर्वीला मानव इस संसार में शायद ही हो, पर मैं यह स्पष्ट रूप से बता देना चाहता हूँ कि यह गर्व मुझे अपने स्वयं के गुण या शक्ति के कारण नहीं, वरन् अपने पूर्वजों के गौरव के कारण है। जितना ही मैंने अतीत का अध्ययन किया है, जितनी ही मैंने भूतकाल की ओर दृष्टि डाली है, उतना ही यह गर्व मुझमें अधिक आता गया है। उससे मुझे श्रद्धा की उतनी ही दृढ़ता और साहस प्राप्त हुआ है, जिसने मुझे धरती की धूलि से ऊपर उठाया है और मैं अपने उन महान् पूर्वजों के निश्चित किए हुए कार्यक्रम के अनुसार कार्य करने को प्रेरित हुआ हूँ। ऐ उन्हीं प्राचीन आर्यों की संतानो! ईश्वर करे, तुम लोगों के हृदय में भी वही गर्व आविर्भूत हो जाए, अपने पूर्वजों के प्रति वही विश्वास तुम लोगों के रक्त में भी दौड़ने लगे, वह तुम्हारे जीवन से मिलकर एक हो जाए और संसार के उद्धार के लिए कार्यशील हो!

भाइयो! यह पता लगाने के पहले कि हम ठीक किस बात में एकमत हैं तथा हमारे जातीय जीवन का सामान्य आधार क्या है, हमें एक बात स्मरण रखनी होगी। जैसे प्रत्येक मनुष्य का एक व्यक्तित्व होता है, ठीक उसी तरह प्रत्येक जाति का भी अपना एक व्यक्तित्व होता है। जिस प्रकार एक व्यक्ति कुछ विशिष्ट बातों में, अपने विशिष्ट लक्षणों में अन्य व्यक्तियों से पृथक् होता है, उसी प्रकार एक जाति भी कुछ विशिष्ट लक्षणों में दूसरी जाति से भिन्न हुआ करती है और जिस प्रकार प्रकृति की व्यवस्था में किसी

विशेष उद्देश्य की पूर्ति करना हर एक मनुष्य का जीवनोद्देश्य होता है, जिस प्रकार अपने पूर्व कर्म द्वारा निर्धारित विशिष्ट मार्ग से उस मनुष्य को चलना पड़ता है, ठीक ऐसा ही जातियों के विषय में भी है। प्रत्येक जाति को किसी–न–किसी दैवनिर्दिष्ट उद्देश्य को पूरा करना पड़ता है, प्रत्येक जाति को संसार में एक संदेश देना पड़ता है तथा प्रत्येक जाति को एक व्रतविशेष का उद्यापन करना होता है। अत: आरंभ से ही हमें यह समझ लेना चाहिए कि हमारी जाति का व्रत क्या है, विधाता ने उसे भविष्य के किस निर्दिष्ट उद्देश्य के लिए नियुक्त किया है, विभिन्न राष्ट्रों की पृथक्–पृथक् उन्नति और अधिकार में हमें कौन सा स्थान ग्रहण करना है, विभिन्न जातीय स्वरों की समरसता में हमें कौन सा स्वर आलापना है।

हम अपने देश में, बचपन में यह किस्सा सुना करते हैं कि कुछ सर्पों के फन में मणि होती है और जब तक मणि वहाँ है, तब तक तुम सर्प को मारने का कोई भी उपाय करो, वह नहीं मर सकता। हम लोगों ने किस्से–कहानियों में दैत्यों और दानवों की बातें पढ़ी हैं। उनके प्राण 'हीरामन तोते' के कलेजे में बंद रहते हैं और जब तक उस 'हीरामन तोते' की जान में जान रहेगी, तब तक उस दानव का बाल भी बाँका न होगा, चाहे तुम उसके टुकड़े–टुकड़े ही क्यों न कर डालो। वह बात राष्ट्रों के संबंध में भी सत्य है। राष्ट्रविशेष का जीवन भी ठीक उसी प्रकार, मानो किसी बिंदु में केंद्रित रहता है, वहीं उस राष्ट्र की राष्ट्रीयता रहती है और जब तक उस मर्मस्थान पर चोट नहीं पड़ती, तब तक वह राष्ट्र मर नहीं सकता। इस तथ्य के प्रकाश में हम संसार के इतिहास की एक अद्वितीय एवं सबसे अपूर्व घटना को समझ सकते हैं। हमारी इस श्रद्धास्पद मातृभमि पर बारंबार बर्बर जातियों के आक्रमणों के दौर आते रहे हैं। 'अल्लाहो अकबर' के गगनभेदी नारों से भारत–गगन सदियों तक गूँजता रहा है और मृत्यु की अनिश्चित छाया प्रत्येक हिंदू के सिर पर मँडराती रही है। ऐसा कोई हिंदू न रहा होगा, जिसे पल–पल मृत्यु की आशंका न होती रही हो। संसार के इतिहास में इस देश से अधिक दु:ख पानेवाला तथा अधिक पराधीनता भोगनेवाला और कौन देश

है ? परंतु फिर भी हम जैसे पहले थे, आज भी लगभग वैसे ही बने हुए हैं। आज भी हम आवश्यकता पड़ने पर बारंबार विपत्तियों का सामना करने को तैयार हैं और इतना ही नहीं, हाल में ऐसे भी लक्षण दिखाई दे रहे हैं कि हम केवल शक्तिमान ही नहीं, वरन् बाहर जाकर दूसरों को अपने विचार देने के लिए भी उद्यत हैं; कारण विस्तार ही जीवन का लक्षण है।

हम आज देखते हैं कि हमारे भाव और विचार भारत की सरहदों के पिंजरे में ही बंद नहीं हैं, बल्कि वे तो, हम चाहें या न चाहें, भारत के बाहर बढ़ रहे हैं, अन्य देशों के साहित्य में प्रविष्ट हो रहे हैं, उन देशों में अपना स्थान प्राप्त कर रहे हैं और इतना ही नहीं, कहीं-कहीं तो वे आदेशदाता गुरु के आसन तक पहुँच गए हैं। इसका कारण यही है कि संसार की संपूर्ण उन्नति में भारत का दान सबसे श्रेष्ठ रहा है; क्योंकि उसने संसार को ऐसे दर्शन और धर्म का दान दिया है, जो मानव-मन को संलग्न रखनेवाला सबसे अधिक महान, सबसे अधिक उदात्त और सबसे श्रेष्ठ विषय है। हमारे पूर्वजों ने बहुतेरे अन्य प्रयोग किए। हम सब यह जानते हैं कि अन्य जातियों के समान, वे भी पहले बहिर्जगत् के रहस्य के अन्वेषण में लगे थे और अपनी विशाल प्रतिभा से वह महान् जाति, प्रयत्न करने पर, उस दिशा में ऐसे-ऐसे अद्‌भुत आविष्कार कर दिखाती, जिन पर समस्त संसार को सदैव अभिमान रहता, पर उन्होंने इस पथ को किसी उच्चतर ध्येय की प्राप्ति के लिए छोड़ दिया। वेद के पृष्ठों से उसी महान् ध्येय की प्रतिध्वनि सुनाई देती है—

"अथ परा यया तदक्षरमधिगम्यते।"

"वही परा विद्या है, जिससे हमें उस अविनाशी पुरुष की प्राप्ति होती है।" इस परिवर्तनशील, नश्वर प्रकृति-संबंधी विद्या—मृत्यु, दुःख और शोक से भरे इस जगत् से संबंधित विद्या बहुत बड़ी भले ही हो एवं सचमुच ही वह बड़ी है; परंतु जो अपरिणामी और आनंदमय है, जो चिरशांति का निधान है, जो शाश्वत जीवन और पूर्णत्व का एकमात्र आश्रय-स्थान है, जिसके सिवा और कहीं सारे दुःखों का अवसान नहीं होता, इस ईश्वर से संबंध रखनेवाली

विद्या ही हमारे पूर्वजों की राय में सबसे श्रेष्ठ और उदात्त है। हमारे पूर्वज यदि चाहते, तो ऐसे विज्ञानों का अन्वेषण सहज ही कर सकते थे, जो हमें केवल अन्न, वस्त्र और अपने साथियों पर आधिपत्य दे सकते हैं, जो हमें केवल दूसरों पर विजय प्राप्त करना और उन पर प्रभुत्व करना सिखाते हैं, जो बली को निर्बल पर हुकूमत करने की शिक्षा देते हैं, पर उस परमेश्वर की अपार दया से हमारे पूर्वजों ने उस ओर बिल्कुल ध्यान न देकर एकदम दूसरी दिशा पकड़ी, जो पूर्वोक्त मार्ग से अनंत गुनी श्रेष्ठ और महान् थी, जिसमें पूर्वोक्त पथ की अपेक्षा अनंत गुना आनंद था। इस मार्ग को अपनाकर वे ऐसी अनन्य निष्ठा के साथ उस पर अग्रसर हुए कि आज वह हमारा जातीय विशेषत्व बन गया, सहस्रों वर्ष से पिता-पुत्र की उत्तराधिकार परंपरा से आता हुआ आज वह हमारे जीवन से घुल-मिल गया है, हमारी रगों में बहनेवाले रक्त की बूँद-बूँद से मिलकर एक हो गया है, वह मानो हमारा दूसरा स्वभाव ही बन गया है, यहाँ तक कि आज 'धर्म' और 'हिंदू'—ये दो शब्द समानार्थी हो गए हैं। यही हमारी जाति का वैशिष्ट्य है और इस पर कोई आघात नहीं कर सकता।

बर्बर जातियों ने यहाँ आकर तलवारों और तोपों के बल पर अपने बर्बर धर्मों का प्रचार किया, पर उनमें से एक भी हमारे मर्मस्थल का स्पर्श न कर सका, सर्प की उस 'मणि' को न छू सका, जातीय जीवन के प्राणस्वरूप उस 'हीरामन तोते' को न मार सका। अतः यही हमारी जाति की जीवनशक्ति है और जब तक यह अव्याहत है, तब तक संसार में ऐसी कोई ताकत नहीं, जो इस जाति का विनाश कर सके। यदि हम अपनी इस सर्वश्रेष्ठ विरासत आध्यात्मिकता को न छोड़े, तो संसार के सारे अत्याचार, उत्पीड़न और दुःख हमें बिना चोट पहुँचाए ही निकल जाएँगे और हम लोग दुःख-कष्टाग्नि की उन ज्वालाओं में से प्रह्लाद के समान, बिना जले बाहर निकल आएँगे। यदि कोई हिंदू धार्मिक नहीं है तो मैं उसे हिंदू ही नहीं कहूँगा। दूसरे देशों में, भले ही मनुष्य पहले राजनीतिक हो और फिर धर्म से थोड़ा सा लगाव रखे, पर यहाँ भारत में तो हमारे जीवन का सबसे बड़ा और प्रथम कर्तव्य धर्म का

अनुष्ठान है और फिर उसके बाद, यदि अवकाश मिले, तो दूसरे विषय भले ही आ जाएँ। इस तथ्य को ध्यान में रखने से, हम यह बात अधिक अच्छी तरह समझ सकेंगे कि अपने राष्ट्रीय हित के लिए हमें आज क्यों सबसे पहले अपनी जाति की समस्त आध्यात्मिक शक्तियों को ढूँढ़ निकालना होगा, जैसा कि अतीत काल में किया गया था और चिरकाल तक किया जाएगा। अपनी बिखरी हुई आध्यात्मिक शक्तियों को एकत्र करना ही भारत में राष्ट्रीय एकता स्थापित करने का एकमात्र उपाय है। जिनकी हृत्तंत्री एक ही आध्यात्मिक स्वर में बँधी है, उन सबके सम्मिलन से ही भारत में राष्ट्र का संगठन होगा।

इस देश में पर्याप्त पंथ या संप्रदाय हुए हैं। आज भी ये पंथ पर्याप्त संख्या में हैं और भविष्य में भी पर्याप्त संख्या में रहेंगे, क्योंकि हमारे धर्म की यह विशेषता रही है कि उसमें व्यापक तत्त्वों की दृष्टि से इतनी उदारता है कि यद्यपि बाद में उनमें से अनेक संप्रदाय फैले हैं और उनकी बहुविध शाखा-प्रशाखाएँ फूटी हैं, तो भी उनके तत्त्व हमारे सिर पर फैले हुए इस अनंत आकाश के समान विशाल हैं, स्वयं प्रकृति की भाँति नित्य और सनातन हैं। अतः संप्रदायों का होना तो स्वाभाविक ही है, परंतु जिसका होना आवश्यक नहीं है, वह है—इन संप्रदायों के बीच के झगड़े-झमेले। संप्रदाय अवश्य रहें, पर सांप्रदायिकता दूर हो जाए। सांप्रदायिकता से संसार की कोई उन्नति नहीं होगी; पर संप्रदायों के न रहने से संसार का काम नहीं चल सकता। एक ही सांप्रदायिक विचार के लोग सब काम नहीं कर सकते। संसार की यह अनंत शक्ति कुछ थोड़े से लोगों से परिचालित नहीं हो सकती। यह बात समझ लेने पर हमारी समझ में यह भी आ जाएगा कि हमारे भीतर किसलिए यह संप्रदायभेदरूपी श्रम विभाग अनिवार्य रूप से आ गया है। भिन्न-भिन्न आध्यात्मिक शक्ति-समूहों का परिचालन करने के लिए संप्रदाय कायम रहे, परंतु जब हम देखते हैं कि हमारे प्राचीनतम शास्त्र इस बात की घोषणा कर रहे हैं कि यह सब भेदभाव केवल ऊपर का है, देखने भर का है और इन सारी विभिन्नताओं के बावजूद इनको एक साथ बाँधे रहनेवाला परम मनोहर स्वर्णसूत्र इनके भीतर पिरोया हुआ है, तब इसके लिए हमें एक-

दूसरे के साथ लड़ने-झगड़ने की कोई आवश्यकता नहीं दिखाई देती। हमारे प्राचीनतम शास्त्रों ने घोषणा की है—"एकं सद्विप्रा बहुधा वदन्ति", विश्व में एक ही सद्वस्तु विद्यमान है, भारत में जहाँ सदा से सभी संप्रदाय समान रूप से सम्मानित होते आए हैं, यदि अब भी संप्रदायों के बीच ईर्ष्या-द्वेष लड़ाई-झगड़े बने रहें तो धिक्कार है हमें, जो हम अपने को उन महिमान्वित पूर्वजों के वंशधर बताने का दुस्साहस करें!

मेरा विश्वास है कि कुछ ऐसे महान् तत्त्व हैं, जिन पर हम सब सहमत हैं, जिन्हें हम सभी मानते हैं, चाहे हम वैष्णव हों या शैव, शाक्त हों या गाणपत्य, चाहे प्राचीन वेदांती सिद्धांतों को मानते हों या अर्वाचीनों के ही अनुयायी हों, पुरानी लकीर के फकीर हों अथवा नवीन सुधारवादी हों और जो भी अपने को हिंदू कहता है, वह इन तत्त्वों में विश्वास रखता है। संभव है कि इन तत्त्वों की व्याख्याओं में भेद हो और वैसा होना भी चाहिए, क्योंकि हमारा यह मानदंड रहा है कि हम सबको जबरदस्ती अपने साँचे में न ढालें। हम जिस तरह की व्याख्या करें, सबको वही व्याख्या माननी पड़ेगी अथवा हमारी ही प्रणाली का अनुसरण करना होगा—जबरदस्ती ऐसी चेष्टा करना पाप है। आज यहाँ पर जो लोग एकत्र हुए हैं, शायद वे सभी एक स्वर से यह स्वीकार करेंगे कि हम लोग वेदों को अपने धर्म-रहस्यों का सनातन उपदेश मानते हैं। हम सभी यह विश्वास करते हैं कि वेदरूपी यह पवित्र शब्दराशि अनादि और अनंत है। जिस प्रकार, प्रकृति का न आदि है न अंत, उसी प्रकार इसका भी आदि-अंत नहीं है और जब कभी हम इस पवित्र ग्रंथ के प्रकाश में आते हैं, तब हमारे धर्म-संबंधी सारे भेदभाव-झगड़े मिट जाते हैं। इसमें हम सभी सहमत हैं कि हमारे धर्म-विषयक जितने भी भेद हैं, उनकी अंतिम मीमांसा करनेवाला यही वेद है। वेद क्या है, इस पर हम लोगों में मतभेद हो सकता है। कोई संप्रदाय वेद के किसी एक अंश को दूसरे अंश से अधिक पवित्र समझ सकता है, पर इससे तब तक कुछ बनता-बिगड़ता नहीं, जब तक हम यह विश्वास करते हैं कि वेदों के प्रति श्रद्धालु होने के कारण हम सभी आपस में भाई-भाई हैं तथा उन सनातन, पवित्र और अपूर्व ग्रंथों से ही

ऐसी प्रत्येक पवित्र, महान् और उत्तम वस्तु का उद्‌भव हुआ है, जिसके हम आज अधिकारी हैं। अच्छा, यदि हमारा ऐसा ही विश्वास है तो फिर सबसे पहले इसी तत्त्व का भारत में सर्वत्र प्रचार किया जाए। यदि यही सत्य है तो फिर वेद सर्वदा ही जिस प्राधान्य के अधिकारी हैं तथा जिसमें हम सभी विश्वास करते हैं, वह प्रधानता वेदों को दी जाए। अत: हम सबकी प्रथम मिलन-भूमि है—'वेद'।

दूसरी बात यह है कि हम सब ईश्वर में विश्वास करते हैं, जो संसार की सृष्टि-स्थिति-लयकारिणी शक्ति है, जिसमें यह सारा चराचर कल्पांत में लय होकर दूसरे कल्प के आरंभ में पुन: अद्‌भुत जगत्-प्रपंच रूप से बाहर निकल आता एवं अभिव्यक्त होता है। हमारी ईश्वर-विषयक कल्पना भिन्न-भिन्न प्रकार की हो सकती है—कुछ लोग ईश्वर को संपूर्ण सगुण रूप में, कुछ उन्हें सगुण, पर मानवभावापन्न रूप में नहीं और कुछ उन्हें संपूर्ण निर्गुण रूप में ही मान सकते हैं और सभी अपनी-अपनी धारणा की पुष्टि में वेद के प्रमाण भी दे सकते हैं, पर इन सब विभिन्नताओं के होते हुए भी हम सभी ईश्वर में विश्वास करते हैं। इसी बात को दूसरे शब्दों में ऐसा भी कह सकते हैं कि जिससे यह समस्त चराचर उत्पन्न हुआ है, जिसके अवलंब से वह जीवित है और अंत में, जिसमें वह फिर से लीन हो जाता है, उस अद्‌भुत अनंत शक्ति पर जो विश्वास नहीं करता, वह अपने को हिंदू नहीं कह सकता। यदि ऐसी बात है तो इस तत्त्व को भी समग्र भारत में फैलाने की चेष्टा करनी होगी। तुम इस ईश्वर का चाहे जिस भाव से प्रचार करो, ईश्वर संबंधी तुम्हारा भाव भले ही मेरे भाव से भिन्न हो, पर हम इसके लिए आपस में झगड़ा नहीं करेंगे। हम चाहते हैं, ईश्वर का प्रचार। फिर वह किसी भी रूप में क्यों न हो। हो सकता है, ईश्वर-संबंधी इन विभिन्न धारणाओं में कोई अधिक श्रेष्ठ हो, पर याद रखना, इनमें कोई भी धारणा बुरी नहीं है। उन धारणाओं में कोई उत्कृष्ट, कोई उत्कृष्टतर और कोई उत्कृष्टतम हो सकती है, पर हमारे धर्मतत्त्व की पारिभाषिक शब्दावली में 'बुरा' नाम का कोई शब्द नहीं है। अत: ईश्वर के नाम का चाहे जो कोई जिस भाव से प्रचार करे, वह

निश्चय ही ईश्वर के आशीर्वाद का भाजन होगा। उनके नाम का जितना ही अधिक प्रचार होगा, देश का उतना ही कल्याण होगा। हमारे बच्चे बचपन से ही इस भाव को हृदय में धारण करना सीखें—अत्यंत दरिद्र और नीचातिनीच मनुष्य के घर से लेकर बड़े-से-बड़े धनी-मानी और उच्चतम मनुष्य के घर में भी ईश्वर के शुभ नाम का प्रवेश हो!

अब तीसरा तत्त्व मैं तुम लोगों के सामने प्रकट करना चाहता हूँ। हम लोग औरों की तरह यह विश्वास नहीं करते कि इस जगत् की सृष्टि केवल कुछ हजार वर्ष पहले हुई है और एक दिन इसका सदा के लिए ध्वंस हो जाएगा, साथ ही, हम यह भी विश्वास नहीं करते कि इसी जगत् के साथ शून्य से जीवात्मा की भी सृष्टि हुई है। मैं समझता हूँ कि इस विषय में भी हम सब सहमत हो सकते हैं। हमारा विश्वास है कि प्रकृति अनादि और अनंत है; पर हाँ, कल्पांत में यह स्थूल बाह्यजगत् अपनी सूक्ष्म अवस्था को प्राप्त होता है और कुछ काल तक उस सूक्ष्मावस्था में रहने के बाद पुन: उसका प्रक्षेपण होता है तथा प्रकृति नामक इस अनंत प्रपंच की अभिव्यक्ति होती है। यह तरंगाकार गति अनंत काल से, जब स्वयं काल का ही आरंभ नहीं हुआ था, तभी से चल रही है और अनंत काल तक चलती रहेगी।

पुन: हिंदू मात्र का यह विश्वास है कि मनुष्य केवल यह स्थूल जड़ शरीर ही नहीं है, न ही उसके अभ्यंतरस्थ यह 'मन' नामक सूक्ष्म शरीर ही प्रकृति मनुष्य है, वरन् मनुष्य तो इन दोनों से अतीत एवं श्रेष्ठ है। कारण, स्थूल शरीर परिणामी है और मन का भी वही हाल है; परंतु इन दोनों से परे 'आत्मा' नामक अनिवर्चनीय वस्तु है, जिसका न आदि है, न अंत। मैं इस 'आत्मा' शब्द का अंग्रेजी में अनुवाद नहीं कर सकता, क्योंकि इसका कोई भी पर्याय गलत होगा। यह आत्मा 'मृत्यु' नामक अवस्था से परिचित नहीं। इसके सिवाय एक और विशिष्ट बात है, जिसमें हमारे साथ अन्यान्य जातियों का बिल्कुल मतभेद है। वह यह है कि आत्मा एक देह का अंत होने पर दूसरी देह धारण करती है; ऐसा करते-करते वह एक ऐसी अवस्था में पहुँचती है, जब उसे फिर शरीर धारण की कोई इच्छा या आवश्यकता नहीं रह जाती,

तब वह मुक्त हो जाती है और फिर से कभी जन्म नहीं लेती। यहाँ मेरा तात्पर्य अपने शास्त्रों के संसारवाद या पुनर्जन्मवाद तथा आत्मा के नित्यत्ववाद से है। हम चाहे जिस संप्रदाय के हों, पर इस विषय में हम सभी सहमत हैं। इस आत्मा-परमात्मा के पारस्परिक संबंध के बारे में हमारे मत भिन्न हो सकते हैं। एक संप्रदाय आत्मा को परमात्मा से अनंत काल तक अलग मान सकता है, दूसरे के मत से आत्मा उसी अनन्त अग्नि की एक चिनगारी हो सकती है और फिर अन्यों के मतानुसार वह उस अनंत से एकरूप और अभिन्न हो सकती है, पर जब तक हम सब लोग इस मौलिक तत्त्व को मानते हैं कि आत्मा अनंत है, उसकी सृष्टि कभी नहीं हुई और इसलिए उसका नाश भी कभी नहीं हो सकता, उसे तो भिन्न-भिन्न शरीरों से क्रमशः उन्नति करते-करते, अंत में मनुष्य शरीर धारण कर पूर्णत्व प्राप्त करना होगा। तब तक हम आत्मा एवं परमात्मा के इस संबंध के विषय में चाहे जैसी व्याख्या क्यों न करें, उससे कुछ बनता-बिगड़ता नहीं। इसके विषय में हम सभी सहमत हैं और इसके बाद आध्यात्मिकता के क्षेत्र में सबसे उदात्त, सर्वाधिक विभेद को व्यक्त करनेवाले और आज तक के सबसे अपूर्व आविष्कार की बात आती है।

तुम लोगों में से जिन्होंने पाश्चात्य विचार-प्रणाली का अध्ययन किया होगा, उन्होंने संभवतः यह लक्ष्य किया होगा कि एक ऐसा मौलिक प्रभेद है, जो पाश्चात्य विचारों को एक ही आघात में पौर्वात्य विचारों से पृथक् कर देता है। वह यह है कि भारत में हम सभी, चाहे हम शाक्त हों या शैव या वैष्णव, अथवा बौद्ध या जैन ही क्यों न हों, हम सब-के-सब यही विश्वास करते हैं कि आत्मा स्वभावतः शुद्ध, पूर्ण, अनंत, शक्तिसंपन्न और आनंदमय है। अंतर केवल इतना है कि द्वैतवादियों के मत से आत्मा का वह स्वाभाविक आनंदस्वभाव पिछले बुरे कर्मों के कारण संकुचित हो गया है एवं ईश्वर के अनुग्रह से वह फिर विकसित हो जाएगा और आत्मा पुनः अपने पूर्ण स्वभाव को प्राप्त हो जाएगी, पर अद्वैतवादी कहते हैं कि आत्मा के संकुचित होने की यह धारणा भी अंशतः भ्रमात्मक है—हम तो माया के आवरण के कारण ही

ऐसा समझते हैं कि आत्मा अपनी सारी शक्ति गँवा बैठी है, जबकि वास्तव में उसकी समस्त शक्ति तब भी पूर्ण रूप से अभिव्यक्त रहती है। जो भी अंतर हो, पर हम एक ही केंद्रीय तत्त्व पर पहुँचते हैं कि आत्मा स्वभावतः ही पूर्ण है और यही प्राच्य और पाश्चात्य भावों के बीच एक ऐसा अंतर डाल देता है, जिसमें कहीं समझौता नहीं है। जो कुछ महान् है, जो कुछ शुभ है, पौर्वात्य उसका अन्वेषण अभ्यंतर में करता है। जब हम पूजा-उपासना करते हैं, तब आँखें बंद कर ईश्वर को अंदर ढूँढ़ने का प्रयत्न करते हैं और पाश्चात्य अपने बाहर ही ईश्वर को ढूँढ़ता फिरता है। पाश्चात्यों के धर्मग्रंथ बाह्य प्रेरित हैं, जबकि हमारे धर्मग्रंथ अंतर्प्रेरित हैं, निश्श्वास की तरह वे निकले हैं, ईश्वर निश्श्वसित हैं, मंत्रद्रष्टा ऋषियों के हृदयों से निकले हैं।

यह एक प्रधान बात है, जिसे अच्छी तरह समझ लेने की आवश्यकता है। प्यारे भाइयो! मैं तुम लोगों को यह बता देता हूँ कि यही बात भविष्य में हमें विशेष रूप से बार-बार बतलानी और समझानी पड़ेगी, क्योंकि यह मेरा दृढ़ विश्वास है और मैं तुम लोगों से भी यह बात अच्छी तरह समझ लेने को कहता हूँ कि जो व्यक्ति दिन-रात अपने को दीन-हीन या अयोग्य समझे हुए बैठा रहेगा, उसके द्वारा कुछ भी नहीं हो सकता। वास्तव में अगर दिन-रात वह अपने को दीन, नीच एवं 'कुछ नहीं' समझता है तो वह 'कुछ नहीं' ही बन जाता है। यदि तुम कहो कि 'मेरे अंदर शक्ति है' तो तुममें शक्ति जाग उठेगी और यदि तुम सोचो कि 'मैं कुछ नहीं हूँ', दिन-रात यही सोचा करो, तो तुम सचमुच ही 'कुछ नहीं' हो जाओगे। तुम्हें यह महान् तत्त्व सदा स्मरण रखना चाहिए।

हम तो उसी सर्वशक्तिमान परमपिता की संतान हैं, उसी अनंत ब्रह्माग्नि की चिनगारियाँ हैं, भला हम 'कुछ नहीं' क्यों कर हो सकते हैं? हम सबकुछ हैं, हम सबकुछ कर सकते हैं और मनुष्य को सबकुछ करना ही होगा। हमारे पूर्वजों में ऐसा ही दृढ़ आत्मविश्वास था। इसी आत्मविश्वासरूपी प्रेरणा-शक्ति ने उन्हें सभ्यता की उच्च से उच्चतर सीढ़ी पर चढ़ाया था और अब यदि हमारी अवनति हुई हो, हममें दोष आया हो, तो मैं तुमसे सच कहता

हूँ, जिस दिन हमारे पूर्वजों ने अपना यह आत्मविश्वास गँवाया, उसी दिन से हमारी यह अवनति, यह दुरवस्था आरंभ हो गई।

आत्मविश्वासहीनता का मतलब है—ईश्वर में अविश्वास। क्या तुम्हें विश्वास है कि वही अनंत मंगलमय विधाता तुम्हारे भीतर से काम कर रहा है, यदि तुम ऐसा विश्वास करो कि वही सर्वव्यापी अंतर्यामी प्रत्येक अणु-परमाणु में, तुम्हारे शरीर मन और आत्मा में ओत-प्रोत है, तो फिर क्या तुम कभी उत्साह से वंचित रह सकते हो, मैं पानी का एक छोटा सा बुलबुला हो सकता हूँ और तुम एक पर्वताकार तरंग, तो इससे क्या? वह अनंत समुद्र जैसा तुम्हारे लिए, वैसा ही मेरे लिए भी आश्रय है। उस जीवन, शक्ति और आध्यात्मिकता के असीम सागर पर जैसा तुम्हारा, वैसा ही मेरा भी अधिकार है। मेरे जन्म से ही, मुझमें जीवन होने से ही, यह प्रमाणित हो रहा है कि तुम्हारे समान, चाहे तुम पर्वताकार तरंग ही क्यों न हो, मैं भी उसी अनंत जीवन, अनंत शिव और अनंत शक्ति के साथ नित्य संयुक्त हूँ। अतएव, भाइयो! तुम अपनी संतानों को उनके जन्मकाल से ही इस महान्, जीवनप्रद, उच्च और उदात्त तत्त्व की शिक्षा देना शुरू कर दो। उन्हें अद्वैतवाद की ही शिक्षा देने की आवश्यकता नहीं, तुम चाहे द्वैतवाद की शिक्षा दो या जिस किसी 'वाद' की, जो भी तुम्हें रुचे, परंतु हम पहले ही देख चुके हैं कि यही सर्वमान्य 'वाद' भारत में सर्वत्र स्वीकृत है। आत्मा की पूर्णता के इस अपूर्व सिद्धांत को सभी संप्रदाय वाले समान रूप से मानते हैं। हमारे महान् दार्शनिक कपिल महर्षि ने कहा है कि पवित्रता यदि आत्मा का स्वभाव नहीं हो, तो आत्मा बाद में कभी भी पवित्रता को प्राप्त नहीं हो सकती, क्योंकि जो स्वभावतः पूर्ण नहीं है, वह यदि किसी प्रकार पूर्णता पा भी ले, तो वह पूर्णता उसमें स्थिर भाव से नहीं रह सकती; वह उससे पुनः चली जाएगी। यदि अपवित्रता ही मनुष्य का स्वभाव हो, तो भले ही वह कुछ समय के लिए पवित्रता प्राप्त कर ले, पर वह सदा के लिए अपवित्र ही बना रहेगा। कभी-न-कभी ऐसा समय आएगा, जब वह पवित्रता धुल जाएगी, दूर हो जाएगी और फिर वही पुरानी स्वाभाविक अपवित्रता अपना सिक्का जमा लेगी। अतएव हमारे सभी दार्शनिक कहते हैं

कि पवित्रता ही हमारा स्वभाव है, अपवित्रता नहीं, पूर्णता ही हमारा स्वभाव है, अपूर्णता नहीं। इस बात को तुम सदा स्मरण रखो।

उस महर्षि के सुंदर दृष्टांत का सदैव स्मरण रखो, जो शरीर-त्याग करते समय अपने मन से अपने किए हुए, उत्कृष्ट कार्यों और उच्च विचारों का स्मरण करने के लिए कहते हैं। देखो, उन्होंने अपने मन से अपने दोषों और दुर्बलताओं को याद करने के लिए नहीं कहा है। यह सच है कि मनुष्य में दोष हैं, दुर्बलताएँ हैं, पर तुम सर्वदा अपने वास्तविक स्वरूप का स्मरण करो। बस, यही इन दोषों और दुर्बलताओं को दूर करने का अमोघ उपाय है।

मैं समझता हूँ कि ये कतिपय तत्त्व भारतवर्ष के सभी भिन्न-भिन्न संप्रदायवाले स्वीकार करते हैं और संभवतः भविष्य में इसी सर्वस्वीकृत आधार पर समस्त संप्रदायों के लोग—वे उदार हों या कट्टर, पुरानी लकीर के फकीर हों या नई रोशनीवाले—सभी आपस में मिलकर रहेंगे, पर सबसे बढ़कर एक अन्य बात भी हमें याद रखनी चाहिए, खेद है कि इसे हम प्रायः भूल जाते हैं, वह यह कि भारत में धर्म का तात्पर्य है— प्रत्यक्षानुभूति', इससे कम कदापि नहीं। हमें ऐसी बात कोई नहीं सिखा सकता कि 'यदि तुम इस मत को स्वीकार करो तो तुम्हारा उद्धार हो जाएगा; क्योंकि हम उस बात पर विश्वास करते हैं ही नहीं। तुम अपने को जैसा बनाओगे, अपने को जैसे साँचे में ढालोगे, वैसे ही बनोगे। तुम जो कुछ हो, जैसे हो, वह ईश्वर की कृपा और अपने प्रयत्न से बने हो। किसी मतामत में विश्वास मात्र से तुम्हारा कोई विशेष उपकार नहीं होगा। यह 'अनुभूति', यह महान् शक्तिमय शब्द भारत के ही आध्यात्मिक गगनमंडल से आविर्भूत हुआ है और एकमात्र हमारे ही शास्त्रों ने यह बारंबार कहा है कि ईश्वर के दर्शन करने होंगे। यह बात बड़े साहस की है, इसमें संदेह नहीं; पर इसका लेशमात्र भी मिथ्या नहीं है, यह अक्षरशः सत्य है।

धर्म की प्रत्यक्ष अनुभूति करनी होगी, केवल सुनने से काम नहीं चलेगा; तोते की तरह कुछ थोड़े से शब्द और धर्मविषयक बातें रट लेने से काम नहीं चलेगा; केवल बुद्धि द्वारा स्वीकार कर लेने से भी काम न चलेगा;

आवश्यकता है, हमारे अंदर धर्म के प्रवेश करने की। अतः ईश्वर के अस्तित्व पर विश्वास रखने का सबसे बड़ा प्रमाण यह नहीं है कि वह तर्क से सिद्ध हैं; वरन् ईश्वर के अस्तित्व का सर्वोच्च प्रमाण तो यह है कि हमारे यहाँ के प्राचीन तथा अर्वाचीन सभी पहुँचे हुए लोगों ने ईश्वर का साक्षात्कार किया है। आत्मा के अस्तित्व पर हम केवल इसलिए विश्वास नहीं करते कि हमारे पास उसके प्रमाण में उत्कृष्ट युक्तियाँ हैं, वरन् इसलिए कि प्राचीनकाल में भारतवर्ष के सहस्रों व्यक्तियों ने आत्मा के प्रत्यक्ष दर्शन किए हैं; आज भी ऐसे बहुत से लोग हैं, जिन्होंने आत्मोपलब्धि की है और भविष्य में भी ऐसे हजारों लोग होंगे, जिन्हें आत्मा की प्रत्यक्ष अनुभूति होगी और जब तक मनुष्य ईश्वर के दर्शन नहीं कर लेगा, आत्मा की उपलब्धि नहीं कर लेगा, तब तक उनकी मुक्ति असंभव है। अतएव आओ, सबसे पहले हम इस बात को भलीभाँति समझ लें और हम इसे जितना ही अधिक समझेंगे, उतना ही भारत में सांप्रदायिकता का ह्रास होगा, क्योंकि यथार्थ धार्मिक वही है, जिसने ईश्वर के दर्शन पाए हैं, जिसने अंतर में उसकी प्रत्यक्ष उपलब्धि की है। जिसने उसे देख लिया, जो हमारे निकट से भी निकट और फिर दूर से भी दूर है, उसके हृदय की गाँठें खुल जाती हैं, उसके सारे संशय दूर हो जाते हैं और वह कर्मफल के समस्त बंधनों से छुटकारा पा जाता है।

अफसोस! हम लोग बहुधा अर्थहीन वागाडंबर को ही आध्यात्मिक सत्य समझ बैठते हैं, पांडित्य से भरी सुललित वाक्यरचना को ही गंभीर धर्मानुभूति समझ लेते हैं। इसी से यह सारी सांप्रदायिकता आती है, सारा विरोधभाव उत्पन्न होता है। यदि हम एक बार इस बात को भलीभाँति समझ लें कि 'प्रत्यक्ष अनुभूति' ही प्रकृत धर्म है तो हम अपने ही हृदय को टटोलेंगे और यह समझने का प्रयत्न करेंगे कि हमने धर्मराज्य के सत्यों की उपलब्धि की ओर कहाँ तक अग्रसर हुए हैं और तब हम यह समझ जाएँगे कि हम स्वयं अंधकार में भटक रहे हैं और अपने साथ दूसरों को भी उसी अंधकार में भटका रहे हैं। बस इतना समझने पर हमारी सांप्रदायिकता और लड़ाई मिट जाएगी। यदि कोई तुमसे सांप्रदायिक झगड़ा करने को तैयार हो तो उससे

पूछो, "तुमने क्या ईश्वर के दर्शन किए हैं, क्या तुम्हें कभी आत्मदर्शन प्राप्त हुआ है, यदि नहीं, तो तुम्हें ईश्वर के नाम का प्रचार करने का क्या अधिकार है, तुम तो स्वयं अँधेरे में भटक रहे हो और मुझे भी उसी अँधेरे में घसीटने की कोशिश कर रहे हो? 'अंधा अंधे को राह दिखावे' के अनुसार तुम मुझे भी गड्ढे में ले गिरोगे।"

अतएव किसी दूसरे के दोष निकालने के पहले तुमको अधिक विचार कर लेना चाहिए। सबको अपनी-अपनी राह से चलने दो, 'प्रत्यक्ष अनुभूति' की ओर अग्रसर होने दो। सभी अपने-अपने हृदय में उस सत्यस्वरूप आत्मा के दर्शन करने का प्रयत्न करें और जब वे उस भूमा के, उस अनावृत सत्य के दर्शन कर लेंगे, तभी उससे प्राप्त होनेवाले अपूर्व आनंद का अनुभव कर सकेंगे। आत्मोपलब्धि से प्रसूत होनेवाला यह अपूर्व आनंद कपोल-कल्पित नहीं है, वरन् भारत के प्रत्येक ऋषि ने, प्रत्येक सत्यद्रष्टा पुरुष ने इसका प्रत्यक्ष अनुभव किया है और तब, उस आत्मदर्शी हृदय से आप-ही-आप प्रेम की वाणी निकलेगी; क्योंकि उसे ऐसे परम पुरुष का स्पर्श प्राप्त हुआ है, जो स्वयं प्रेमस्वरूप है। बस, तभी हमारे सारे सांप्रदायिक लड़ाई-झगड़े दूर होंगे और तभी हम 'हिंदू' शब्द को तथा प्रत्येक हिंदू-नामधारी व्यक्ति को यथार्थतः समझने हृदय में धारण करने तथा गंभीर रूप से प्रेम करने एवं आलिंगन करने में समर्थ होंगे।

मेरी बात पर ध्यान दो, केवल तभी तुम वास्तव में हिंदू कहलाने योग्य होंगे, जब 'हिंदू' शब्द को सुनते ही तुम्हारे अंदर बिजली दौड़ने लग जाएगी। केवल तभी तुम सच्चे हिंदू कहला सकोगे, जब तुम किसी भी प्रांत के, कोई भी भाषा बोलनेवाले प्रत्येक हिंदू-संज्ञक व्यक्ति को एकदम अपना सगा और स्नेही समझने लगोगे। केवल तभी तुम सच्चे हिंदू माने जाओगे, जब किसी भी हिंदू कहलानेवाले का दुःख तुम्हारे हृदय में तीर की तरह आकर चुभेगा, मानो तुम्हारा अपना लड़का ही विपत्ति में पड़ गया हो! केवल तभी तुम यथार्थतः 'हिंदू' नाम के योग्य होगे, जब तुम उनके लिए समस्त अत्याचार और उत्पीड़न सहने के लिए तैयार रहोगे। इसके ज्वलंत दृष्टांत हैं—तुम्हारे

ही गुरु गोविंदसिंह, जिनकी चर्चा मैं आरंभ में ही कर चुका हूँ। इस महात्मा ने देश के शत्रुओं के विरुद्ध लोहा लिया, हिंदू धर्म की रक्षा के लिए अपने हृदय का रक्त बहाया, अपने पुत्रों को अपने आँखों के सामने मौत के घाट उतरते देखा, पर जिनके लिए इन्होंने अपना और अपने प्राणों से बढ़कर प्यारे पुत्रों का खून बहाया, उन्हीं लोगों ने इनकी सहायता करना तो दूर रहा, उल्टे इन्हें त्याग दिया! यहाँ तक कि उन्हें इस प्रदेश से भी हटना पड़ा। अंत में मर्मांतक चोट खाए हुए सिंह की भाँति यह नरकेसरी शांतिपूर्वक अपने जन्म-स्थान को छोड़, दक्षिण भारत में जाकर मृत्यु की राह देखने लगा; परंतु अपने जीवन के अंतिम मुहूर्त तक उसने अपने उन कृतघ्न देशवासियों के प्रति कभी अभिशाप का एक शब्द भी मुँह से नहीं निकाला।

मेरी बात पर ध्यान दो। यदि तुम देश की भलाई करना चाहते हो तो तुममें से प्रत्येक को गुरु गोविंदसिंह बनना पड़ेगा। तुम्हें अपने देशवासियों में भले ही हजारों दोष दिखाई दें, पर तुम उनकी रग-रग में बहने वाले हिंदू रक्त की ओर ध्यान दो। तुम्हें पहले अपने इन स्वजातीय नर-रूप देवताओं की पूजा करनी होगी, भले ही वे तुम्हारी बुराई के लिए लाख चेष्टा किया करें। इनमें से प्रत्येक यदि तुम पर अभिशाप और निंदा की बौछार करे, तो भी तुम इनके प्रति प्रेमपूर्ण वाणी का ही प्रयोग करो। यदि ये तुम्हें त्याग दें, पैरों से ठुकरा दें, तो तुम उसी वीर केसरी गोविंदसिंह की भाँति समाज से दूर जाकर नीरव भाव से मौत की राह देखो। जो ऐसा कर सकता है, वही सच्चा हिंदू कहलाने का अधिकारी है। हमें अपने सामने सदा इसी प्रकार का आदर्श उपस्थित रखना होगा। पारस्परिक विरोधभाव को भूलकर चारों ओर प्रेम का प्रवाह बहाना होगा।

लोग भारत के पुनरुद्धार के लिए जो जी में आए, कहें। मैं जीवन भर काम करता रहा हूँ; कम-से-कम काम करने का प्रयत्न करता रहा हूँ; मैं अपने अनुभव के बल पर तुमसे कहता हूँ कि जब तक तुम सच्चे अर्थों में धार्मिक नहीं होते, तब तक भारत का उद्धार होना असंभव है। केवल भारत ही क्यों, सारे संसार का कल्याण इसी पर निर्भर है, क्योंकि मैं तुम्हें स्पष्टतया

बताए देता हूँ कि इस समय पाश्चात्य सभ्यता की अपनी नींव तक हिल गई है। भौतिकवाद की कच्ची रेतीली नींव पर खड़ी होनेवाली बड़ी-से-बड़ी इमारतें भी एक-न-एक दिन अवश्य ही आपद्ग्रस्त होंगी, ढह जाएँगी। इस विषय में संसार का इतिहास ही सबसे बड़ा साक्षी है। जाति पर जाति उठी हैं और जड़वाद की नींव पर उन्होंने अपने गौरव का प्रासाद खड़ा किया है। उन्होंने संसार के समक्ष यह घोषणा की है कि जड़ के सिवा मनुष्य और कुछ नहीं है। ध्यान दो, पाश्चात्य भाषा में 'मनुष्य आत्मा छोड़ता है', पर हमारी भाषा में 'मनुष्य शरीर छोड़ता है।' पाश्चात्य मनुष्य अपने संबंध में पहले देह को ही लक्ष्य करता है, उसके बाद उसकी एक आत्मा है, पर हम लोगों के अनुसार मनुष्य पहले आत्मा ही है और फिर उसकी एक देह भी है। दोनों में आकाश-पाताल का अंतर है। इसलिए जितनी सभ्यताएँ भौतिक सुख, स्वच्छंदता की रेतीली नींव पर कायम हुई थीं, वे लुप्त हो गई; परंतु भारत की सभ्यता और भारत के चरणों के पास बैठकर शिक्षा ग्रहण करनेवाले चीन और जापान की सभ्यता आज भी जीवित है और इतना ही नहीं, बल्कि उनमें पुनरुत्थान के लक्षण भी दिखाई दे रहे हैं। 'फिनिक्स' के समान हजारों बार नष्ट होने पर भी, वे पुनः अधिक तेजस्वी होकर प्रस्फुरित होने को तैयार है, पर जड़वाद के आधार पर जो सभ्यताएँ स्थापित हैं, वे यदि एक बार नष्ट हो गईं, तो फिर उठ नहीं सकतीं, एक बार यदि महल ढह पड़ा, तो बस सदा के लिए धूल में मिल गया! अतएव धैर्य के साथ राह देखते रहो, हम लोगों का भविष्य उज्ज्वल है।

उतावले मत बनो, किसी दूसरे का अनुकरण करने की चेष्टा मत करो। दूसरे का अनुकरण करना सभ्यता की निशानी नहीं है; यह एक महान् पाठ है, जो हमें याद रखना है। मैं यदि आप ही राजा की सी पोशाक पहन लूँ तो क्या इतने ही से मैं राजा बन जाऊँगा? शेर की खाल ओढ़कर गधा कभी शेर नहीं बन सकता। अनुकरण करना, हीन और डरपोक की तरह अनुकरण करना कभी उन्नति के पथ पर आगे नहीं बढ़ा सकता। वह तो मनुष्य के अधःपतन का लक्षण है। जब मनुष्य अपने आप से घृणा करने लग जाता है,

तब समझना चाहिए कि उस पर अंतिम चोट बैठ चुकी है। जब वह अपने पूर्वजों को मानने में लज्जित होता है तो समझ लो कि उसका विनाश निकट है। यद्यपि मैं हिंदू जाति का एक नगण्य व्यक्ति हूँ, तथापि अपनी जाति और अपने पूर्वजों के गौरव में मैं अपना गौरव मानता हूँ। अपने को हिंदू बताते हुए, हिंदू कहकर अपना परिचय देते हुए मुझे एक प्रकार का गर्व सा होता है। मैं तुम लोगों का एक तुच्छ सेवक होने में अपना गौरव समझता हूँ। तुम लोग आर्य ऋषियों के वंशधर हो, उन ऋषियों के, जिनकी महत्ता की तुलना नहीं हो सकती। मुझे इसका गर्व है कि मैं तुम्हारे देश का एक नगण्य नागरिक हूँ। अतएव, भाइयो, आत्मविश्वासी बनो। पूर्वजों के नाम से अपने को लज्जित नहीं, गौरवान्वित समझो। याद रहे, किसी का अनुकरण कदापि न करो, कदापि नहीं। जब कभी तुम औरों के विचारों का अनुकरण करते हो, तुम अपनी स्वाधीनता गँवा बैठते हो, यहाँ तक कि आध्यात्मिक विषय में भी यदि दूसरों के आज्ञाधीन हो कार्य करोगे, तो अपनी सारी शक्ति, यहाँ तक कि विचार की शक्ति भी खो बैठोगे। अपने स्वयं के प्रयत्नों द्वारा अपने अंदर की शक्तियों का विकास करो, पर देखो, दूसरे का अनुकरण न करो। हाँ, दूसरों के पास जो कुछ अच्छाई हो, उसे अवश्य ग्रहण करो। हमें दूसरों से अवश्य सीखना होगा। जमीन में बीज बो दो, उसके लिए पर्याप्त मिट्टी, हवा और पानी की व्यवस्था करो; जब वह बीज अंकुरित होकर कालांतर में एक विशाल वृक्ष के रूप में फैल जाता है, तब क्या वह मिट्टी बन जाता है, या हवा या पानी? नहीं, वह तो विशाल वृक्ष ही बनता है—मिट्टी, हवा और पानी से रस खींचकर वह अपनी प्रकृति के अनुसार एक महीरुह का रूप ही धारण करता है। उसी प्रकार तुम भी करो—औरों से उत्तम बातें सीखकर उन्नत बनो। जो सीखना नहीं चाहता, वह तो पहले ही मर चुका है। महर्षि मनु ने कहा है—

श्रद्दधानः शुभां विद्यामाददीतावरादपि।
अन्त्यादपि परं धर्मं स्त्रीरत्नं दुष्कुलादपि॥

'स्त्री-रत्न को, भले ही वह कुलीन न हो, अपनी पत्नी के रूप में

स्वीकार करो और नीच व्यक्ति की सेवा करके उससे भी श्रेष्ठ विद्या सीखो। चांडाल से भी श्रेष्ठ धर्म की शिक्षा ग्रहण करो।' औरों के पास जो कुछ भी अच्छा पाओ, सीख लो, पर उसे अपने भाव के साँचे में ढालकर लेना होगा। दूसरे से शिक्षा ग्रहण करते समय उसके ऐसे अनुगामी न बनो कि अपनी स्वतंत्रता गँवा बैठो।

भारत के इस जातीय जीवन को भूल मत जाना। पल भर के लिए भी ऐसा नहीं सोचना कि भारतवर्ष के सभी अधिवासी यदि अमुक जाति की वेशभूषा धारण कर लेते या अमुक जाति के आचार-व्यवहारादि के अनुयायी बन जाते, तो बड़ा अच्छा होता। यह तो तुम भलीभाँति जानते हो कि कुछ ही वर्षों का अभ्यास छोड़ देना कितना कठिन होता है! फिर यह ईश्वर ही जानता है कि तुम्हारे रक्त में कितने सहस्र वर्षों का संस्कार जमा हुआ है; कितने सहस्र वर्षों से यह प्रबल जातीय जीवन-स्रोत एक विशेष दिशा की ओर प्रवाहित हो रहा है और क्या तुम यह समझते हो कि वह प्रबल धारा, जो प्राय: अपने समुद्र के समीप पहुँच चुकी है, पुन: उलटकर हिमालय की हिमाच्छादित चोटियों पर वापस जा सकती है? यह असंभव है! यदि ऐसी चेष्टा करोगे तो जाति ही नष्ट हो जाएगी। अत: इस जातीय जीवन-स्रोत को पूर्ववत् प्रवाहित होने दो। हाँ, जो बाँध इसके रास्ते में रुकावट डाल रहे हैं, उन्हें काट दो, इसका रास्ता साफ करके प्रवाह को मुक्त कर दो, देखोगे, यह जातीय जीवन-स्रोत अपनी स्वाभाविक शक्ति से बहता हुआ, आगे बढ़ निकलेगा और यह जाति अपनी सर्वांगीण उन्नति करते-करते अपने चरम लक्ष्य की ओर अग्रसर होती जाएगी।

भाइयो! यही कार्य-प्रणाली है, जो हमें भारत में धर्म के क्षेत्र में अपनानी होगी। इसके सिवा और भी कई महती समस्याएँ हैं, जिनकी चर्चा समयाभाव के कारण इस रात मैं नहीं कर सकता। उदाहरण के लिए, जाति-भेद-संबंधी अद्भुत समस्या को ही ले लो। मैं जीवन भर इस समस्या पर हर एक पहलू से विचार करता रहा हूँ। भारत के प्राय: प्रत्येक प्रांत में जाकर मैंने इस समस्या का अध्ययन किया है। इस देश के लगभग हर एक भाग की विभिन्न जातियों

से मैं मिला-जुला हूँ, पर जितना ही मैं इस विषय पर विचार करता हूँ, मेरे सामने उतनी ही कठिनाइयाँ आ पड़ती हैं और मैं इसके उद्देश्य अथवा तात्पर्य के विषय में किंकर्तव्यविमूढ़ सा हो जाता हूँ। अंत में अब मेरी आँखों के सामने एक क्षीण आलोक-रेखा दिखाई देने लगी है, इधर कुछ ही समय से इसका मूल उद्देश्य मेरी मस्ज्ञ में आने लगा है।

इसके बाद फिर खानपान की समस्या भी बड़ी विषम है। वास्तव में यह एक बड़ी जटिल समस्या है। साधारणतः हम लोग इसे जितना अनावश्यक समझते हैं, सच पूछो तो यह उतनी अनावश्यक नहीं है। मैं तो इस सिद्धांत पर आ पहुँचा हूँ कि आजकल खानपान के बारे में हम लोग जिस बात पर जोर देते हैं, वह एक बड़ी विचित्र बात है—वह शास्त्रानुमोदित नहीं है। तात्पर्य यह कि खानपान में वास्तविक पवित्रता की अवहेलना करके ही हम लोग कष्ट पा रहे हैं। हम शास्त्रानुमोदित आहार प्रथा के वास्ताविक अभिप्राय को बिल्कुल भूल गए हैं।

इसी प्रकार और भी कई समस्याएँ हैं, जिन्हें मैं तुम लोगों के समक्ष रखना चाहता हूँ, साथ ही यह बतलाना चाहता हूँ कि इन समस्याओं के समाधान क्या हैं तथा किस प्रकार इन समाधानों को कार्यरूप में परिणत किया जा सकता है, पर दुःख है, सभा के व्यवस्थित रूप से आरंभ होने में देर हो गई और अब मैं तुम लोगों को और अधिक नहीं रोकना चाहता। अतः जातिभेद तथा अन्यान्य समस्याओं पर मैं फिर भविष्य में कभी कुछ कहूँगा।

अब केवल एक बात और कहकर मैं आध्यात्मिक तत्त्वविषयक अपना वक्तव्य समाप्त कर दूँगा। भारत में धर्म बहुत दिनों से गतिहीन बना हुआ है। हम चाहते हैं कि उसमें गति उत्पन्न हो। मैं चाहता हूँ कि प्रत्येक मनुष्य के जीवन में धर्म प्रतिष्ठित हो। मैं चाहता हूँ कि प्राचीनकाल की तरह राजमहल से लेकर दरिद्र के झोंपड़े तक सर्वत्र समान भाव से धर्म का प्रवेश हो। याद रहे, धर्म की इस जाति का साधारण उत्तराधिकार एवं जन्मसिद्ध स्वत्व है। इस धर्म को हर एक आदमी के दरवाजे तक निस्स्वार्थ भाव से पहुँचाना होगा। ईश्वर के राज्य में जिस प्रकार वायु सबके लिए समान रूप से प्राप्त होती

है, उसी प्रकार भारतवर्ष में धर्म को सुलभ बनाना होगा। भारत में इसी प्रकार का कार्य करना होगा, पर छोटे-छोटे दल बाँध, आपसी मतभेदों पर विवाद करते रहने से नहीं बनेगा; हमें तो उन बातों का प्रचार करना होगा, जिनमें हम सब सहमत हैं और तब आपसी मतभेद आप-ही-आप दूर हो जाएँगे।

मैंने भारतवासियों से बारंबार कहा है और अब भी कह रहा हूँ कि कमरे में यदि सैकड़ों वर्षों से अंधकार फैला हुआ है, तो क्या 'घोर अंधकार', 'भयंकर अंधकार' कहकर चिल्लाने से अंधकार दूर हो जाएगा? नहीं; रोशनी जला दो, फिर देखो कि अँधेरा आप-ही-आप दूर हो जाता है या नहीं। मनुष्य के सुधार का, उसके संस्कार का यही रहस्य है। उसके समक्ष उच्चतर बातें, उच्चतर प्रेरणाएँ रखो; पहले मनुष्य में, उसकी मनुष्यता में विश्वास रखो। ऐसा विश्वास लेकर क्यों प्रारंभ करें कि मानव हीन और पतित है? मैं आज तक मनुष्य पर, बुरे-से-बुरे मनुष्य पर भी, विश्वास करके कभी विफल नहीं हुआ हूँ। जहाँ कहीं भी मैंने मानव में विश्वास किया, वहाँ मुझे इच्छित फल ही प्राप्त हुआ है—सर्वत्र सफलता ही मिली है, यद्यपि प्रारंभ में सफलता के अच्छे लक्षण नहीं दिखाई देते थे, अतः मनुष्य में विश्वास रखो, चाहे वह पंडित हो या घोर मूर्ख, साक्षात् देवता जान पड़े या मूर्तिमान शैतान; सबसे पहले मनुष्य में विश्वास रखो और तदुपरांत यह विश्वास लाने का प्रयत्न करो कि यदि उसमें दोष है, यदि वह गलतियाँ करता है, यदि वह अत्यंत घृणित और असार सिद्धांतों को अपनाता है तो वह अपने यथार्थ स्वभाव के कारण ऐसा नहीं करता, वरन् उच्चतर आदर्शों के अभाव में वैसा करता है। यदि कोई व्यक्ति असत्य की ओर जाता है तो उसका कारण यही समझो कि वह सत्य को ग्रहण नहीं कर पाता। अतः, मिथ्या को दूर करने का एकमात्र उपाय यही है कि उसे सत्य का ज्ञान कराया जाए। उसे सत्य का ज्ञान दे दो और उसके साथ अपने पूर्व मन के भाव की तुलना उसे करने दो। तुमने तो उसे सत्य का असली रूप दिखा दिया, बस यहीं तुम्हारा काम समाप्त हो गया। अब वह स्वयं उस सत्य के साथ अपने पूर्व भाव की तुलना करके देखे। यदि तुमने वास्तव में उसे सत्य का ज्ञान करा दिया है तो निश्चय जानो, मिथ्या

भाव अवश्य दूर हो जाएगा। प्रकाश कभी अंधकार का नाश किए बिना नहीं रह सकता। सत्य अवश्य ही उसके भीतर के सद्भावों को प्रकाशित करेगा। यदि सारे देश का आध्यात्मिक संस्कार करना चाहते हो, तो उसके लिए यही रास्ता है—'नान्य: पन्था'! वाद-विवाद या लड़ाई-झगड़ों से कभी अच्छा फल नहीं हो सकता। लोगों से यह भी कहने की आवश्यकता नहीं कि तुम लोग जो कुछ कर रहे हो, वह ठीक नहीं है, खराब है। जो कुछ अच्छा है, उसे उसके सामने रख दो; फिर देखो, वे कितने आग्रह के साथ उसे ग्रहण करते हैं और फिर देखोगे कि मनुष्य मात्र में जो अविनाशी ईश्वरीय शक्ति है, वह जाग्रत् हो जाती है और जो कुछ उत्तम है, जो कुछ महिमामय है, उसे ग्रहण करने के लिए हाथ फैला देती है।

जो हमारी समग्र जाति का स्रष्टा, पालक एवं रक्षक है, जो हमारे पूर्वजों का ईश्वर है, भले ही वह विष्णु, शिव, शक्ति या गणेश आदि नामों से पुकारा जाता हो, सगुण या निर्गुण अथवा साकार या निराकार रूप से उसकी उपासना की जाती हो, जिसे जानकर हमारे पूर्वज 'एकं सद्विप्रा बहुधा वदन्ति' कह गए हैं, वह अपने अनंत प्रेम-शक्ति के साथ हममें प्रवेश करे, अपने शुभाशीर्वादों की हम पर वर्षा करे, हमें एक-दूसरे को समझने की सामर्थ्य दे, जिससे हम यथार्थ प्रेम के साथ, सत्य के प्रति तीव्र अनुराग के साथ एक-दूसरे के हित के लिए कार्य कर सकें, जिससे भारत के आध्यात्मिक पुनर्निर्माण के इस महत्कार्य में हमारे अंदर अपने व्यक्तिगत नामयश, व्यक्तिगत स्वार्थ, व्यक्तिगत बड़प्पन की वासना के अंकुर न फूटें।

(लाहौर में दिया गया भाषण)

□

स्वामी विवेकानंद : महत्त्वपूर्ण तिथियाँ

- 12 जनवरी, 1863 : कोलकाता में जन्म
- सन् 1879 : प्रेजीडेंसी कॉलेज में प्रवेश
- सन् 1880 : जनरल एसेंबली इंस्टीट्यूशन में प्रवेश
- नवंबर 1881 : श्रीरामकृष्ण परमहंस से प्रथम भेंट
- सन् 1882–1886 : श्रीरामकृष्ण परमहंस से संबद्ध
- सन् 1884 : स्नातक परीक्षा उत्तीर्ण; पिता का स्वर्गवास
- सन् 1885 : श्रीरामकृष्ण परमहंस की अंतिम बीमारी
- 16 अगस्त, 1886 : श्रीरामकृष्ण परमहंस का निधन
- सन् 1886 : वराह नगर मठ की स्थापना
- जनवरी 1887 : वराह नगर मठ में संन्यास की औपचारिक प्रतिज्ञा
- सन् 1890–1893 : परिव्राजक के रूप में भारत भ्रमण
- 24 दिसंबर, 1892 : कन्याकुमारी में
- 13 फरवरी, 1893 : प्रथम सार्वजनिक व्याख्यान, सिंकदराबाद में
- 31 मई, 1893 : मुंबई से अमेरिका रवाना
- 25 जुलाई, 1893 : वैंकूवर, कनाडा पहुँचे
- 30 जुलाई, 1893 : शिकागो आगमन
- अगस्त 1893 : हार्वर्ड विश्वविद्यालय के प्रो. जॉन राइट से भेंट

- 11 सितंबर, 1893 : धर्म महासभा, शिकागो में प्रथम व्याख्यान
- 27 सितंबर, 1893 : धर्म महासभा, शिकागो में अंतिम व्याख्यान
- 16 मई, 1894 : हार्वर्ड विश्वविद्यालय में संभाषण
- नवंबर 1894 : न्यूयॉर्क में वेदांत समिति की स्थापना
- जनवरी 1895 : न्यूयॉर्क में धर्म-कक्षाओं का संचालन आरंभ
- अगस्त 1895 : पेरिस में
- अक्टूब 1895 : लंदन में व्याख्यान
- 6 दिसंबर, 1895 : वापस न्यूयॉर्क
- 22-25 मार्च, 1896 : हार्वर्ड विश्वविद्यालय में व्याख्यान
- 15 अप्रैल, 1896 : वापस लंदन
- मई-जुलाई 1896 : लंदन में धार्मिक-कक्षाएँ
- 28 मई, 1896 : ऑक्सफोर्ड में मैक्समूलर से भेंट
- 30 दिसंबर, 1896 : नेपल्स से भारत की ओर रवाना
- 15 जनवरी, 1897 : कोलंबो, श्रीलंका आगमन
- 6-15 फरवरी, 1897 : मद्रास में
- 19 फरवरी, 1897 : कलकत्ता आगमन
- 1 मई, 1897 : रामकृष्ण मिशन की स्थापना
- मई-दिसंबर 1897 : उत्तर भारत की यात्रा
- जनवरी 1898 : कलकत्ता वापसी
- 19 मार्च, 1899 : मायावती में अद्वैत आश्रम की स्थापना
- 20 जून, 1899 : पश्चिमी देशों की दूसरी यात्रा
- 31 जुलाई, 1899 : लंदन आगमन
- 28 अगस्त, 1899 : न्यूयॉर्क आगमन
- 22 फरवरी, 1900 : सैन फ्रांसिसको में

- 14 अप्रैल, 1900 : सैन फ्रांसिसको में वेदांत समिति की स्थापना
- जून 1900 : न्यूयॉर्क में अंतिम कक्षा
- 26 जुलाई, 1900 : यूरोप रवाना
- 24 अक्तूबर, 1900 : वियना, हंगरी, कुस्तुनतुनिया, ग्रीस, मिस्र आदि देशों की यात्रा
- 26 नवंबर, 1900 : भारत को रवाना
- 9 दिसंबर, 1900 : बेलूड़ मठ आगमन
- जनवरी 1901 : मायावती की यात्रा
- मार्च–मई 1901 : पूर्वी बंगाल और असम की तीर्थ यात्रा
- जनवरी–फरवरी 1902 : बोध गया और वाराणसी की यात्रा
- मार्च 1902 : बेलूड़ मठ में वापसी
- 4 जुलाई, 1902 : महासमाधि

□□□